LOVE
THE
WHOLE
WORLD

为了你，我愿意热爱整个世界

唐家三少 著

人民文学出版社

死生契阔　与子成说

为了你，我愿意热爱整个世界

你是我的初恋，有了你，我才知道，恋爱原来是如此美好。
紧张、期待、忐忑、黯然，直到最后那一刻的开怀，
谢谢你给了我这一切。

从第一次见到你的时候起，我就知道我喜欢你。
而我一直认为，爱是深深的喜欢。
一百天的时间，早已让我积累到足够。
所以……木子，我爱你。

木子，时间过得真快，不知不觉，我们已经在一起一百天了。
和你在一起的日子，时间总是过得很快，总是那么美好。
真想时时刻刻都和你在一起，永远也不分开。

我的心不大，只装得下一个你。

你已经是我生命中不可或缺的一部分。
早在很多年前，我心中就已经决定，
这一生只有你才会是我的新娘。

木子，你放心，我会努力活得比你更久一点。
这样，你就可以一辈子都依靠我。

你这么努力都是为了让我过上更好的生活，这些我都明白。
但你要知道，对我来说，幸福并不是金钱，而是相伴，
我要和你相伴到老啊！

我愿意带着你去体验这个世界上一切可以去体验的美好，
我愿意和你共享这一切带来的快乐。
我会为了你热爱工作，热爱身边的点点滴滴，
只要有你在我身边，一切都将是那么美好。

现在还清晰地记得，这本书首次出版的情形。我那时心中充满着美好的期待，盼望这本为她而写的书早点出版，好作为她三十四岁的生日礼物，送给她。因为这本书，记录了我们相识相爱中的美好片段，记录了我们十几年在一起的点点滴滴，也记录我们彼此携手的成长与奋斗，以及网络时代二十多年来的变迁与发展。

那时，我以为她的病已经不会再有问题。时过境迁，几年之后的今天，她已经离开了我，成为我需要反复确认的事实。在这本书再版时，出版社编辑问我要不要再说些什么，其实我很犹豫，拖了很久。这也是我人生中第一次拖延交稿。因为，当一个人失去了至为宝贵的东西时，那曾经最美的东西就变成了最深重的悲伤。她走了已经快两年了，可我却没有任何一刻忘记她。一切都像是在昨天。午夜梦回，经常会梦到她回来了，告诉我说，她只是跟我开个玩笑，其实她是去一个特别好的医院治疗了，已经治好了，也已经重新回到了我的身边。

她的离开，我有无尽的遗憾，但也可以说没有遗憾。在这份序言中，其实我特别想对她说一句：孩子们都很好，姥姥、姥爷也很好，我们一直住在一起，我会好好地照顾他们。

我还清楚地记得，在你最后的那段时间，医生问我说，要不要告诉你实情，让你留下一些心愿。我说不要，因为我不想你带着恐惧走。而你的心愿，我也都知道，我一定会为你做好这一切的。那时候的你已经特别痛苦，我跟医生说，如果真的无法更改结果，那么，我们不切管、不除颤、不做任何破坏性的抢救。我宁可让你早点走，让你少受些苦。最后的那一天，我蹲在你的病房门口失声痛哭。那时候我脑海中只有一个念头，我舍不得你，真的好舍不得、好舍不得你。

亲爱的，我永远都爱你。既然我选择留下，就已经做好了面对一切的准备，为了你，为了家人，我会好好的，也一定会让你所牵挂的一切，都好好的。

亲爱的，为了你，我愿意热爱整个世界。

目 录

前言

前言
我爱你始终如一

十六年前，她成为我的女友，那时她有一头清爽的短发，我还清楚地记得第一次相见时她的每一个细节。十六年后，她是我的爱人，为了我的喜好，她已长发过臀，我们的一双儿女正在渐渐长大。

她跟我在一起的那年，她十六岁，我十八岁。如今，十六年过去，她人生中一半的时间赠予了我，除了母亲，她是陪伴我时间最久的女人。

我记得我们在一起的每一个纪念日和重要的日子，记得我们在一起的点点滴滴。我惊奇地发现，我们十六年来从未真正红过脸，我爱她始终如一。

有人说，两个人在一起时间长了，就像左手和右手，就算不再相爱也会相守，因为早已习惯，偶尔握在一起也不再有心动的感觉，但如果砍掉一只，就会痛不欲生。可我们不是这样。我们也是一双手，却始终紧握，从未分开。

不久前，奶奶病了，记忆淡去。悲伤的同时不禁满心恐惧，如果有一天，我的记忆也不再清晰，我会不会忘记我们曾经的一切。所以，我要趁着记忆依旧铭心，在这拥有了她一半人生的时刻，将一切记录。我要封印住这份记忆，永远不给它流逝的机会。

我翻出了我曾经给她写的一百三十七封情书，发黄的纸张，钢笔留下的字迹，仿佛又带着我回到了十六年前。

用我这十六年来的记忆，还有我心中依然炙热的爱，写这本书送给她，作为我们感情的记录与见证。我想，这或许是一份最好的礼物。

我的第一部长篇小说《光之子》发表于二〇〇四年二月，连我自己都觉得有些幼稚的文字却得到了许多读者的认可与支持，成为我创作生涯的起点。我问书友喜欢《光之子》什么，他们告诉我，他们喜欢其中的真情实感。我才恍然，当创作一部作品时，感情真正融入其中是最坚实的基础，其他的一切，都将在此中搭建。

《光之子》中男女主角的名字，由我和她的名字拆开而来，那么，这部记录我们十六年来点点滴滴的记忆的作品的主人公，也依旧用那熟悉的名字吧。

我叫长弓，她叫木子。

那是一九九九年的春天，我们相识……

Love the Whole World

唐家三少与考拉

每个人都有属于自己的网名，长弓常用的网名有四个，而且他经常用四个网名同时登录聊天室，分别和不同的人聊，号称"四兄弟"。凭借着超快的手速、敏捷的思维，至今还没被拆穿过，属于神乎其技飙手速的代表"聊神"。他的四个网名分别是"唐家大少"到"唐家四少"。

◇◇◇◇◇◇◇◇◇◇◇◇◇◇◇◇◇◇

一九九九年的春天来得特别晚，已入三月，依旧清冷。

"靳老师，我这边的新闻做完了，您审核一下。"长弓向办公室中的主管打了个招呼。

自从去年十一月进入电视台，他就开始了忙碌的工作，毕业后能够找到这样一份虽然有些辛苦但十分体面的工作，已经是运气很好。现在还是实习期，他负责电视台网站的新闻制作，可容不得一点差错。

"可以了，我上传发布。大家先休息，等二十二点的新闻。"靳老师柔糯的声音传来。

长弓自己又扫了一遍屏幕上的 HTML 程序，确认无误后，才关掉。

"长弓。"邻座的李松向他招招手。

长弓和李松是同学，毕业后一起分配到电视台。网络在一九九九年对所有人来说都是新兴事物，电视台也意识到了网络的重要性，这才让他们这批计算机系毕业生在几位资深程序员的带领下开始建设网站。

他们每天的工作时间有点长，但分时段，长弓和李松都是负责网站内容制作和维护的，以新闻为主，这样一来，时段的划分就更明显。实习工资是每个月四百元，因为要经常上夜班，还有五十元的夜班费。半年的实习期有些漫长，但对于刚出校门的他们来说，已经很令人满意了。最重要的是，在家庭上网代价高昂的当时，电视台已经有了百兆光纤，就算下了班，大家也不愿意回家。

"怎么了？"长弓探头看向李松的屏幕。

很明显，屏幕上显示的是个聊天室——国内最早出现的网上聊天工具，只要在浏览器中输入一串 IP 地址，再登录进入，就可以和其他进入聊天室的人一起聊天了。

长弓也在几个聊天室聊过，他们这些刚毕业的青年，对一切新鲜事物都有着强烈的好奇心，网络聊天和现实中不同，哪怕性格腼腆，在网络上也可以变成一代"聊神"。

每个人都有属于自己的网名，长弓常用的网名有四个，而且他经常用四个网名同时登录聊天室，分别和不同的人聊，号称"四兄弟"。凭借着超快的手速、敏捷的思维，至今还没被拆穿过，属于神乎其技飙手速的代表"聊神"。他的四个网名分别是"唐家大少"到"唐家四少"。至于这网名的来历，其实是个秘密。

"新发现个聊天室，人不多，但还挺好玩的。"李松指着屏幕，低声说道。

"黑鹰聊天室？"长弓看了一眼聊天室顶部的名称。

"快来，我告诉你 IP 地址。"

简单地注册，登录，进入聊天室。长弓在自己的四个网名中随机选了一个。黑鹰聊天室的页面上显示出一行字：欢迎唐家三少进入聊天室。一时间，聊天室气氛热烈。

寒羽良："这是我好朋友，介绍来一起聊。"

唐家三少："大家好。"

黑鹰："欢迎，欢迎。"

小胖："名字挺酸的啊。"

唐家三少："酸酸就习惯了。"

黑鹰："我们正讨论明天聊天室聚会的事情呢，唐兄也一起吗？"

寒羽良私聊唐家三少："你跟那个考拉聊聊，挺有意思的，应该是个小姑娘。"

唐家三少："好啊！"

唐家三少私聊寒羽良："好啊！"

聊天室里，公屏状态下说话，大家都能看到，私聊时就只有和你私聊的那个人才能看到。寒羽良就是李松。

唐家三少私聊考拉："你好。"

考拉私聊唐家三少："^_^"

唐家三少私聊考拉："你为什么要叫这个名字啊？去过澳大利亚吗？"

考拉私聊唐家三少："不是啊。我又胖又懒，还爱吃，很像考拉。你呢？为什么叫唐家三少？"

唐家三少私聊考拉："你倒是挺能自黑的。我的网名是个秘密。"

考拉私聊唐家三少："那我问寒羽良去，他一定知道。他说你们是同事。"

唐家三少私聊考拉："他不知道，秘密哪能随便告诉别人。对了，你说你胖，你有多胖啊？"

考拉私聊唐家三少："特别胖！你明天去聚会吗？"

唐家三少私聊考拉："我问问寒羽良去不去。"

考拉私聊唐家三少："难道你是他女朋友？"

唐家三少私聊考拉："囧！哥是纯爷们，身高一米九，体重七十公斤！"

考拉私聊唐家三少："嘻嘻，那你弱爆了，我身高一米七，体重九十公斤！人家可是柔道黑带哦！"

唐家三少私聊考拉："那我明天不去了……我不想成为脆弱的竹竿，被你一掰两段。"

考拉私聊唐家三少："哈哈，别怕！"

……

网络总会让时间变得很快，他们的聊天一直持续到即将开始制作晚间新闻才告一段落。

"小李子，明天聊天室聚会你去不？"长弓问李松。

李松没好气地道："别叫我小李子！去呗，就当去玩玩。网络照进现实，多有意思。说不定，跟你聊了一晚上的考拉是个彪形大汉呢。"

长弓傲然道："那不可能，以我的火眼金睛，还能男女不分？我已经套出她是个北京女孩，年纪应该比我们略小，挺活泼开朗的。"

自从进入网络世界，他们也参加过几次聊天室聚会，正如不久后红遍网络的那本小说写的那样，绝大多数网友都是"青蛙"与"恐龙"，偶有"霸王龙"出没……

不过，聊天室很能拉近陌生人之间的距离，对于刚刚走入网络世界的他们来说，这种新形式的聚会总是让他们乐此不疲。

李松道："明天下午五点，栗正酒吧。"

初 见

虽然没有谈过恋爱，但谁心中没有对另一半的畅想？而坐在对面，正和身边另一位女网友猜盘子里米粒数量是单是双，玩得不亦乐乎的女孩，似乎正和他心中幻想过不知道多少次的身影重合。

◇◇◇◇◇◇◇◇◇◇◇◇◇◇◇◇◇◇◇◇◇◇

一九九九年三月六日。栗正酒吧。这家早年在北京十分著名的酒吧坐落于北京图书馆对面，一楼是旱冰场，二楼是酒吧。

蓝色牛仔裤、灰色高领毛衣、黑色皮夹克、黑色皮鞋，普通的衣着穿在身高一米九的长弓身上，显得腿长人俊。长弓偏瘦，不过身高一米九，体重七十公斤是事实。只有一米七出头的李松很嫌弃地和他保持着距离。

"你说你要匀我十厘米该多好！"李松毫不掩饰自己对长弓身高的嫉妒。

长弓看向不远处的两层楼建筑，"就是这儿吧？不知道他们到了没有。"

李松从容地从兜里摸出一副白手套戴上，"你昨天净顾着跟考拉聊天了，都没看我们的聚会要求吧。白手套，这是接头暗号。"

这年代，能用上移动通信设备的人还是极少数，一群在网上相识、既熟悉又陌生的人想聚会还是需要技巧的。很快，长弓就看到一群同样戴着白手套的人走过来，有男有女，大多年轻。李松向他们挥了挥手，那群人顿时迎了上来。他们每个人脸上都洋溢着微笑，看上去聊得很开心的样子。李松走在前面，长弓跟在后面。

"你是？"一个身高一米六左右的瘦小男子迎了上来，在长弓眼中，称他为男孩更合适一些。

"寒羽良。"李松笑着说道。

"我是黑鹰。"黑鹰顿时也笑了。

"我是唐家三少。"长弓跟上去，主动打了个招呼，目光却往人群中瞟，一共八九个人，女孩只有三个，但没有一个符合九十公斤级标准的。

听了他的自我介绍，个子最高的女孩跳出来，"你猜，我们谁是考拉？"女孩身材高挑，起码有一米七，短发娃娃头，一双眼睛又大又亮，穿着黑色牛仔裤、黑色小靴子、白色高领毛衣、黑色外套。

长弓笑道："你都这么问了，我要是还猜不到是你，岂不是显得我智商很低？说好的九十公斤呢？"

考拉嘻嘻一笑："算你聪明！我确实很胖啊，以后恐怕要长到九十公斤的。倒是你，真的有一米九哇！"她不算瘦，但也绝对说不上胖，身材高挑、匀称，全身洋溢着青春少女的活力。她一边说着，一边走到长弓身边，用手比了比自己和他的身高。

长弓严肃地道："我是个诚实的少年！"说完，两人都不禁笑了起来。

"你多高？"长弓问。

"一米七一点八。"考拉回答的数字非常精确。也就是从这一刻开始，长弓深深地记住了，一米七二左右的身高，刚好到自己嘴巴的位置。

大家相互介绍，网络与现实的融合，让每个人都兴致勃勃。聊天中，长弓知道了原来考拉的真名叫木子。黑鹰就是黑鹰聊天室的创办者，居然是个只有十五岁的中学生，喜欢编程，得到了一家公司赞助的服务器，这才有了黑鹰聊天室，也算是天才少年了。小胖是个身材不高但很魁梧的青年，不知道为什么，长弓总隐隐觉得他对自己有敌意。其他人长弓就没什么印象了，毕竟，他昨天才进聊天室。

"我们去吃东西吧！"木子在向大家说出这句话的时候，长弓从侧面正好看到她明显变得发亮的眼睛。

黑鹰数了数人数，大家都已经到齐了。

聊天室聚会永远都是 AA 制，简餐的味道也就那样，长弓却看到坐在自己对面的木子吃得津津有味。

"心动了？"李松凑过来，在长弓耳边低声说道。

"有点。"长弓同样压低声音，说完，喝了口手上的扎啤。虽然没有谈过恋爱，但谁心中没有对另一半的畅想？而坐在对面，正和身边另一位女网友猜盘子里米粒数量是单是双，玩得不亦乐乎的女孩，似乎正和他心中幻想过不知道多少次的身影重合。

长弓生在双职工家庭，父母在长弓很小的时候就很忙，当长弓能认字的时候，他们就扔给他一些长篇小说让他阅读。喜欢看小说的人都喜欢幻想，他也不例外，往往会在每天睡前给自己讲个故事。每天的故事都不太一样，隐约中，却总有个长发飘飘、身穿白色长裙、纯洁无瑕的女主角。有美好的期待，当然也不无青春少年特有的爱情幻想。

"心动不如行动。"李松低声笑道。李松是有女朋友的，是他的同学。

长弓平静地看了他一眼，"我不会。"

"咳咳，那哥教你两招怎么样？直接告白或间接告白，你选一个吧。"李松一脸坏笑。

"太快了吧。"长弓没谈过恋爱，这才第一次见面，就算一见钟情，也不能吓到人家啊！

李松道："现在这世界，手快有，手慢无。想要追到喜欢的姑娘，胆大、心细、脸皮厚，一个都不能少。尤其是脸皮厚。只要你敢表白，至少就有一半的机会，不然的话，成功率就是零。"

"好像也有点道理。"长弓挠了挠头。

李松道："当然有道理了，哥可是过来人。今天你先别表白啊，毕竟第一次见面。等回去之后在网上多聊聊，找机会说。在网上说，比当面直接说容易多了，这就是网络的妙用。"

"三少，我可以这么叫你吗？"对面传来悦耳的声音。

"当然可以。"长弓赶忙转过头去，正好看到木子一双漂亮的大眼睛看着自己，她的睫毛长长的，可能是因为吃饱了，白皙的面庞上多了一抹健康的粉色，那巧笑嫣然的样子，看得长弓心头一颤。

"你会滑轮滑吗？"木子问道。

"会一点。"长弓道。

"那我们一起去滑轮滑吧，大家刚刚商量的。"木子一脸的欢欣，满是小女孩那种特别容易满足的快乐。

"好啊！"长弓心头热热的，当然不会拒绝这个提议。

一楼就是旱冰场。这里长弓还是第一次来，租了单排轮滑鞋换上，他顿时显得有些鹤立鸡群。一米九的身高，加上轮滑鞋的高度，足以让他傲视全场了。

木子在另一边换鞋，她弯着腰，从长弓这个角度看去，正好能够看到她有着完美弧线的腰臀和修长的腿，无处不充满着青春的气息。

脱了皮夹克寄存，略微挽起毛衣袖子，长弓脚掌微微发力，蹬地滑出，右脚在前，带着身体绕出一道弧线，到了木子身前时自然转身，刚好停在她面前。

木子惊讶地抬头，看到双手插在兜里的长弓，"哇！你真的好高哦。"

长弓微笑道："你也不矮啊，不过小心你那九十公斤的体重踩坏了轮滑鞋。"

木子哧哧笑着："讨厌！"她也穿好了轮滑鞋，有些摇晃地站起来。

长弓犹豫了一下，心中的腼腆令他略微迟疑，但男人的绅士风度还是让他伸出手去扶她。

"啊！"木子突然惊呼一声，脚下一滑，跌向长弓的方向。

旱冰场的暧昧

这还是长弓第一次抱住一个女孩，他能清楚地感觉到，体内的荷尔蒙在爆发，心跳在加速。如果说先前只是有好感，那么这一刻似乎真的是一见钟情了。

◇◇◇◇◇◇◇◇◇◇◇◇◇◇◇◇

长弓猝不及防之下，被她撞了个满怀。他双腿下意识微曲，下盘和腰腹发力，双手托在她的腋下，在冲力的作用下，带着她一起向后滑去。

她的身体好软。

是的，木子的身体很软，柔若无骨，虽然一米七的身高令她的体重并不算轻，但以长弓的力量，还是轻易托住了她。

这还是长弓第一次抱住一个女孩，他能清楚地感觉到，体内的荷尔蒙在爆发，心跳在加速。如果说先前只是有好感，那么这一刻似乎真的是一见钟情了。两人向后滑出七八米，长弓双脚发力，以八字形站稳。

"啊，吓死我了！"木子还有些惊魂未定，在长弓的扶持下站直身体。她抬头看向长弓，"谢谢你啊！你的手好有力，我还以为我们要变成滚地葫芦了呢，嘻嘻。"

长弓笑道："我核心力量比较强，下盘稳。看样子，你的技术有待提高啊！"

木子有些不服气地道："人家还是会一点的。"她一边说着，一边向旁边滑去。不知道是因为惊魂未定还是今天发挥失常，才滑出去没多远，她的上身就开始大幅度晃动起来。

"小心！"手臂上多了一只大手，再次帮她稳住重心。长弓一只手插在兜里，另一只手扶着她。

"你轮滑很厉害啊！"木子在他的帮助下果然稳定住了，也开始自如地滑起来，确实如她所说，她还是会一点的。

长弓道："我十岁开始玩轮滑，体育运动我都还行。"

"都还行？说大话要长鼻子的。"木子笑道。

"多少都会点吧。"长弓并不心虚地说道，高中的时候，他参加跳高、跳远比赛，还拿过全市前八名，"其实我最强的是游泳，有机会一起游泳啊？"

木子俏脸一红："谁要跟你游泳。"

"我拉着你滑吧？"长弓试探着问道。

木子看了他一眼，他的目光清澈又有些热切，她拉了拉自己毛衣的衣袖，将自己的手隔着衣袖交在他手上。

在雌性面前，雄性永远都有一颗卖弄的心，长弓也不例外。拉着木子，他脚下骤然加速，绕场滑了起来。他忽而正向滑，忽而在木子身前倒滑，带着她在旱冰场内玩得如鱼得水。

旱冰场中央是一个圆台，一侧有波浪池，那是高端玩家的场地。中央圆台偶尔有人跳上去，表演几个花式动作。

木子经过短暂的适应，渐渐适应了长弓的速度，高速带来的刺激感令她欢呼连连。

"哇，三少，你看台上那些人，好厉害哦！哎呀！你干什么？"木子正兴奋着，突然手上一轻，长弓松开了她的手，人消失了。她刚才侧头看着圆台，此时才发现，不知道什么时候，竟然已经到了高低起伏的波浪池前方，而她根本就停不下来，只能在尖叫声中朝着波浪池冲去。

"三少！"她大叫。一双有力的六手适时出现在她腰间，力量和热度同时从手掌处传来，他们冲上了波浪池的第一个波峰。

"身体前倾！"身后传来长弓的声音，木子下意识地照做。下坡带来的失重感令她不禁再次惊呼，紧接着又是上坡。上下起伏，令她如在云端，一时间紧张得攥紧双拳。当最后一个大下坡让她冲出前所未有的速度时，她只觉得自己的心脏都要跳出来了。速度终于减缓，长弓带着她滑到了旱冰场旁边的扶手旁。

"好玩吗？"她终于又看到了他，他的手离开了自己的腰，似乎有些凉意。

"一点都不好玩，吓死我了！"木子嗔怪着说道。不过，真的好刺激啊！这是心里话。

"别生气，你在这里等着我。"长弓向她笑笑，然后突然转头加速滑去。

木子的视线跟着他，吃惊地看到他竟以高速冲向中央圆台。在距离圆台还有两米左右的地方，他猛然跃起，竟然就那么直接跳上了高达一米的台子，引起周围一片惊呼。旋转，停顿，几个简单的街舞动作在轮滑鞋带来的效果下显得极为炫酷；后手翻，托马斯全旋，长弓的一双大长腿瞬间霸占了整个圆台。再旋转，跳跃，下台，几乎是在全场目光的跟随下，在一片尖叫与口哨声中，他重新回到她面前，牵住她的手。这一刻，他似乎是旱冰场上的君王，而她，则是他选中的明珠。

"给。"长弓将纸巾递给木子。两个小时的轮滑，他们的额头上都已经出汗，汗水浸透最严重的，是木子的衣袖。作为阻隔他们手掌直接接触的"罪魁祸首"，它同时受到了两人汗水的侵袭。

"你轮滑好厉害！"木子赞叹道。

长弓笑道："小时候没的玩，就去轮滑场。那时候的轮滑鞋就是一块铁片下面四个轮子，用几根破布带绑在脚上。滑得多了就会了。"

木子说："今天我很开心。"

长弓道："我也是。"

回家的路上，长弓心中似乎只有那柔软的手掌、柔软的娇躯，还有那双明亮的大眼睛，巧笑嫣然和兴奋时微红的面庞。

"小李子，教教我，怎么追女孩子？"

那天之后，长弓喜欢上了黑鹰聊天室，或者说，喜欢上了傍晚工作后的那段休息时间。他和她天南海北地聊，感受着她的快乐，相互了解着彼此的一切。

唐家三少私聊考拉："明天周末了，我们出去玩吧。"

考拉私聊唐家三少："好啊！去哪儿？"

唐家三少私聊考拉："我列几个选项，你来选好了。电影院、游泳池、游乐场、动物园，你挑一个。"

考拉私聊唐家三少："才不要游泳，人家胖胖的样子会被你看到。游乐场吧，好久没玩翻滚过山车了。"

唐家三少私聊考拉："囧！能不能不玩翻滚过山车？"

考拉私聊唐家三少："运动健将还怕这个？这可是你让我选的。"

唐家三少私聊考拉："好吧，舍命陪君子。我明天去哪儿接你？"

考拉私聊唐家三少："木樨地地铁站里见吧。"

唐家三少私聊考拉："咦，离我们单位很近啊。好，明早见。"

情 书

男人的勇气，在很多时候需要女人来赋予。但前提是，他喜欢她。

◇◇◇◇◇◇◇◇◇◇◇◇◇◇◇◇◇◇◇◇◇◇◇

一九九九年三月十四日。天清气爽，微寒。

长弓摸摸自己的衣兜，他今天足足早到了半个小时，心情有些激动，也有些忐忑。

"三少！"木子从地铁东侧阶梯下来，今天的她，穿着依旧是素色的，黑色外套、黑色牛仔裤、黑色鞋子，就连毛衣都变成了黑色。第二次见她，她依旧巧笑嫣然，但不知道为什么，在长弓眼中，她似乎更美了。

"你很喜欢黑色啊？"长弓笑道。

木子道："黑色显瘦嘛。"

长弓道："你真的不胖。"那天，他碰过她的腰。

木子笑道："女孩子总想更瘦一点。"

地铁上人不多，很快就有了座位，木子先坐，过了几站，对面也有了两个空位。长弓坐下，看着对面的木子。他惊讶地看到，木子站了起来，带着几分羞涩的笑容，坐到了他身边。交谈变少了，长弓能够感受到的只有自己心中的异样，勇气在这一刻少得可怜。

进了游乐场，木子似乎变成了一只快乐的小鸟，每个项目都想玩。

"我们去玩过山车吧？"木子道。

"我恐高。"看着高空翻转、隆隆巨响、不时倒过来的过山车，长弓顿时有些紧张。

木子扑哧一笑："原来运动健将也有不擅长的。那好吧，你在下面看着，我自己去。"

不知道是为了培养自己的勇气，还是别的什么，长弓脱口而出："我还是陪你吧。"

当过山车的安全环缓缓落下，固定住身体的时候，木子分明看到长弓的脸色开始变得苍白，她伸出手，握住他的手，"很好玩的！"

她的手很软，肌肤细腻，手指特别修长，被她的手一握，他顿时放松了几分。

过山车启动，攀升，他的心开始悬了起来。嗯，等从上面滑下去，最害怕的时候，就告诉她！

过山车到了顶端，长弓扭头看向木子，这一刻，他眼神坚定，"木子！"

"啊？"木子疑惑地看向他。

"我——啊！""喜欢你"三个字并没能出口，飞速直下的过山车瞬间就抽掉了长弓的勇气和力气，剩余的唯有惨叫。

木子看着坐在石凳上的长弓，关切地问道："你没事吧？"从翻滚过山车下来后，他的脸色一直很苍白，而且看上去似乎有些恍惚。

"我们去玩海盗船、勇敢者转盘、超级太空船、激流勇进吧！"长弓突然抬起头，毅然决然地说道。

木子惊讶地道："你不是恐高吗？"

长弓道:"我想,我要培养勇气!"勇气似乎真的可以培养。整整一个上午,长弓带着木子几乎玩遍了他以前从来不敢去碰的项目。

他渐渐明白,男人的勇气,在很多时候需要女人来赋予。但前提是,他喜欢她。

"咖喱鸡肉饭真好吃。"木子一脸的满足,在食物面前,她总是容易满足,"你怎么不吃?"

"我早上吃得多,有点反胃……"长弓嘴角抽搐着,他恨自己,为什么在选项中列上游乐场这种地方!

"不吃太可惜了,真的好好吃。"木子一脸不解地看着他,居然有人不吃午饭,在她的世界中,这是绝对无法理解的事情。

"你先吃,我出去一下。"长弓歉然地笑笑,出了餐厅。一直到木子吃完他才回来,而且手里多了个袋子。

"你不会是去吐了吧?"木子压低声音问道。

长弓微微一笑,将袋子递给她。

"哇!好好吃的样子。"袋子里是一盒心形费列罗巧克力,"送给我的吗?"

长弓看着她一脸幸福的样子,自己也特别满足,"是啊,今天是特殊的日子嘛。"

"什么特殊的日子?"木子疑惑地问。

"你真的不知道?"长弓眼含深意地看着她,其实,如果不是李松告诉他,他也不知道。

"不知道啊。"木子很好奇。

长弓笑道:"不急,你会知道的。"

木子笑笑:"谢谢!对了,我的电脑好像出了点问题,你计算机不是很厉害吗,能不能帮我修修?"

长弓惊讶地道:"去你家?方便吗?"

木子道："我爸妈还没下班呢，爷爷最近病了，要在医院做个小手术。"

长弓道："你爷爷没事吧？"

木子道："没什么事，不严重的。"

木子家在木樨地，她爷爷是老红军，真正杀过日本鬼子的战斗英雄，她父亲一辈有兄弟四人；母亲参加过越战，有两个弟弟，也是军人出身。他们家是军人世家，如果不是她近视得比较厉害，需要戴眼镜，可能也去当兵了。

木子家是一套三居室，她有自己的房间，书柜、电脑桌、书桌、单人床，还有一个大大的软垫子放在窗下。

"搞定！ 就是网络设置有点问题，现在可以了。"修好电脑，长弓拍拍手。

木子雀跃道："太好啦！ 又可以和你聊天了。"

长弓扭头看向木子，她俏脸微红，低下头，不和他的目光相对。

"我该走了。"长弓站起身。

"我送你。"木子笑笑。她的笑不是那种特别醉人的笑，但很纯粹，纯粹得让长弓心头有些发软。

从木子家到地铁站这段十分钟的路程里，两人都没怎么说话，只是并肩而行。

"到啦，路上注意安全哦。"木子又笑笑。

"嗯。"长弓点点头。他此时心中默念着，翻滚过山车、超级太空船、勇敢者转盘、海盗船，赐予我力量吧！

"那我走啦！ "木子笑着向长弓挥挥手。

"等下。"众位游乐场"大拿"保佑，他终于鼓起勇气。

"嗯？ "木子回过身来。

长弓深吸一口气，长腿跨出，一步就来到木子身前，倒是吓了她一跳。

"你…… 你干什么？ "

长弓飞快地从怀中掏出一个信封，塞到木子手里，然后转过身，飞也似的跑下地铁台阶。

木子呆了呆，看看手中的信，再看看那迅速远去、显得有些青涩的身影，忍不住扑哧一笑："好奇怪。"

直到进了地铁，长弓的心还在乱跳，绝对比从翻滚过山车上下来的时候还要剧烈。她看了信，会怎样呢？

木子回到家时，小脸还是红红的。她在路上就看了信，无疑，那是一封情书。和接触时的腼腆不太一样，信里的话虽然委婉，但表达的意思很清楚。字很好看，钢笔手写，力透纸背，能看得出他在写这封信的时候是多么用心。

"咦，妈妈，你回来啦。"木子一进门，就看到正走向厨房的母亲。

"嗯，你干什么去了？"母亲微笑着问道。

木子道："一位朋友来帮我修电脑，我刚送走他。"

母亲道："去复习一下功课吧，吃晚饭的时候我叫你。"

木子凑到母亲身边，"妈妈，有人给我写了封信，我有点不知道该怎么办。"

母亲愣了愣："信？情书吧？"

"嗯。"木子红着脸，将手中的信递给母亲。妈妈很开明，她俩说是母女，其实更像姐妹，她并不避讳。

母亲似笑非笑地道："我们木子也有人喜欢啦。"

看了信，母亲点点头道："字不错，文笔也不错。"

木子晃着母亲的手臂，"我又不是问这个。"

母亲笑道："你都长得比妈妈高了，女孩大了，有人追是好事啊。年轻时的恋爱是最美好的，没有受到社会的沾染。只要你自己愿意，不要出格，妈妈不反对。来，给妈妈讲讲，他是什么样的人？你喜欢他吗？"

等你一百封信

我已做好嫁衣,当你第一百封信到的时候,就做你的新娘。

〇〇〇〇〇〇〇〇〇〇〇〇〇

"长弓,第六条新闻错了两个字,你怎么搞的?"主管严厉的声音让精神有些恍惚的长弓回过神来。

"抱歉,我立刻改。"长弓赶忙打开 HTML 文本,检查着自己的错处。

"长弓,你今天怎么了?怎么总有点心神不宁的?"旁边的李松低声问道。

长弓压低声音道:"昨天我跟她说了,还不知道她会不会同意呢。"

李松惊讶地比出个大拇指:"厉害啊!有勇气!"

长弓苦笑道:"是游乐场赋予了我勇气。你说会不会太急了?要是吓到她怎么办?"

李松翻了个白眼:"人家要是对你有好感,你第一次见面就说要交往也会同意的;要是不喜欢你,你推后一百天再说也没用。兄弟,我送你四个字:听天由命。"

长弓没好气地回过头继续做自己的新闻,先把工作完成再说。总算到了木子每天上线的时间,长弓完成工作后,早早地等在聊天室,目光始终盯在聊天室在线人员名单上。

没来,她没来! 到了木子每天都会上线的时间,但今天,她没有出现。长弓有些发呆,窗外,夕阳西下,渐渐暗下来的天空一如他此时的心情。对初恋的憧憬,对爱情的渴望,灼烧着他的心,而那张笑靥在他脑海中越来越清晰。

有些胸闷,呼吸短而急促。长弓发现,越是在这个时候,自己对那个只见过两面的女孩越是用心了。已经过了十分钟。喝口水,压一压嘴里的苦涩。靠在椅背上,就连办公室的灯光在这一刻似乎都显得苍白无力。

"行了。女人是男人最好的课堂,没有失败,哪来的成功? 你没听过那句话吗? 不经历风雨,怎么见彩虹! 回头咱再找个更好的。"李松递过来一盒泡面,"来,化悲愤为食量吧。"

长弓嘴角牵动了一下:"心塞,你吃吧。"

李松一副过来人的模样说:"处男都你这样。"

长弓头也不回地道:"就跟你搞定了你家小月似的……"

李松表情一僵,一把抢回自己的泡面:"继续难受吧你!"

"我难受什么?"长弓的声音由先前的低沉几乎瞬间转化为亢奋,只因为聊天室在线人员名单中多了一个名字:考拉!

和之前不同的是,今天考拉一上来并没有跟唐家三少打招呼,甚至没有吭声。

唐家三少私聊考拉:"Hi."

考拉私聊唐家三少:"嗯哪。"

长弓突然发现,自己有点不知道该跟她说什么了。虽然内心的阴霾在她到来的那一瞬就消失了,但忐忑也随之而来。

两人就这样保持着沉默，半晌没有吭声。

唐家三少私聊考拉："你爷爷好点了吗？"

考拉私聊唐家三少："过几天做手术，应该没什么事的。谢谢。"

唐家三少私聊考拉："你电脑没问题了吧？"

考拉私聊唐家三少："可以的，谢谢你。"

唐家三少私聊考拉："总是说谢谢，很生分啊！"

考拉私聊唐家三少："……"

长弓终于知道什么叫百爪挠心了。终于，他还是鼓足勇气！男人，总应该主动一点。

唐家三少私聊考拉："信你看了吗？"

考拉私聊唐家三少："嗯。"

唐家三少私聊考拉："那……可以吗？"

考拉沉默了。

足足过了五分钟，长弓忍不住再问。

唐家三少私聊考拉："可以吗？"

考拉私聊唐家三少："不久前，我在网上看了一个帖子，里面有个小故事，我觉得很有意思，讲给你听吧。"

唐家三少私聊考拉："好啊！"

考拉私聊唐家三少："有一个男孩喜欢上一个女孩，就给她写了一封信，信上写着他对她的爱慕之情。没几天，女孩给他回了信，信上却只有几个字：功到自然成嘛。男孩又写了第二封信，女孩给他回信，依旧是同样的一页信纸、一句'功到自然成'。男孩约女孩出来，女孩去了，他们在一起很开心。但当男孩问女孩可不可以在一起的时候，女孩总会告诉他：功到自然成嘛。

"日复一日，男孩邮寄给女孩一封封信，得到的答案却总是一样的。终于，当他收到女孩第九十九封回信的时候，他失去了拆开的勇气，不愿意再看到那一句'功到自然成'，他选择和一个爱慕他很久的女孩结婚了。

"结婚的那一天，他将自己收到的那个女孩的九十九封回信封存在一个木匣中，交给妻子，以示自己对妻子没有秘密。妻子问，能否分享这些信。男孩答应了。妻子一封封地拆开，发现里面都只有那一句'功到自然成'。妻子发现，第九十九封信并没有被拆开，出于对男孩的尊重，她将信给了他，让他自己拆开，或许，信中会有一线生机。

"男孩并没有抱任何希望，九十八次的失望令他早已失去信心。他随手拆开信，却发现信上的那行字和前面九十八封不一样。"

唐家三少私聊考拉："这第九十九封信上，写了什么？"

考拉私聊唐家三少："信上写着：我已做好嫁衣，当你第一百封信到的时候，就做你的新娘。"

看着屏幕上的这行字，长弓呆住了，悲剧往往最让人记忆深刻。

考拉私聊唐家三少："我答应你了。"

唐家三少私聊考拉："答应我什么？"

考拉私聊唐家三少："……"

长弓突然一激灵打了个寒战，险些从椅子上跳起来。

唐家三少私聊考拉："你……你愿意和我在一起？"

考拉私聊唐家三少："嗯。刚才这个故事，叫《等你一百封信》。你要是能给我写一百封信，我就答应你。"

唐家三少私聊考拉："没问题！"

长弓在回答这三个字的时候，根本是不假思索的。此时此刻，他心中只有冲动。

考拉私聊唐家三少："说话算数！"

唐家三少私聊考拉："一定！不过，话说是先写一百封信你才答应和我在一起，还是先答应和我在一起啊？"

考拉私聊唐家三少："^_^"

唐家三少私聊考拉："/(ＴoＴ)/~~"

考拉私聊唐家三少："先答应你吧。"

唐家三少私聊考拉："万岁！"

考拉私聊唐家三少："我有那么老吗？"

唐家三少私聊考拉："不老，永远十八岁！"

考拉私聊唐家三少："你是什么时候喜欢上我的？"

唐家三少私聊考拉："滑轮滑时，你撞入我怀里的那一刻。你呢？"

考拉私聊唐家三少："谁喜欢你了？ ~(@^_^@)~"

唐家三少私聊考拉："咳咳，我的意思是说，你对我有一点好感的时候。是不是我上台表演轮滑那会儿？ 是不是特别帅？"

考拉私聊唐家三少："不是的。是你去表演之前，松开我的手的那一刻，隔着毛衣，你的手已然很热，你松开的那一刻，我突然有点冷，好像有种失去了什么的感觉，记忆特别深刻。"

唐家三少私聊考拉："以后，我再也不会放开你的手。"

我的心不大，只装得下一个你

　　自从木子答应和他在一起之后，这里就好像变成了他们的另一个家，一个只有彼此的家。

◇◇◇◇◇◇◇◇◇◇◇◇◇◇◇◇◇◇◇

　　有些形容词，只有你真正感受过才能明白它们的含义。接下来的整整一天，长弓都在深刻体会着什么叫幸福得像花儿一样。

　　早早就写好了第二封信。他约了木子周末出去玩，这次可就不是游乐场了，换成了安全系数大得多的动物园。

　　春天的色彩变得艳丽，空气清新得仿佛带着她的香气。

　　做完晚上的新闻，长弓摸出自己给木子写的第二封信，字斟句酌地校对着，看看有没有什么错漏。

　　木子昨天说，今晚有晚课，会晚点回来。黑鹰聊天室依旧开着，自从木子答应和他在一起之后，这里就好像变成了他们的另一个家，一个只有彼此的家。

　　小林私聊唐家三少："你好。"

无意中，长弓瞥到屏幕上的一行字。小林？ 好像是新加入聊天室的成员。她名字的颜色是粉色的，意味着性别是女。男性聊友的名字则是蓝色。

　　唐家三少私聊小林："你好。"

　　小林私聊唐家三少："我听他们说，你挺好玩的。"

　　唐家三少私聊小林："^_^"

　　小林私聊唐家三少："你是北京人吗？"

　　唐家三少私聊小林："是啊！"

　　小林私聊唐家三少："我也是呢。"

　　……

　　小林私聊唐家三少："你真逗。有没有兴趣现实里见见？ 人家可是大美女哦。"

　　唐家三少私聊小林："一般都这么说，你不会是'恐龙'吧？"

　　小林私聊唐家三少："见见不就知道了？ 该你是'青蛙'才对。"

　　唐家三少私聊小林："我们前些天刚聚会过，你可以问问大家我是不是'青蛙'。"

　　小林私聊唐家三少："问过啦，轮滑高手嘛，所以我才有兴趣和你见面啊！大男人，别磨叽。"

　　唐家三少私聊小林："抱歉啊！ 不能和你见面，我有女朋友了。"

　　小林私聊唐家三少："有女朋友也不影响见女网友吧？"

　　唐家三少私聊小林："论一个'五讲四美三热爱'男青年的自律精神。"

　　小林私聊唐家三少："你还挺专情的嘛！"

　　唐家三少私聊小林："必须的。我的心不大，她挺胖的，都给我撑满了，没缝隙了。"

　　小林私聊唐家三少："有多胖？"

　　唐家三少私聊小林："九十公斤！ 柔道黑带！ 厉不厉害？ "

　　"哈哈哈哈！"林锦儿笑得前仰后合，身边的木子却鼓着嘴，但终究还是忍不住笑了出来。

"快起来，给我让地方。"木子嗔怪地拉扯着自己的好闺密。

林锦儿笑道："运气不错啊，还找了个痴情种子。不过，九十公斤是怎么回事？哈哈哈！"

木子哼了一声："我选的，当然不错啦！快起来，你真讨厌，就说了不让你试他嘛。"

林锦儿低笑道："你是怕被我试出来，他跑来跟我见面吧？"

木子骄傲地仰起头："我才不怕。他要是那样，就没资格做我男朋友了。"

林锦儿收敛笑容："木子，我可提醒你啊，网上骗子多，你可要小心点。"

木子道："我有分寸的，他对我好不好，难道我还看不出来吗？而且，我一向很小心，反倒是你，才应该注意点，你身边的男生太多了。"

林锦儿很漂亮，但和木子是两种风格，用木子的话来形容，就是妖艳。

小林私聊唐家三少："轮滑王子，去找你的胖妞吧，我下了。"

坐在电脑前，长弓一阵无语，看了看手表，心中暗想，我家胖妞怎么还没有来，差不多该放学了。

十分钟后，考拉姗姗来迟。

唐家三少私聊考拉："你总算来了。"

考拉私聊唐家三少："乖啦。"

唐家三少私聊考拉："这话不该是我说的吗？"

考拉私聊唐家三少："^_^"

唐家三少私聊考拉："我想见你。"

考拉私聊唐家三少："周末就见到了。"

唐家三少私聊考拉："我有点等不及了。明早我去接你，再送你上学吧？"

考拉私聊唐家三少："好远的，不要啦，你还要上班呢。"

长弓的单位和木子家只相隔一站地铁的距离，但离木子的学校很远，有一个小时的车程。

唐家三少私聊考拉："来得及上班的。就这么定了，明早我在你家楼下等你。"

清晨五点，长弓匆匆爬起来，洗漱，换衣服。

"长弓，你这么早起来干什么？"母亲疑惑的声音从主卧方向传来。

"单位有事，我先走啦！"长弓套上外套，飞也似的跑出家门。

初春的清冷令长弓一激灵打了个寒战。幸好，离家不远就是早早开门的早点铺。

"老板，两根油条一碗豆浆。"长弓高喊一声。

油条一毛五，豆浆两毛，五毛钱就能解决一顿早餐。

"怎么？今天不要俩茶叶蛋了？"老板笑问道。

长弓笑笑："不啦，最近囊中羞涩，少吃点，顺便减肥。"

老板哈哈笑道："你都瘦成这样了还减肥？"

热腾腾的豆浆油条端上来，长弓盛了一小盘免费的咸菜，给豆浆里放上三勺糖，大口大口地吃起来。

三分钟解决"战斗"，长弓狂奔向地铁站。长弓家住石景山，木子家在木樨地，在地铁上的时间十七分钟整。差十分钟六点时，他准时抵达木子家楼下。天气有点冷，他的心却是火热的，嘴里呼着白气，在楼下徘徊着、等待着、期盼着。

"喂！"轻柔的呼唤牵引了他的目光。黑色西装校服、灰色外套，木子的衣着永远是那么朴素。

长弓快步迎上去，木子笑笑，低声道："都说不让你来了，太早了，你还要上班呢。"

长弓笑道："没事，我不累。给你。"他一边说着，一边从怀中摸出一个汉堡和一盒牛奶递过去，"还热着呢，在楼道里吃完了咱们再走吧。"

拿着热乎乎的汉堡和牛奶，木子眼中多了些什么："你吃了吗？"

长弓点点头："我吃过了，和你的一样。路上就吃了。"

　　木子笑了："谢谢。"

　　看她吃得香甜，长弓也笑了，将一封信装到她的书包里，"放学了再看。"

　　十三路汽车从木樨地北边三里河站出发，坐到东四十条，将木子送到学校，再原路返回，到电视台的时候，刚好九点零四分。单位要求，迟到不能超过五分钟。九点上班，九点零四分打卡，已经是最后时限。

第一次亲密接触

这时，她才发现自己不知道什么时候已经靠在长弓怀中，俏脸顿时羞红。那娇俏可爱的样子顿时让长弓再也克制不住心头的火热，探过头，在她面颊上轻轻一吻。

◇◇◇◇◇◇◇◇◇◇◇◇◇◇

木子，这是我写给你的第二封信。那天，当你答应做我的女朋友时，你不知道我有多开心，我的心仿佛长了翅膀，要飞到你身边。你是我的初恋，有了你，我才知道，恋爱原来是如此美好。紧张、期待、忐忑、黯然，直到最后那一刻的开怀，谢谢你给了我这一切。有句话叫"心动不如行动"，等我觉得有一天我有资格对你说那三个字的时候，我一定会对你说。等有一天我觉得自己有资格娶你的时候，你就做我的新娘吧。

总算到了周末，到了一起去动物园的日子。
"你的手冷不冷，我帮你焐焐吧。"长弓拉起了木子的手。

"可我的手比你的热啊！"木子低笑着。

长弓道："那你就帮我焐焐吧。"

这是他们第一次真正的牵手。木子的手指很长，甚至和长弓的差不多长，但手掌很纤细，手指像葱白般嫩滑，没有任何骨节突出。这是长弓见过的最美的手，也是他唯一牵过的手。

木子的手握在掌中，柔若无骨，细嫩温热，长弓的手很快就变得和她的一样暖热了，但就像他那天在聊天室说的，他不会放开她的手。

"你的手真美。"长弓赞叹着。

木子眼中多了几分憧憬："我小时候本是学钢琴的，四岁到六岁学了三年，考上了音乐小学。后来病了一场，住了很久的医院。等病好了，也错过了报名时间，就没去成。"

长弓握紧了她的手："真是太可惜了。"

木子笑道："没什么啊！没有缘分吧，错过了也就错过了。"

春天的动物园，春意盎然，动物们似乎刚刚从习惯沉睡的冬天苏醒。一上午，两人走遍了动物园的每个角落，但相比看那些憨态可掬的动物，他们把更多的注意力放在了彼此身上。长弓讲着自己以前学轮滑摔得很惨的故事，木子讲着自己小时候的一些趣事。

"我最大的兴趣其实不是运动。"长弓神秘地道。

木子道："那是什么？"

长弓道："看书。"

木子疑惑地道："你这么爱学习吗？"

长弓道："不是学习的书，是小说。我父亲那一辈就喜欢看书，我们家有很多小说，我从很小的时候就开始看。那会儿父母都要上班，没时间管我，看书是我最大的乐趣了。我现在还记得，有一年我拿了压岁钱，去书店买了一套《倚天屠龙记》，津津有味地看了一下午，一直看到晚上，都忘了吃饭。"

木子笑道："那你岂不是很会讲故事？"

长弓道："当然。满腹诗书，满腹小说。"

木子道："那你送我回家，给我讲故事吧。"

"好啊！"只要能和她多在一起待一会儿，长弓都会特别满足。木子家中无人，两人倚靠着地板上那大大的软垫子，木子抱着路上买的爆米花，眼睛亮晶晶地看着长弓。

"讲吧。"

长弓道："那我给你讲一个《玄天宝录》的故事吧。"

木子道："好呀！"

长弓给木子讲的都是他精挑细选的小说，讲得绘声绘色，木子很快就听得入迷了。

时间在不知不觉中溜走，不知道什么时候，木子已经靠在长弓的肩膀上，尽管肩膀已经酸麻，他却舍不得换个姿势，唯恐惊扰到她。木子的娇躯柔若无骨，带着淡淡的馨香，长弓心中渐渐升腾起异样的感觉。

"呀，天快黑了。"木子无意间发现窗外的天色已经暗了下来，这才从故事中惊醒。

这时，她才发现自己不知道什么时候已经靠在长弓怀中，俏脸顿时羞红。那娇俏可爱的样子顿时让长弓再也克制不住心头的火热，探过头，在她面颊上轻轻一吻。馨香占据七窍。木子在惊呼声中如同受惊的小鹿般逃开，捂着脸，有些嗔怪地看着他。

长弓站起身，没说话，只是有些小心地将她拥入怀中。木子的手按在他的胸口上，渐渐滑落，轻轻地搂着他的腰。

良久……

"你该走了。"木子轻声道。

"不想走。"抱着她软软的身子，长弓只觉得自己的眼、耳、鼻、舌、身、意全都被她的味道占满。她的身体柔软而温暖，抱住就不愿意放开。

良久，木子轻声道："该走了哦，我父母快回来了。"

木子一直将长弓送到地铁站，长弓甚至有些记不清自己是怎么上的地铁，一直到家，心头始终萦绕着那份异样的感觉。

这就是恋爱的感觉吗？他发现，自己真的已经有些不可自拔地喜欢上了这个女孩。那是初恋的纯粹，是荷尔蒙的萌动，或者又是其他的什么。但她的身影，已经深深地烙印在他的心头，满满的，占据了所有空隙。

爱情是一种魔力，它能够让人做出很多不可思议的事情，它可以赋予人超乎想象的动力。

上学的时候，长弓的作文虽然写得还好，但对写作并没有太多的兴趣，可现在每天给木子写信，倒令他兴趣盎然，那不是负担，而是快乐。情书这东西，写得多了，其实就像日记，充满了他和她的日记。日记中有对美好的畅想，也有对点点滴滴的记载。

因为要工作到很晚，起得又早，很多时候，长弓晚上睡得很少。单位距离木子家近一些，为了早上能早点去，他有时候索性就不回家了，在办公室搭上四把电脑椅，就那么凑合睡上几个小时。天蒙蒙亮，就精神抖擞地冲出去，直奔木子家楼下。

长弓的工作和普通人不太一样，因为工作日的时候要从早上一直工作到夜里，所以是上一天班休息一天。他索性就上班的时候去送木子，休息日的时候上午补觉，下午接她放学。

"给！"长弓将一封信递给木子，信封上写着：第十封。

不到一个月，十封信了。每一封，都是他亲手交到她手里。木子将信收到自己包里，向他笑笑。

长弓有些好奇地问道："为什么每次你都不肯当着我的面看信呢？"

木子道:"能看到你的时候,我为什么要看信啊? 等回去再看。信在眼前,你就在眼前。"

长弓拉着她的手,将她带入怀中,"真想永远在你眼前,看着你。"

木子道:"爷爷做完手术了,很成功,跟我去看看爷爷吧? "

长弓愣了一下,他和木子交往快一个月了,还从未见过她的家人。但很快喜悦就充满了心田,她愿意带他去见家人,无疑是意味着接受。

"好啊! "

木子道:"爸爸妈妈都是军人,是爷爷将我带大的,爷爷每天都给我做好吃的,我才能长这么高。"她有一米七二,几乎和她父亲一般高,在女孩子里是少见的高个子。

长弓道:"真羡慕你。我从来都没见过我爷爷,爷爷四十九岁就去世了,我听爸爸说,爷爷特别喜欢孩子。"

木子抬起头,摸摸他的脸,"我爷爷不就是你爷爷吗? 走吧。"

过 关

或许，长弓的能力并没有多强，他这个年纪甚至还没有看清未来的目标，但木子心中还是渐渐接受了他，因为她能感觉到，他有一颗善良的心。

◇◇◇◇◇◇◇◇◇◇◇◇◇◇◇◇◇

木子的爷爷已经七十八岁高龄了，这次住院是要做个简单的小手术。

洁白的病房纤尘不染。当木子带着长弓来到这里的时候，爷爷正坐在床上，看着报纸。

"爷爷！"木子雀跃地扑到床边。

看到她，爷爷顿时笑了："你来啦，今天不上学吗？"

木子笑道："爷爷，今天是周末，当然不上学啦。您好点了吗？"

爷爷摸摸木子的头："爷爷没事。过几天出院了，爷爷就给你做好吃的。"

木子道："好啊好啊！"

长弓放下手中的水果，打量着木子的爷爷。爷爷一头银发，精神矍铄，长寿眉已经垂过眼角，虽然穿着病号服，却依旧有种难以形容的威势。一想到木子讲过，爷爷是真正杀过鬼子的老红军，长弓不禁肃然起敬。

"这位是？"爷爷自然也看到了长弓，寿眉微扬，打量着这个瘦高的年轻人。

木子扭头看向长弓："爷爷，他叫长弓，是我的朋友。"

"好，好。坐吧。"爷爷指了指床边的椅子。

长弓赶忙走过来："爷爷您好，总听木子提起您。"

爷爷哈哈大笑起来："这丫头，提我这老头子做什么？"

长弓道："木子说您是老红军，参加过抗战，打过鬼子。您是真正的英雄。"

爷爷有些嗔怪地看了一眼木子，"那都是以前的事了，说这些干什么？不过，说起来，当年我在东北打游击，还真是难忘的经历啊！那会儿我们躲在山上，天寒地冻的……"

爷爷精神很好，不自觉地回想起曾经的峥嵘岁月。木子站在一旁，看看讲述着过往、神采飞扬的爷爷，再看看坐在那里听得很认真的长弓，脸上不禁流露出一丝会心的微笑。

交往这段时间，有两个周六长弓没有陪她，那两次，他去看望他的姥姥和奶奶了。一个月的交往，她对长弓的了解渐渐深入。或许，长弓的能力并没有多强，他这个年纪甚至还没有看清未来的目标，但木子心中还是渐渐接受了他，因为她能感觉到，他有一颗善良的心。百善孝为先，这样的品性总是好的。所以，她今天才带长弓来见爷爷。在她心目中，爷爷是她最亲的人之一，爷爷是否喜欢他，很重要。

她拿着长弓买的水果悄悄地走了出去，半晌后回来时，爷爷依旧讲得神采飞扬，长弓则听得面露微笑，偶尔插言，总是恰到好处，让爷爷谈兴更浓。

"爷爷，吃点水果吧。"木子将切好的猕猴桃和勺子递过去。

"嗯，嗯。你们也吃，你们也吃。"爷爷接过猕猴桃，笑眯眯地看着长弓，"小伙子，别嫌我唠叨啊。人老了，就有这个毛病，喜欢回忆过去。"

长弓笑道："我最喜欢听老人讲故事，小时候就听姥姥、奶奶讲，听父亲讲。我妈说，听老人讲故事的时候，是我最听话的时候。"

爷爷道："你家里是做什么的？"

长弓道："我父亲是钢铁厂搞技术的，母亲是裁缝。"

爷爷点点头，没再多问，"挺好的。你也吃点水果。"

木子将半个猕猴桃递给长弓，也递给他一个勺子。两人对视一眼，长弓看到的，是木子甜甜的笑容。两人又待了半个小时，陪爷爷说话，木子去问了医生爷爷的状况，这才离开。

他们走了，爷爷自己下了床，披了件外套来到病房的阳台上。从阳台上往下看去，刚好看到那两道修长的身影正在远去。他们手牵着手，木子似乎在对长弓说着些什么，蹦蹦跳跳的很是开心。

"爸，您怎么到阳台上去了，别着凉了。"浑厚的男中音响起，一位面容英俊的中年人快步走到老人身边，搀扶着老人重新回到病房中。

"卫东，看到木子了吗？"爷爷问道。

木卫东摇摇头："应该是错过了吧，这丫头来了？"

爷爷点点头："不只是她来了，还带了个年轻人。看起来，他们的关系可不一般啊！"

木卫东愣了一下，眉头微蹙："我听木子她妈妈说了，这丫头最近交了个男朋友。她不是没分寸的人，怎么都带着那男孩来看您了？"

爷爷笑了："这有什么？ 这证明木子跟我亲啊！ 她的意思我明白，要先过了爷爷这关才行。我高兴还来不及呢！"

木卫东皱眉道："我总是觉得有点太早了，她还小。"

爷爷微笑道："早点怕什么？ 现在这年代和我们年轻时不同了，和你们小时候也不一样。这男孩我看不错，早点占上也好。"

木卫东惊讶地看着父亲，他很清楚父亲的性格，老爷子当过兵、打过仗，身为一家之主，性格强硬。"您对那男孩印象不错？"

爷爷点点头："见微知著。他们在我这儿待了一个小时，我一直在讲过去的事情，换了你，早就烦了，但那孩子一直听得很认真。我虽然老眼昏花了，但看得出他是真的喜欢听，并不是刻意讨好我。一个能耐住性子听我这老家伙唠叨的人，不错。至少心性不错。木子的眼光可以，你们就不要随便干涉了，我相信我的宝贝孙女看中的人不会错的。"

木卫东笑道："我们也不死板，木子她妈都没反对，我哪管得了，顺其自然吧。听说这孩子是在电视台上班，工作也还可以。"

爷爷微笑道："那都是次要的，我孙女喜欢才最重要。刚才我看见木子和他用同一个勺子吃猕猴桃，这丫头从小就有洁癖，看起来，她对那男孩是真的用心了。"

长弓并不知道木子爷爷对他的评价。出了医院，木子显得很开心，俏脸上始终带着动人的微笑。

我最想去的那个地方，是你的心里

　　她突然抬手摘下自己脖子上的围巾，没等长弓反应过来，围巾已经蒙上了他的脸。下一刻，长弓只觉得，隔着围巾，两片柔软的唇轻轻地印上了自己的唇。

◇◇◇◇◇◇◇◇◇◇◇◇◇◇◇◇◇

　　"爷爷喜欢你呢。"木子拉着长弓的手，笑眯眯地说。

　　"我也喜欢爷爷，听他讲战争时期的故事真过瘾。爷爷刚才说他杀小鬼子的时候，神采飞扬的模样简直像年轻人。"长弓也笑了。

　　木子道："爷爷平时挺高冷的一个人，怎么这么快就喜欢上你了呢？好奇怪。你是不是给爷爷下了什么迷魂药？"

　　长弓失笑道："我也要有那本事才行啊。用我姥姥的话说，我喜欢老人，所以老人就喜欢我。看爷爷精神很好，应该很快就能出院了吧？"

　　木子点点头："应该快了。"

　　长弓道："等爷爷出院了，我再去你家看他。"

　　木子笑道："好啊！"

自从和木子在一起，长弓就喜欢地铁上拥挤一些，因为这样他就有理由用自己的身体护住木子，并且和她紧密地贴在一起，闻着她身上好闻的味道，感受着她身体的柔软。

"木樨地站到了。"地铁门打开，长弓和木子在人流的簇拥下下了车。

"别送我上去啦，省得还要再买地铁票。"木子为长弓拉了拉衣服，柔声说道。

"嗯，那你路上小心点。我到家给你打电话，或者你在聊天室等我。"长弓摸摸她的头。

木子的脸粉扑扑的，红唇娇嫩，看得他不禁有些心旌摇曳。

"嗯。"木子被他灼热的目光看得有些发慌，低下头。

"我可以吻你吗？"长弓凑到她耳边悄悄问道。

木子扑哧一笑："哪有问这个的？"

长弓惊喜地道："可是我怕吓到你。这么说，是可以了？"说着，他人已经凑了过去。

木子赶忙用双手抵住他的胸，娇羞地道："当然不可以。"

长弓满脸的遗憾，正在这时，另一边前往长弓家方向的地铁已经进站了。

"那我走啦，你也赶快回家吧。"长弓抬手轻轻摸摸她粉嫩的面颊，向她笑笑，转身向列车走去。看着他离去的背影，不知道为什么，木子心中突然涌起一股冲动。

"长弓！"她叫他。

"嗯？"长弓回过头来。

木子已经跑到他近前，俏脸微微涨红。她突然抬手摘下自己脖子上的围巾，没等长弓反应过来，围巾已经蒙上了他的脸。下一刻，长弓只觉得，隔着围巾，两片柔软的唇轻轻地印上了自己的唇。

围巾柔软，阻隔了些许温度，但另一侧的唇瓣更加柔软。围巾上满是她的味道，电流从唇上一直沿着脊椎传遍全身，那种触电似的感觉，令长弓整个人像是中了定身法一般。

木子仿佛失去了力气，蒙住长弓脸的围巾渐渐滑落，四目相对，唇间依旧隔着围巾，但呼吸可闻，围巾已经无法阻挡他们彼此的热度。长弓的眼神有些呆滞，在这一刻，他发现自己就像一枚电池，已经充满了电，而木子就是这枚电池的电流。木子仿佛反应过来了，迅速后退，用围巾捂住自己通红的俏脸。

"快走吧你。"她的声音有些急促，更多的是羞涩。

"车走了。"长弓指了指已经飞驰而去的列车。

木子呆了呆，刚刚不是只有一刹那吗？可是，车为什么已经开走了？

"我的意思是，我们其实可以继续的。"长弓笑眯眯地走近她，没等她反应过来，就已经一把抱住她，吻上了她那隔着围巾的唇。她的眼神有些惊慌，有些羞恼，还隐隐地有些甜蜜。

接吻这种事，对第一次谈恋爱的他们来说都不怎么熟练，更何况还隔着围巾。可此时的他们，心中已经被异样的感受充满，比任何时候都更清晰地感到那份甜蜜在蔓延。

木子猛地推开长弓，围巾滑落，被长弓一把抄入手中，而她像受惊的小鹿一般落荒而逃。柔软的围巾握在手中，带着她的温度和馨香，这一刻，长弓只觉得自己的心装得满满的，再也容不下其他什么东西。

天气渐渐炎热，长弓和木子之间的感情也不断升温。只要是不工作又没有其他重要事情的时候，长弓总会去找木子。而写信也从来都不是一份负累，是他对感情的一种表达方式。用木子的话来说，他的文笔越来越好。

"长弓，以后早上你不要来送我了。"木子接过长弓递来的早餐，突然坚定地说道。

"啊？怎么了？"长弓惊讶地看着她。

木子摸摸他的脸："你最近瘦了好多。每天早上都这么早跑过来送我，再赶回单位上班，实在是太辛苦了。"

长弓笑道："没事，我只是想每天早上都能看到你，也让你每天早上都能看到我。这样的话，我留给你的记忆就会越来越深刻，你就会越来越忘不了我。"

木子笑道："你还有这个担忧吗？虽然我记性不好，但你这么个大活人，我怎么会忘。快答应我，以后早上不要来了，你不上班的时候，晚上来接我吧。早上你就好好吃饭，多睡一会儿。你要健健康康的，才能一直守着我啊！你看我都这么胖了，你太瘦了，我希望你能胖一点。为我增肥吧！"

长弓想了想，挠挠头，"可是，早上我见不到你会不习惯。"

木子道："距离产生美。多想想我，就能在心里见到我了。"

长弓笑道："那好吧。那我就把更多精力投入到工作中，我多攒点钱。你不是喜欢旅游吗？我就带你走遍全国。等我以后有更多钱了，就带你去环游世界。"

木子眼中流露出一丝憧憬："好啊！长弓，在这个世界上，你最想去什么地方？以后我陪你一起去好不好？"

长弓笑了："我最想去的那个地方，你没办法陪我去。"

木子好奇地问："为什么？"

长弓认真地看着她："因为我最想去的那个地方，是你的心里。"

值得托付终身的男人

　　木子的心中充满懊悔，懊悔自己那一瞬间的任性，但也充满了甜蜜。就在这一瞬，她默默地告诉自己，一个愿意为自己付出一切的男人，值得托付终身。

◇◇◇◇◇◇◇◇◇◇◇◇◇

　　"长弓，你快看。"十三路汽车上，长弓坐在座位上，木子坐在他腿上，突然指向窗外。

　　长弓顺着她手指的方向看去，只见一个大大的广告牌矗立在路旁，牌子上是一种减肥药的广告。

　　"怎么了？"长弓搂着木子的腰，疑惑地问道。

　　"我压着你，重不重？"木子低声道。

　　"不重啊。你软绵绵的，抱着最舒服了。"长弓笑道，他巴不得一直只有一个座位呢。

　　木子道："我想减肥，我还是觉得自己太胖了。"她其实并不算胖，只是标准体重而已，但女孩子总会觉得自己有一点胖。

"你并不胖啊，我觉得现在这样更好。而且，不管瘦胖，我都喜欢，胖的时候我就喜欢胖的你，瘦的时候我就喜欢瘦的你。你是什么样子，我就喜欢什么样子，我的审美是跟着你的改变而改变的。"长弓笑眯眯地说道。

木子噘着嘴："我就是想减肥嘛，我总觉得自己圆滚滚的。"

长弓宠溺地道："好，那就减。"

"听说这种减肥药的效果很不错呢，真想试试，但好像挺贵的。我回去问问妈妈可不可以给我买，她要是不给我买，我就跟她耍赖，嘻嘻。"木子向长弓笑笑。

送木子到楼下，两人卿卿我我了一会儿，长弓目送她上楼，自己这才离去。木子站在窗前，向他挥手。

"他送你回来的？"母亲的声音从身后传来。

木子回身看向母亲，一脸甜蜜地道："是啊！"

母亲道："你谈恋爱妈妈不反对，但是不要用情太深哦。不然的话，万一有点什么事，你会受伤太深，那可不是妈妈想看到的。"

木子愣了愣，吐吐舌头。

母亲道："正处于热恋期，我估计你也听不进去。不过，等你们交往的时间长一点，冷静一些后，你自己要慢慢控制。感情这种事，细水长流，才能长久。"

"哦。"木子道，"妈妈，我想减肥。今天回来的路上，我看到××减肥药的广告，说效果很好呢。"

母亲道："现在的广告都有些言过其实。那种减肥药好像挺贵的，要三百多元吧。"

木子惊讶地道："那么贵啊，那算了吧。"

母亲没好气地道："你也不算胖，减什么肥，有时间不如多运动。好了，准备吃饭吧。你那小男友今天怎么没请你吃晚饭啊？"

木子道："他说今天家里有点事，要早些回去。今天吃什么好吃的啊？"她蹦蹦跳跳地跑进厨房。吃一直都是她最大的爱好，这也是她总觉得自己胖的原因之一。

吃了晚饭，木子正要回自己房间看书，突然房门被敲响。这么晚了，谁会来？

"谁啊？"木子一边问着，一边走向房门。

"我。"一个有些刻意压低了的熟悉的声音在门外响起。

木子惊讶地快步走过去，打开房门。

门外是风尘仆仆的长弓。长弓将手中的一个纸袋递给她，向她笑笑："我走啦。"摸摸她的面颊，他快速转身而去。

"喂，你……"木子想要叫住他，但一想到父母都在家，就没有追出去。她低头看向手中的纸袋，纸袋上印着华美的图案，这不是和今天回来路上看到的减肥药广告上的图案一样吗？

飞快地打开袋子，里面赫然是一盒包装精美的减肥药。刹那间，木子只觉得眼圈一热，她飞快地跑到自己房间的窗前向外看去，刚好看到长弓的身影出现在楼下。似乎是感受到了她的目光，长弓回过身，向她挥挥手。

外面天已经黑了，木子看不到长弓的表情，但她的手不自觉地攥紧了手中的袋子。木子知道，长弓还处于实习期，一个月基本工资四百元，因为晚上加班时间长，有五十元的加班补助，所以一个月的收入是四百五十。而自己手中的这盒减肥药足足要三百多元，已经超过了他工资的四分之三啊！他每个月除了坐车、吃饭，剩余的恐怕就只有这些钱了。只因为自己的一句话，他就义无反顾地去买了送来。原来他并不是家里有事，而是……

母亲先前的叮嘱，在这一刻烟消云散。木子的心中充满懊悔，懊悔自己那一瞬间的任性，但也充满了甜蜜。就在这一瞬，她默默地告诉自己，一个愿意为自己付出一切的男人，值得托付终身。

抱紧怀中的减肥药，木子心头暖热，回到床边，坐在那里，久久不能自已。

……

"咦，你怎么骑自行车来了？"木子看着蹬着山地车停在自己面前的长弓，脸上流露出惊愕的神情。

"你不是嫌我瘦吗？我要锻炼锻炼身体，所以就决定骑车上班了。怎么样，不想试试后座的感觉吗？"长弓微笑地看着她。

木子走到他面前，突然抱住他的脖子，吻上他的唇。长弓被她突如其来的动作惊呆了，但她的唇是那么真实、柔软、温润，带着有些激动的颤抖与潮热。他此时还跨坐在自行车上，幸好他身高腿长，一条腿支撑着身体，一只手扶着车把，另一只手搂紧她。

他们以前也吻过，可是木子每次都羞涩地选择一些遮挡物。从最初的围巾，到后来的纸巾，遮挡物在变薄，直到今天，再没有任何阻隔。两人深深地吻着，长弓真切地感受着她带来的美好。似乎在这一刻，他们的心正在碰触，长弓更是觉得自己终于走进了他最想去的那个地方。

木子羞涩地将面颊贴着他的面颊，她不敢看他，俏脸羞得通红，却紧紧地搂着他，不肯放开。

长弓的姿势着实有些不舒服，但木子抱得太紧，他也没法子，只能凭借良好的身体素质迈下车来，把自行车支好，这才能好好地抱着她。

"你今天是怎么了？"长弓有些好奇地问道。

木子轻轻地道："你是因为把钱都花了，没钱坐地铁才骑车的吧？可是，你家离单位足足有二十公里啊！"

长弓微笑道："没事，你看我人高腿长的，二十公里不算什么，不累。而且，这样来找你也更方便了。从我们单位骑车过来，可比坐车更方便哦。"

木子从兜里摸出几张红色大票，递给长弓。

长弓愣了一下，扶着她的肩膀，让她暂时和自己分开，眉头紧蹙，"木子，你这是什么意思？"

木子看着他，柔声道："对不起，是我太任性了。我并不胖的，我以后再也不说要减肥了。那个减肥药我给退了，钱当然要还给你。"

长弓惊讶地道："怎么可能？ 还能退？"

木子笑道："当然可以啊。消费者协会不是说可以退换吗？ 而且你别忘了，我爸爸就在'3·15'工作啊。"

长弓失笑道："你这是何必呢？"

木子眼圈微红："我该体谅你，你为了我已经很辛苦了。"她一边说着，一边把钱塞给长弓，然后再次扑入他怀中，紧紧地抱住他。

这时，木子在心中暗暗做了一个重要的决定。

九十九朵玫瑰

长弓重新在木子身前蹲下，握住她的一只手："从第一次见到你的时候起，我就知道我喜欢你。而我一直认为，爱是深深的喜欢。一百天的时间，早已让我积累到足够。所以……"说到这里，他停顿了一下，然后用异常坚定的语气道，"木子，我爱你。"

長弓和木子交往三个月后，他终于转正了，工资也从原来的四百五十元，增加到基本工资八百元加上奖金和加班费，总数破千元。在一九九九年的时候，这已经算是中等收入水平。

电视台第一版网站也在长弓和同事们的努力下正式上线，获得了相当不错的影响力和广泛好评。

长弓和木子的感情也渐渐稳定，长弓的爱是炽热的，并没有随着时间的推移有半分冷却。信一封接一封地写着，从最初的一周一封，渐渐变成了每次见面一封。

看着木子面前堆了足有三十厘米高的沙拉塔，长弓惊叹不已。

这已经不是他们第一次来这里吃饭了，能够把沙拉堆到这么高的人并不是没有，但难得的是还能全部吃掉。木子当然是有这个实力的。

木子喜欢吃蔬菜和水果，她并不怎么加沙拉酱，也能吃得香甜。她并不挑食，什么都可以吃得开开心心。长弓最喜欢看木子吃东西时的样子，看着她变得明亮的大眼睛，看着她眼神中的幸福感，他也会觉得特别幸福。

"明天周末，想去哪里玩？"长弓问道。

木子一边吃着，一边说道："哪儿都不想去，你给我讲故事吧。"

长弓笑道："你不用那么替我省钱的。明天我们去公园吧，就去玉渊潭好不好？"

玉渊潭就在木子家附近。

"好啊，在玉渊潭讲故事也行。嘻嘻。"

"嗯。"长弓答应着。

第二天一早，长弓早早地就来到木子家楼下等她。木子惊讶地发现，平时一向穿得比较随意的长弓，今天居然刻意穿了衬衫，显得很正式，头发也梳得一丝不乱。

"怎么了你这是？"木子奇怪地看着他，带着几分狡黠地道，"对了，今天该给我信了哦。你不会没写吧？"

长弓微微一笑："当然写了，不过现在还不能给你。走啦！"

拉着木子的手，向公园的方向走去。二十分钟后，他们进了玉渊潭。现在是六月底，正是一年中植被生长最旺盛的时候。

天气有点热，木子穿了一条墨绿色的连衣裙，裙摆及膝，露着白皙的小腿，走在公园的路上，蹦蹦跳跳的，就像是森林中的精灵。长弓穿着白色长裤，天蓝色的长袖衬衫，袖子挽起。他额头已经出汗，目光却从来都没有离开过木子。

"我们去湖边走走。"木子拉着长弓的手走向湖畔。这里她太熟悉了，小时候就经常来，但这还是第一次和长弓来这里。

"我们去那边吧。"长弓指着湖边一片茂密的树林。

木子俏脸微红，警惕地看着他："钻小树林？你是不是没想好事啊？"

长弓笑道："我想的都是好事。只是不知道，你敢不敢去呢？"

木子哼了一声："去就去，有什么不敢的？你还能把我怎么样？"

树荫下明显凉爽了许多，穿过几棵大树，一张石桌、四个石墩出现在两人面前。

"坐会儿吧。"长弓拉着木子在石墩上坐下。木子有些疑惑地看着他，这里虽然幽静，但好像也不是适合亲热的地方吧。

"你等等。"长弓笑着说道。

"干吗？"木子奇怪地看着他。

"等下就知道了。"长弓一边说着，一边跑向不远处的一棵大树后面。

木子好奇地看着他，当长弓从树后面走出来的时候，左手上已经多了一样东西，那分明是一个蛋糕盒子。

木子最喜欢吃蛋糕了，顿时双眼发亮，但她很快就发现，长弓的右手是背在身后的，似乎有什么东西在他身侧若隐若现。

"今天不是我生日啊，你怎么买蛋糕？"木子好奇地问道。她的生日在一个多月前，长弓刚为她庆贺过。她是五月三日的生日，金牛座。长弓是一月的生日，摩羯座。两人都是土象星座，而且是非常合拍的那种。

长弓把蛋糕放在桌子上："你真的不记得今天是什么日子吗？"

木子愣了愣，疑惑地看着他，摇摇头："快告诉我嘛！你右手拿的什么？快给我看看。"她一向好奇心十足。

长弓藏在身后的右手缓缓转过来，当木子看清他手中拿的是什么时，整个人都惊呆了。

那是一束鲜花，一束火红的玫瑰。这并不是长弓第一次送她花，但木子从来没见过这么多花。大大的一捧，巨大的花头由无数朵红玫瑰拼成，里面夹着白色的满天星、淡紫色的勿忘我，外面包裹着洁白的花纸。

长弓将花递到她面前，在她身前蹲了下来，看着有些发呆的她，轻声道："傻瓜，今天是我们交往一百天纪念日啊！这么重要的日子，你怎么能忘？这是九十九朵玫瑰，代表着天长地久。"

他一边说着，一边从怀中摸出三个信封，递给木子："这是今天的信，写得太多，一个信封装不下了，所以就装了三个。"

木子的视线开始变得有些模糊。一百天。是啊，他们在一起已经整整一百天了！九十九朵玫瑰，这不是只有电视剧里才有的吗？

原来九十九朵玫瑰有这么多，这么重。木子呆呆地看着长弓："可是，我们不是在一起一百天了吗？为什么是九十九朵？你还差我一朵。"

长弓笑了："不差的。"他站起来，打开桌子上的蛋糕盒子，蛋糕是一朵盛放的玫瑰模样，但不是红色的，而是紫色的。

"我们刚在黑鹰聊天室认识的时候，你用的字体就是紫色的，我知道你喜欢的是紫色，所以我选用紫色来做这最后一朵花。加上这九十九朵玫瑰，刚好是一百朵。用蛋糕来代表你，是因为你带给我如同蛋糕一般的甜蜜，也意味着百里挑一。"

"我用了一百天的时间，让自己完全明白了一件事。"长弓继续说道。

"什么？"木子眼波流转。

长弓重新在木子身前蹲下，握住她的一只手："从第一次见到你的时候起，我就知道我喜欢你。而我一直认为，爱是深深的喜欢。一百天的时间，早已让我积累到足够。所以……"说到这里，他停顿了一下，然后用异常坚定的语气道，"木子，我爱你。"

木子呆呆地看着长弓，看着他眼神中那份无与伦比的真挚，晶莹的泪珠如同断了线的珍珠一般，顺着两颊滚落。

长弓拉着她站起来，紧紧地抱着她。

我发誓，我爱你，一生一世

这洋洋洒洒的几万字，记录着他们这一百天来在一起的点点滴滴，记录着他心中的千言万语。

◇◇◇◇◇◇◇◇◇◇◇◇◇◇◇◇◇◇◇◇

"木子，我爱你。"

这片小树林中似乎只回荡着这五个字。长弓的声音并不算大，这五个字却像刀削斧凿般深深地烙印在木子心头。

"长弓。"木子轻声呼唤着。

"嗯？"长弓紧紧地抱着她。

"我……"木子迟疑了一下。

"没事，木子，别急。我并不是想让你也对我说同样的话，我只是告诉你，我的心已经全都给了你。等有一天，你心甘情愿的时候，再告诉我，就像那天你主动亲我。"

"谁、谁主动亲你了 —— 我只是想问，我可以吃蛋糕了吗？"

"你…… 木子，我不会放过你的！"

"哎呀，不要啊！"

十分钟后，木子用手指刮着长弓脸上的奶油送入自己口中，长弓也做着同样的事。

"我们这样，会不会太浪费了？"木子一脸的惋惜。

长弓没好气地道："哪有什么浪费，大部分都进了你的肚子好不好？你中午还吃得下饭吗？"

木子嘻嘻笑道："你太小看我的饭量了。"

"你赢了。"

九十九朵玫瑰在木子房间的花瓶中绽放，用来包玫瑰的玻璃纸，木子将它们一张张地在桌子上铺平。

靠在床上，她拿出长弓给她的三封信。她这才看到，在每个厚厚的信封上都写着一个字，三封信，三个字：我、爱、你。这三个字，显示着三封信的先后顺序，而右上角都有同样的编号，表示这只算是一百封信中的一封。

长弓给木子的信，信封从夹都是不封口的，以避免损坏。这三封也不例外。木子打开三个信封，取出里面的所有信纸。

这时，她才明白为什么长弓要用三个信封来装这封百日纪念信。用Ａ３纸写成的信，一共八页。整整八页，每一个字都是钢笔手写。八页加起来，简直就是一部中篇小说的体量，甚至更长。木子的眼中满是温暖，她拿起第一张信纸，默默地看起来。

木子，时间过得真快，不知不觉，我们已经在一起一百天了。和你在一起的日子，时间总是过得很快，总是那么美好。真想时时刻刻都和你在一起，永远也不分开。这封信我可能会写得比较长，因为我想记录下我们过去一百天中的点点滴滴，记录下我们在一起的所有美好。

不怕你笑话，在你之前，我从来没和女孩子交往过，所以我不太懂得如何追女孩子。但是，第一次在栗正酒吧见到你的时候，你教会了我什么是一见钟情，那时我就告诉自己，我喜欢你。

小李子说，追女孩子要胆大、心细、脸皮厚，只要努力，总会有机会。我原本以为这挺难的，但是，当我发现自己喜欢上你的时候，这些就都不再是问题，只要能和你在一起，脸皮才多少钱一斤？ ^_^……

八页大大的Ａ３纸，每一个字都力透纸背。长弓的字并不算特别好看，但木子看得出，他写每个字的时候都特别认真，那分明都是情感的灌注。

这洋洋洒洒的几万字，记录着他们这一百天来在一起的点点滴滴，记录着他心中的千言万语。如果从作文的角度来衡量，其实这封信的中心思想只需要用信封上的那三个字就可以完全说明了。

木子一整晚都在看这封信，忽而微笑，忽而觉得温馨，忽而吐吐舌头，忽而挥挥拳头。一直到歪在床上睡着时，她也不知道自己究竟看了多少遍。

睡梦中，木子梦到了长弓，也梦到了自己，梦到他们变成了《等你一百封信》那个故事中的两人，长弓一次次地给她写信，她一次次地用最简单的方式回信。一直到第九十九封的时候，回信杳无踪迹。在梦里，她清楚地看到，自己在纸上写着那行字：我已做好嫁衣，当你第一百封信到的时候，就做你的新娘。

"啊！"木子猛地惊醒，从床上坐起，大口大口地喘息，眼神中只有恐惧。她飞快地从床上跳下来，抓起桌子上的电话，拨了一个号码："请帮我呼五六八九九，我姓木，留言是，你一定要坚持给我写一百封信哦。谢谢。"

长弓涨了工资后，买了一个数字寻呼机，毕竟数字的要便宜些。本来家里早就要给他买了，但他是个要强的人，他曾经对木子说过，十八岁成年后，他就再没管家里要过一分钱。因为十八岁的他已经成年，父母把他养到这么大，已经尽了足够多的义务，以后的一切都应该靠自己。

发完寻呼，木子坐在床上，她的心情渐渐平复下来，她吐了吐舌头，自言自语道："他应该调成震动了吧，都这么晚了。我怎么这么傻啊，一个梦而已。"

嘀嘀！ 嘀嘀！ 嘀嘀！

正在这时，木子的数字寻呼机突然响起来，这是妈妈五月时送给她的生日礼物。

寻呼机上只有一排数字：五八四五二一一三一四。看着这行数字，木子脸上渐渐流露出一丝笑容，一丝不断在绽放的笑容。数字游戏是他们最近开始玩的，数字寻呼机的局限让他们必须另辟蹊径才行。

"木子，怎么这么晚了还没睡？ 寻呼机也不调成震动。"母亲有些责怪的声音在房门外响起。

木子吐了吐舌头，脸上却满是甜蜜的笑容："妈妈，我做噩梦了。"

母亲有些疑惑地来到她床边坐下："你这样子哪像是做噩梦？"

木子笑道："那是因为我现在已经好了啊！ 你看！"她一边说着，一边将手中的寻呼机递到母亲面前，给她看那一串数字。

"五八四五二一一三一四？ 这是什么意思？ 不像是电话号码啊？ 难道是国外的电话？"母亲很是疑惑。

"妈妈，这你就不用知道啦！ 这是我的小秘密。反正我现在很开心，要开心地睡觉啦！ 您也早点睡吧，晚安！"说着，木子抱着寻呼机钻进了被窝，美美地闭上了眼睛。

五八四,五二一,一三一四。

我发誓，我爱你，一生一世。

千禧之夜

自从有了你，我的心每天都是满满的，没有一丁点的缝隙。

◇◇◇◇◇◇◇◇◇◇◇◇◇◇◇

北京每年最冷的时候是一月，十二月只能算是前奏。每年的十二月是人们最开心的一个月，因为这个月有平安夜、圣诞节，也预示着一年将要结束，会有年终奖、双薪之类的福利发放，家在外地的人们也即将迎来回家与家人团聚的日子。而今年的十二月又和往常有所不同，因为今年是一九九九年，即将迈入千禧年。这是一千年才有一次的盛况啊！一九九九年到二〇〇〇年的跨年，无疑成了今年最让人期待的事情，比春节更甚。

木子帮长弓拉了拉皮衣。"你冷不冷啊？应该穿羽绒服的。"她有些嗔怪地说道。

两人在一起九个月了，长弓已经写了超过六十封的信。长弓总说木子是他的福星，不到一年的时间，因为工作优秀，他已经几次上调工资，现在月薪已经超过两千元，以他这个年龄来说，已经算是相当不错的了。

"不冷，和你在一起，我怎么会冷？"长弓握住木子总是暖融融的小手，脸上满是笑容。

木子也笑了，她当然知道为什么今天长弓一定要穿这件皮衣。因为他们第一次见面的时候，长弓穿的就是这件，而他脖子上挂着的那条墨绿色围巾，则是她第一次隔着围巾亲他的那条。他的记忆力实在太好了，清楚地记得他们的每一个纪念日，每一次开心的时刻。

这会儿已经下午六点多了，路上很堵，虽然不如十几年后堵得那么厉害，但也有寸步难行的感觉。

"木子，还有不到一公里了，要不我们下车走过去吧，就要开始了呢。"长弓笑着说道。

木子道："你冷不冷啊？"

长弓摇头："不冷，不冷，我哪有那么脆弱。你看，在你的监督下，我都胖了好几斤。"

"那好吧！"结了出租车的钱，两人下车上了人行道。

空气清冷而干燥，北方人其实是喜欢这种寒冷的感觉的。虽然寒冷刺骨，但只要你身上的衣服足够多，就不会感到特别难挨，一旦到了房间里，暖融融的暖气会让你的身体迅速回暖。

长弓喜欢冬天，也喜欢夏天。或许是因为工作顺利又有美人相伴，今天的他显得格外神采飞扬。握着木子的手，揣在自己的皮衣兜里，看着夜幕初临、灯火辉煌的街道，长弓道："北京真美，是不是？"

木子点点头："是啊，平时不觉得，今天不知道为什么，觉得特别美。"

长弓笑道："平时我也觉得美，只要有你在我身边，无论是在北京还是在其他任何地方，都特别美。因为你是这幅画卷上那一抹亮丽的色彩。"

木子扑哧一笑："你什么时候学得这么油嘴滑舌了，都能去写小说了。"

长弓道："好啊，那以后我给你写一本好不好？"

木子撇了撇嘴："那我可等着哦。先别说小说，先把我的一百封信都写给我。"

长弓微微一笑："快了，快了，今天是第六十六封。今天跨年，跨入千禧年，祝你在未来的一千年里顺顺利利、开开心心。"

木子失笑道："谁能活一千年那么久？"

长弓道："天天和你在一起这么开心，我们一定会活得很久的。你看，快到了。"他一边说着，一边指着远处那座渐渐清晰的两层建筑。

今天是一九九九年十二月三十一日，也是千禧年到来之前的最后一天，他们选择了那个熟悉的地方跨年。长弓穿着他们初次见面时穿的皮衣，而那座两层建筑自然就是他第一次和她一起吃饭，第一次隔着毛衣牵她手的栗正酒吧。

今天的栗正酒吧格外绚烂，整个酒吧外都被霓虹灯渲染上了快乐与祝福的氛围，甚至还有一个大大的倒计时牌悬挂在那里，预示着这一个千年即将结束，即将跨越到二十一世纪，下一个千年。

今晚，无论是这里还是其他餐厅、酒吧之类的地方，都可谓一位难求，长弓早在一个月前就订好了位子，为的就是这一晚能够和木子共同度过。为此，他还特意到木子家向木子的爷爷和父母请了假，并且保证跨年之后将木子送到家门口。

一对对情侣拥入酒吧，长弓和木子的位置并不是特别好，却是他们初识的地方。一束鲜花早已摆在那里，还有心形的小蜡烛漂荡在水面上。

酒吧在二层，内部早已挂满各种霓虹灯、彩带，中央还有一个新布置出来的大舞台，今天晚上是有跨年晚会的。今晚的门票很贵，但酒水都是免费的，长弓端过来两杯兑了雪碧的红酒，又要了些零食。

"你少喝一点哦，不然回去我可没办法跟你爸妈交代。"长弓提醒着木子。

木子吐了吐舌头："人家在路上求你半天，才让我喝这一杯，你别那么啰唆好不好？"

长弓道："你一喝酒就会脸红，这证明你有点酒精过敏，还是不喝的好。今天是特殊情况，才允许你少喝一点的。"

"知道啦！"木子笑着说，喝了一口面前的红酒兑雪碧。

红酒兑雪碧这种喝法估计是国人发明的，其实本身也没多少酒味，但甜中带酸，再加上颜色漂亮，最适合这种需要气氛的时候喝。

酒吧里的人渐渐多起来，气氛也开始变得越来越热烈了。晚会是晚上八点钟开始的，已经偶尔能听到外面鞭炮的声音，窗外更是有烟花的光芒闪烁。

"长弓，我好开心呢。"木子笑着向长弓道。

长弓点点头："是啊，人生真是很奇妙。去年的这个时候，我刚刚开始工作，每天都战战兢兢的，什么跨年之类的娱乐活动，我从来都没关注过。今年和你在一起以后，我的世界突然变得精彩了，玩了以前从来不敢玩的游乐场项目，去了很多超过十年没有光顾的公园，最重要的是，有了你在我身边。自从有了你，我的心每天都是满满的，没有一丁点的缝隙。"

木子笑道："你不是说只有写信的时候才能说出这些肉麻的话吗？"

长弓道："今天不一样啊，这可是千年等一回的日子。美女，说不定我们有宿世姻缘，千年相遇。"

木子晃了晃自己的手臂，"千年等一回？我还白娘子呢。"

他们周围已经坐满了人，酒吧服务员穿梭着送各种酒水和小吃给客人。热烈的气氛仿佛让整个酒吧内的温度都上升起来。

长弓脱了外面的皮衣，穿着一件灰色毛衣，木子依旧穿着曾经的那件白毛衣。

待我长发及腰

"长弓，我想留长头发了。"木子轻声道。

长弓低头看向她："为什么？ 你不是说短发省事吗？"

木子微笑道："因为你喜欢长发啊！ 不是有那么一句话吗，待我长发及腰，就做你的新娘。"

◇◇◇◇◇◇◇◇◇◇◇◇◇◇◇◇◇

不一会儿，晚会的演出人员开始入场了。一位主持人走上台道："欢迎大家来到栗正酒吧，今天是跨越千年的日子，在这千年等一回的日子里，在座的每一位都是有缘人。单身的朋友们，说不定你们能在这个特殊的日子里找到真爱哦。已经有情侣的朋友们，你们都已经相伴跨越千年了，明年也该领证了。"带着诙谐味道的开场让全场哄然大笑，气氛再上高潮。

"好了，下面有请我们的驻场乐队为大家表演。今晚我们还有抽奖和游戏环节哦，不容错过。让我们 high 起来，一起等待那午夜钟声敲响的时刻吧！"强烈的音乐声伴随着主持人高亢的嗓音响起，酒吧内的霓虹灯也开始闪烁起来，口哨声、欢呼声、碰杯声，此起彼伏。

在这欢乐的气氛中，长弓看着面庞已经微微变红、粉嫩得如同一个红苹果般的木子，举杯递到木子面前，木子拿起自己的杯子与他的相碰。两人相视一笑，共饮。长弓伸出手，木子将一只手交给他，两只手相握，就像桥梁连接着他们的身体和心。

节奏强烈的音乐足足持续了一个多小时。长弓根本就没听清楚他们唱的究竟是什么，热烈的气氛让平时酒量很好的他已经有些飘飘然，但越是这样，他眼中的木子似乎越美。

"下面我们就要进入游戏环节了。啤酒大家都喝过，但谁能喝得最快呢？ 我们请十位男士上台比赛，冠军可以将我手里的奖品带回去哦。"主持人一只手拿着话筒，另一只手拿着一个大大的毛绒玩具，那赫然是一只考拉！

长弓几乎是没有任何犹豫地站起来，高举着修长的手臂："我来！"他身材高大，太容易被看到了，主持人果然选中了他。

经过木子身边，长弓摸摸她的头："等我把'你'带回来。"

木子噘着嘴，向他笑了笑："你别喝多了哦。"

众人上台，身材高大的长弓显得鹤立鸡群。十个硕大的扎啤杯摆在他们面前，主持人为每个杯子插入一根吸管。

"酒是粮食精，越喝越年轻。为了公平，也为了不浪费酒，以免被有些想投机取巧的人洒掉，请诸位用杯中的吸管喝掉你们面前的扎啤。毫无疑问，第一个喝完的就是这场游戏的冠军。我要提醒你们的是，你们在喝酒的过程中只能接触吸管，不能用手去碰触酒杯，否则就算输。现在，你们准备好了吗？"

长弓站在酒杯前，看了一眼远处的木子，木子笑着向他挥挥手。她看到的是长弓充满自信和坚决的目光。

"准备，三、二、一，开始！"伴随着主持人一声大喝，包括长弓在内的十个人迅速冲上去叼住杯中的吸管，快速喝了起来。

当主持人宣布规则的时候，长弓就已经知道自己胜券在握了。如果是比拼吞咽速度，他可能真的不如那些大腹便便的老酒饕，但如果是用吸管，他那强大的肺活量可以提供给他足够的吸力。是的，用吸管喝酒，肺活量是非常重要的。犹如长鲸吸水一般，长弓面前的扎啤飞快消失。终于，当吸管吸入的只有空气时，他猛地站直身体，高举起自己的长臂。

"Yes！就是这位，我们的冠军产生了。兄弟，你喝得实在是太快了！"

当长弓完成的时候，有的人啤酒才喝了一半。其他人陆续完成了比赛，但他们注定只能成为陪衬。主持人将一个话筒交给长弓，"朋友，贵姓？"

长弓道："我姓长。"

主持人笑道："刚才你上台的时候，我还觉得你有些严肃，看样子，这场比赛你本来就是势在必得，是吗？"

长弓点头道："是的，这场比赛我必须赢！"

主持人惊讶地道："这只是游戏而已，你说必须，是必须在什么地方呢？"

长弓拿过他手中的"考拉"："我和我女朋友是在网上认识的，当时她的名字就叫考拉。而且这里是我们在网上认识后第一次见面的地方，所以今天我选择在这里和她共同跨年。"

"哇哦，原来你们和我们酒吧如此有缘。那么，在今天这种千年一遇的日子，你有什么要对你女朋友说的吗？虽然俗套，但我觉得，兄弟，现在只有那三个字才足够表达你的心。"

主持人的话充满鼓动的味道，在场的所有人都跟着欢呼和尖叫起来。此时，整个酒吧内有数百人之多，每个人都在高喊着："三个字！三个字！三个字！"

他对她说过那三个字，很多次，但从未当着这么多人说过。手握话筒，长弓的面庞微微涨红，他注视着木子的方向，木子也正在看着他。

深吸一口气，长弓拿起话筒："木子，我爱你。"简单的五个字却让原本欢呼的全场安静下来。木子看着台上抱着毛绒考拉、手握话筒、似乎有些傻乎乎的长弓，不知道为什么，她的眼前满是水雾。

"你的声音太小了，她好像没听到。"主持人在旁边不怀好意地说道。

"木子，我——爱——你——"长弓的勇气似乎被激发了，他突然对着话筒大喊起来。他的声音传遍了酒吧的每个角落，也瞬间再次点燃了酒吧内的气氛，欢呼声、口哨声令全场为之沸腾。

一个话筒不知道什么时候悄悄地递到了木子手中。木子的唇微微颤抖着："长弓，长弓，我爱你。"她的声音很轻，被周围的欢呼声淹没了，但长弓清楚地看到了她的口型。

热血仿佛瞬间冲入大脑，长弓高声呐喊着："木——子——我——爱——你——"

"长弓，我——爱——你——"在这一刻，木子似乎也已经放下了一切，对着话筒高声地喊着。

主持人高亢的声音随之响起："还等什么，在这种时刻，所有在场的朋友，对你们的另一半喊出那三个字吧。这是你们最好的机会！"

"陈彬，我——爱——你——"

"杨治，我——爱——你——"

"王冬，我——爱——你——"

……

无数的呐喊声，在一刹那响彻整个酒吧，在这一刻，他们宣示着自己爱的宣言。

长弓抱着"考拉"，就像橄榄球运动员一般从欢呼雀跃的人群中挤回木子面前。木子早已起身，看着有些喘息的他，猛地张开双臂扑入他的怀中。

"长弓，我爱你。"

"木子，我爱你。"

长弓低下头，深深地吻上了她的唇。

……

"十——九——八——七——"

"六——五——四——"

"三——二——"

"一——"

轰——轰——轰——

山呼海啸般的欢呼声，此起彼伏的鞭炮声，一朵朵在夜空中绽放的烟花，这所有的一切都在宣告着上一个千年的结束和新千年的到来。

木子和长弓相拥着站在酒吧窗前，前一刻，他们也和酒吧内的所有人一起倒数着那十个数字。对于在场的每个人来说，这都将是他生命中重要的一天：新的世纪来到了！

"长弓。"木子靠在长弓怀中，她的怀中抱着那只毛绒考拉。

"嗯？"

"我今天真的很开心，很开心！你陪我度过一个又一个重要的日子，我越来越不能没有你了。其实，我有些恐惧这种感觉，如果有一天，你不要我了，我一定会特别难过吧。"

长弓抱紧她："傻丫头，说什么傻话呢？除非你先不要我了，我是无论如何都不会不要你的。"

木子道："那你答应我哦，不许离开我。"

"嗯，我答应你。我说过的，我会一直牵着你的手，永远不放开。"

"长弓，我想留长头发了。"木子轻声道。

长弓低头看向她："为什么？你不是说短发省事吗？"

木子微笑道："因为你喜欢长发啊！不是有那么一句话吗，待我长发及腰，就做你的新娘。"

长弓笑道:"那我可等不了那么久哦。"

从这天开始,木子不再剪发,开始留起长发,只为他。

魔 咒

　　这第九十九封信和前面的信并没有什么不同，依旧是说着情话，讲着他们之间的种种。可是，为什么在这个时候，他突然忙碌起来？为什么在这个时候，他不来找自己呢？难道，九十九封是个魔咒？

〰〰〰〰〰〰〰〰〰〰〰

　　跨过千禧之夜，长弓的信突然变得频繁起来，木子几乎每隔两三天就能收到一封他写的信。或许是那天三个字的爱情宣言让两人之间少了最后一层阻隔，心与心贴得越发近了。感情的升温，让他们深刻地体会到什么叫作一日不见如隔三秋，直到一个意外的到来。

　　木子这几天的情绪有些焦躁，她已经超过一周没有见到长弓了。自从两人进入热恋期，这是从来没有发生过的事。给长弓打电话，他总是说最近工作特别忙，没有时间来见她。木子是个明事理的姑娘，她从来都不会打扰长弓的工作，所以他一说工作忙，她就赶忙告诉他安心工作。

　　可是，为什么会是这段时间呢？坐在桌子前，木子看着面前堆满桌子的信，贝齿轻咬下唇，眉头不自觉地皱起。

桌子上离她最近的一封信是上次见面时长弓交给她的，信封上写着：第九十九封。

这第九十九封信和前面的信并没有什么不同，依旧是说着情话，讲着他们之间的种种。可是，为什么在这个时候，他突然忙碌起来？为什么在这个时候，他不来找自己呢？难道，九十九封是个魔咒？

木子的心有点乱，她想问长弓。可是，她的心明确地告诉自己，长弓不是那样的人，他是真的很爱自己。问他，不是对这份爱的怀疑吗？可是，为什么他的第一百封信还不来？

"这个坏家伙！"木子捏了捏怀中抱着的那只"考拉"的鼻子。

嘀嘀！嘀嘀！嘀嘀！

寻呼机突然响起，木子飞也似的拿过来，回拨了寻呼中心号码。

"长先生留言：明天上午十点，在玉渊潭老地方见，有话对你说。"

玉渊潭？老地方？木子迅速明白了留言中所说的意思，贝齿轻咬下唇，他到底是什么意思？

第二天一大早，木子就爬了起来，她有点没睡好，眼圈有些黑。平时一向最喜欢吃东西的她，今早并没有什么食欲。

这个坏家伙，今天要是不说清楚，绝不放过他！哼！可是，他真的会跟我说清楚什么吗？不知道为什么，木子心中有些忐忑。她突然想起妈妈曾经说过的话，不要太动心，否则容易伤心。难道，他真的会……想到这里，她不禁心里发紧，穿好衣服就往外跑。

当木子跑到玉渊潭公园的时候，刚刚九点，距离约定的时间还早。她当然知道长弓在留言中说的那个地方在哪里，就是他们百日纪念时的那片小树林。她还清楚地记得那天的点点滴滴，记得那石桌上的蛋糕，记得那九十九朵玫瑰，记得他说的百里挑一。

不会的，不会有事的！ 木子在心里不断地告诉自己。或许，他只是为了给自己一个惊喜，抑或是他这些天工作真的很忙，太辛苦了，所以无意中忽略了自己。妈妈不是说过，交往的时间久了，总会渐渐变得平淡，一定是自己想多了，或者还没有适应现在就开始朝着平淡的方向发展。

　　上午的公园里已十分热闹，暖春三月，一个个青碧色的绿芽早已借着渐暖的阳光悄然钻出，孕育着新一年的生机。锻炼的老人们活动着腿脚，舒活着筋骨。可木子没心思欣赏这春天的美景，她只是跑，跑得飞快，朝着那个地方而去。

　　远远地，小树林已然在望，不知是因为奔跑还是其他什么，木子的呼吸有些急促。她停下脚步，双手叉腰，略微有些喘息。

　　我这是怎么了？ 木子突然问自己。她抬起双手，拍拍自己的面颊，哑然失笑。自己什么时候也会臆想了？ 为什么会去想象那些莫须有的事情？ 他对自己那么好，都已经写了九十九封情书给自己，一次次地为了让自己开心而制造惊喜，一次次的甜言蜜语、关怀备至，自己为什么还要怀疑他？ 只是因为那个《等你一百封信》的故事吗？ 木子啊木子，你什么时候变得这么多疑了？

　　想到这里，木子的心情平复了许多，她看了一眼寻呼机上的时间，现在才九点二十分，距离约定的时间还有四十分钟。既然来早了，就先等着他吧。木子吐了吐舌头，朝着小树林的方向走去。

　　突然，一声惊呼从小树林方向传来，那分明是一个年轻女性的声音。木子愣了一下，下意识地加快脚步。绕过前方的大树，当她看到眼前的一切时，整个人都惊呆了。

　　前方是熟悉的石桌、石墩，在石桌、石墩的另一边，一棵大树后，露出了两个人的上半身。他们一男一女，躺倒在草坪上。从木子的角度能够清楚地看到，那少女相貌秀美，穿着一身湖蓝色的运动装，长长的马尾辫，大大的眼睛，而和她躺在一起的青年正是……

　　"长弓——"木子站在原地大叫。在这一瞬间，她只觉得自己全身的力气都被抽空了，她万万没想到自己竟然会在这里看到这样的一幕。她整个人都惊呆了，原本已经压制和舒缓了的负面情绪顷刻间犹如井喷一般喷薄而出，几乎是瞬间眼圈变红，双手攥紧，指甲陷入掌心中也不自觉。

她的脑海中闪过无数光影，她还清楚地记得自己也曾经和长弓一起躺在这里的草坪上在树荫下乘凉，还记得曾经的九十九朵玫瑰和蛋糕。可是，此时此刻，她所看到的让这一切都变得毫无意义。曾经的海誓山盟呢？曾经的爱恋呢？他今天叫我来这里，只是为了告诉我，他喜欢上别人吗？为什么？为什么要这样？难道我曾经看到的那个故事真的成了我生命中的魔咒吗？

长弓和那个长发女孩有些慌乱地从地上爬起来，看到木子，长弓也是一脸的震惊，他没想到木子居然会来得这么早。

"木子，你怎么这么早就来了？"爬起身，长弓飞快地跑到木子身边，想握住她的手，却被她猛地甩开。

她双眸泛红地看着他："你……你今天叫我来，就是要告诉我这些吗？告诉我你已经喜欢上别人了？"

长弓急道："不是的，木子你别误会，她——"

"够了！"木子因为激动，嘴唇有些颤抖，"为什么？为什么要这么对我？妈妈说得对，我不该那么容易动情，不该那么轻易地爱上你，最终受伤的只会是我自己。长弓，你好，你真的很好啊！"

"木子，你冷静点，你听我说。"长弓再次冲上来，试图抓住她的手臂。

远处的长发女孩也被眼前的一幕惊呆了，想要过来，却又有些被木子的气势震慑到了。

爱的印记

一朵朵玫瑰花整齐地排列在地上，呈一个巨大的心形。心形已经完成了大半，只余少部分没有做好。在这颗心的正中央，有一个洁白的木扦插在那里，上面是个夹子，一封信横在上面。信封上写着：第一百封。

◇◇◇◇◇◇◇◇◇◇◇◇◇◇◇

啪！

清脆的巴掌声响彻整个小树林，长发少女吃惊地捂住嘴，一脸的震惊。

长弓站在那里捂着脸。这一瞬间，他只觉得天旋地转，大脑嗡嗡作响。木子已经一把推开他，哭着跑走了。

慌不择路的木子刚好从那长发少女身边经过，长发少女这时才反应过来，赶忙一把拉住她："木子小姐，你别误会啊，不是你想的那样。"

泪水不断涌出，木子用力地挣扎，却不吭声。

"木子小姐，你看那边。"长发少女急切地说道，她抱住木子，引导着她朝一棵大树后面看去。

木子开始时还因为情绪激动继续挣扎，但她很快就看到一抹红色，一抹鲜艳的红色，她的挣扎变弱了，渐渐稳定下来。她擦了下眼中的泪水，有些疑惑地朝那抹红色的方向仔细看去。那是什么？

"木子小姐，你误会了，我只是个卖花的。刚刚我在帮长弓先生布置，这里有个小坡，我不小心摔倒，长弓先生扶我没扶住，所以才会一起倒在草坪上。你可真是误会他了，今天一大早，他就到我们店里跟我一起把花运来布置。这么有心的男人，我可是第一次见到呢，你可千万别误会啊！这么好的男人，你怎么能打他呢？"卖花少女一边说着，一边拉着她走到那棵大树后面。

那里是一片火红。一朵朵玫瑰花整齐地排列在地上，呈一个巨大的心形。心形已经完成了大半，只余少部分没有做好。在这颗心的正中央，有一个洁白的木杆插在那里，上面是个夹子，一封信横在上面。信封上写着：第一百封。

木子呆住了，看着那一地的玫瑰，看着那第一百封信，眼中的泪水再次涌出，只是这一次不再是愤怒与悲伤的泪水，而是带着无地自容的羞愧与一丝委屈。

长发少女悄悄地松开她，转向已经走过来的长弓，吐了吐舌头，指指木子，再指指自己，然后用手做出一个自己先走的动作。

长弓有些尴尬地向她点点头，一脸的歉意。长发少女摇摇头，向他挥挥手，拿起不远处的大花篮，轻盈而去。

此时，木子已经蹲下放声大哭，连她自己都不知道自己现在是怎样的心情。长弓悄然来到她身边，同样蹲下，轻轻地搂住她，另一只手摸了摸自己被打的脸，心想，这丫头，手劲还真大。

木子足足哭了五分钟，哭声才逐渐收歇，但她始终没有抬头去看长弓，只是低着头，喃喃地道："为什么？为什么你不早点告诉我？"

长弓有些无奈地道："早告诉你，哪还有惊喜？而且，今天这个日子，你无论如何也不该误会才对啊！"

木子抬起头，泪眼蒙眬地看向他："今天？今天是什么日子？你知道的，我记性一向不好。"

长弓苦笑道："傻瓜，今天是二〇〇〇年三月十五日，是我们交往一年的纪念日啊！”

"啊？我前些天还记着来着，这几天你一直不来找我，我一着急就给忘了。"木子瞪大眼睛，这才意识到自己忽略了什么。

"可是，你为什么这么多天一直都不来找我？"她有些愤愤地问道。

长弓摸摸她的头："傻丫头，你难道不觉得我今年的信写得有点快吗？我就是想在我们交往一年的时候写够这一百封信，好让你心安，所以每次见面的时候，我都送一封信给你。但是，前面写得有点快，前几天我发现马上就要到一百封信了。最近每次见你都给你一封信，如果突然不给你信，我怕你不适应，但我又想在今天这个有纪念意义的日子给你这第一百封信，所以就跟你说工作忙，拖延了几天。交往一周年，一百封信，这多有意义啊！"

"我 ……"木子这才明白自己真的误会他了，低下头，甚至说不出辩解的话。

长弓板着脸道："原来，你对我就这么不信任吗？"

"我 …… 我不是的。只是快到一百封信了，我想起那个故事，有些担心。你这几天又没找我，我 ……"

长弓笑了："原谅你吧。"

"啊？"木子抬起头，可怜兮兮地看着他，"这么容易就原谅我了啊？"

长弓微笑道："是啊，男人不就该大度一些吗？而且你这是关心则乱，证明你在乎我啊，所以就原谅你吧！今天是我们交往一周年的重要日子，是我给你一百封信的日子，我可不想你不开心哦。快，笑一个给我看看。"他轻轻抚摸着她的面颊，为她擦去脸上的泪珠。

木子猛地扑入他怀中，将他扑了一个跟头。她紧紧地搂住他的脖子，"对不起，对不起，对不起，我不该怀疑你的，对不起 ……"

长弓搂着她，轻轻拍着她的背，脸上满是温柔："没事了，都过去了，爱情也需要不断地检验。我的第一百封信今天带来了，你就只能做我的新娘了哦。"

好半天，木子的泪水才渐渐消失，她依偎在长弓怀中，悄悄地抬头，看向他的面颊。

"啊？你的脸……"长弓的左脸上，异常明显的五个指印留在那里，木子这才意识到自己刚才那一巴掌有多么用力。

长弓摸摸自己的脸，有些戏谑地道："这是我这辈子第一次被人打脸。不过，这也算是爱的印记吧，就当是你送给我的周年礼物好了，时刻提醒我必须对你更好一点，不然就要挨打了哦。"

第一百封信

当你看到这封信的时候，尽管你还没有嫁衣，但在我心中，你已经是我
的新娘。

◇◇◇◇◇◇◇◇◇◇◇◇◇◇◇◇◇◇

"对不起，我，我……"木子羞惭地依偎在长弓怀中，不肯抬头。

长弓搂紧她："没事啦，只是误会而已。来吧，我们的'心'还
没有布置完成呢，人家花店的人走了，只能我们自己来了。"他一边
说着，一边指了指那片火红的玫瑰。

木子吐了吐舌头："今天这是多少朵啊？九十九朵吗？"

长弓摇摇头："不，是一百零一朵。一百象征着一百封信，一百
零一象征着一百封对我们来说并不是尽头，我总想多给你一点。和
你在一起的时间过得真快，不知不觉已经一年啦。"

"是啊，不知不觉已经一年了。"木子呢喃着，"长弓，我好像没
力气了呢，力气刚刚都用来打你了，怎么办？"

长弓笑道："那你就懒着吧，小懒虫。你看着就好。"他扶起木

子，让她靠在一旁的大树上，自己走到那红色的桃心旁边，一朵一朵地将玫瑰花在准备好的花泥上插好，让那颗红色的"心"越来越丰满。

木子靠着树，看着他认真地布置，再看看那颗"心"中央的第一百封信，俏脸上流露着满足之色。一百封信，他竟然真的给我写了一百封信。现在想想，木子依旧觉得有些不可思议。那可是一百封信啊！每一封都好几千字，甚至几万字啊！就在短短的一年时间里！这是何等的毅力。

自己真的好傻，竟然会怀疑给自己写了九十九封信的他，这不是故事，不是小说，而是真实地发生在自己身上，为自己而写的。一个男人愿意将如此巨大的精力用在自己身上，这是何等的幸福！这个世界上，不可能再有另一个男人对我这么好了。她的眼神渐渐变得温柔，他就是我的男人了，一辈子的男人。

"大功告成！"终于，长弓布置完了整颗红心。此时太阳已经高高升起，阳光照耀在鲜红的花瓣上，那一颗颗露珠反射着晶莹的光芒，仿佛那真的是一颗会跳动的心。

"去吧，拿你的第一百封信。"长弓回到木子身边坐下。他的眼睛没有木子的大，但不知道为什么，在这一刻，木子觉得他的眼睛特别明亮，闪烁着前所未有的神采。

木子站直身体，贝齿轻咬唇瓣，然后小心地走到那片心形花海前面，蹲下身体，伸长手臂，轻巧地够到了那第一百封信。

信很轻，以木子收到长弓情书的经验来看，这封信应该不会太长。捏着信，她回过身看向长弓。长弓向她点点头："拆开吧，今天这封信，你就现在看好了。"

"嗯。"木子答应一声，回到他身边依偎着他坐下，小心翼翼地拆开了这封信。

信纸也是心形的，就像前面的每一封信都是用特殊的彩色信纸一样，这封也不例外。但和之前的信相比，这一封格外短。

亲爱的木子，这是我们的第一百封信。当初在我答应你的时候，这就是一份承诺，我对你的承诺。但随着时间的推移，当我越来越爱你的时候，我发现这同样是一份对我自己的承诺。当你看到这封信的时候，尽管你还没有嫁衣，但在我心中，你已经是我的新娘。等我觉得有资格娶你的那天，就嫁给我吧。

信不长，和以前的千言万语相比，显得十分简短。可是，看着这并不长的内容，木子只觉得自己的心融化了，因那个故事而起的执念在刹那间烟消云散。没有什么是比这更好的情话了，等那一天到来的时候，就做他的新娘吧。

木子歪着头，看着他："这算是求婚吗？"

长弓摇摇头："当然不算，哪有这么简陋的求婚仪式。但我必须将你拴住，不给任何人机会。"握住她的手，淡淡的清凉从左手中指指尖传来，一枚并没有任何花纹的戒指轻轻地套上了她的中指。从指尖一直到指根，木子犹如触电一般轻轻地震颤了一下，但她并没有收回自己的手。对女孩子来说，中指上的戒指代表着热恋。

握着她的手，长弓轻声道："我现在只买得起白金戒指，等我真正向你求婚的那一天，我一定拿着一枚大大的钻戒，我会让你成为最幸福的女人。"

木子几乎用尽了自己全部的力量搂住他的脖子，在这一刻，她甚至希望自己能够成为他身体的一部分，那样的话，她和他就不会再分开了。

不知道为什么，木子突然有些想笑，带着泪的笑。交往一年，从一九九九年三月十五日到二〇〇〇年三月十五日，他送给自己的是一百零一朵玫瑰，是一百封装满了他对自己爱恋的信，还有这枚戒指，而自己给他的只有那五指扇红的一巴掌吗？

长弓不知道从什么地方变出了零食和饮料，就在这片花海前，他们雀跃着，亲热着，整整一天。时间在这种时候总是过得那么快。

木子小心翼翼地将一枝枝玫瑰花从花泥中拔出来，收入花篮，这都是他对她的爱，一朵也不能少。长弓则在收着各种垃圾，公园那么美，怎能留下一点垃圾的痕迹呢？

"晚上想吃什么？"长弓向木子问道。

"砂锅豆腐煲，嘻嘻。"木子笑道。

长弓道："好啊！"

木子突然道："你的脸这样，晚上怎么回家啊？"

长弓道："没事，明天应该就下去了。我待会儿给家里打个电话，就说今天单位要加班。我晚上去单位拼椅子睡一晚，明天就好了。"

木子站直身体，抬头看向他："你这么大个子拼椅子睡太受罪了，去我家吧。"

"啊？"长弓吃惊地看向她。

今晚，我是你的新娘

隔着衣服，他也能感受到她身上传来的灼热，他的心也随之暖热起来。他的手很自然地搭在她的腰上，身体轻轻地贴上了她的身体。

◇◇◇◇◇◇◇◇◇◇◇◇◇◇◇◇◇◇

长弓吃惊地看着木子，木子竟然让他去她家！

木子俏脸微微泛红，轻声道："爸爸出差了，妈妈去姥姥家了，家里只有我和爷爷。爷爷在最里面的主卧，一般不会出房间的，我们小点声，不会被爷爷发现的。"

长弓只觉得全身都有些发热，"这……这方便吗？"

木子白了他一眼："不去算了。"

长弓赶忙道："去，我当然去了。就算看着你睡，我也开心啊！走吧，先吃砂锅豆腐煲去。"

砂锅豆腐煲、拔丝黄菜、鱼香肉丝，再加上十个羊肉串、十个鸡肉串，吃得暖融融的，又很美味。现时物价不高，不到五十元就美美地吃了一顿。

回到木子家的时候，天已经全黑了。木子的卧室在一进门的地方，打开房门，她向长弓摆摆手，示意他先进去。

打开台灯，长弓在椅子上坐下来。他经常来木子家，木子的父母也早就认可了他，但这么晚待在木子的卧室里还是第一次。时间不长，木子端了杯水回来，递给他，轻声道："爷爷已经睡了，你先喝点水吧，我去把花都插好。"

木子在花瓶里放入少量的水，再用剪刀将一枝枝玫瑰的枝干下方剪成斜口，这样玫瑰就能多盛开几天。长弓喝着水，看着她认真地弄着玫瑰花，房间里只开了台灯，光线并不是特别明亮。但就是在这朦胧的光线中，木子显得那么美。今天长弓并没有喝酒，但他此时的心已经有些醉了，他努力克制着自己的感情，他绝不愿意让她受到半点伤害。

玫瑰花终于弄完了，足足用了三个花瓶才将所有的玫瑰花全都摆上。木子满意地微笑着，扭头看向长弓，问道："好看吗？"

长弓没有看花，目光只落在她的面庞上："好看，人比花娇。"

"讨厌。"木子向他吐吐舌头，"你跟我来哦，小点声，我给你拿洗漱用的东西。"

出了木子的房间，走廊有点黑，木子拉着长弓的手，轻手轻脚地向卫生间走去。黑暗中，长弓觉得有些紧张，但也有些刺激。终于进了卫生间，木子关好门，打开灯，找出一次性牙刷递给长弓。

"咳咳，是木子回来了吗？"正在这时，苍老的声音从主卧里传出，吓得长弓手中的牙刷险些掉了。

木子赶忙向长弓比出一个嘘声的手势，"是我啊爷爷。您睡吧，我这就睡了。"

"嗯。爷爷给你留了饭，你要是没吃就自己热热。"

"爷爷，我吃过了。"木子回答道。

"哦，哦，那就好。"爷爷的声音收歇，房间内重新安静下来。

长弓如释重负地出了口气，木子看着他那紧张的样子，险些笑出声来，凑到他耳边，低声道："你这是做贼心虚吧？"

长弓低声道："那也是偷心的贼。"

两人洗漱完毕，又蹑手蹑脚地回到木子的房间，直到木子锁上门，长弓才算松了口气。

"现在想想，战争年代那些地下工作者有多么不容易啊！"长弓感叹着说道。

木子没好气地捶了他一把："你这偷心的小贼也敢跟那些英雄相比？"

长弓笑道："没有啊，我只是感叹一下而已。"

说完这句话，两人都沉默下来，彼此对视着，一时间心跳都有些加快。

木子低下头："我累了，我睡了。"说着，她也不脱衣服，就上床盖上被子，缩到里面背对着长弓。

长弓愣了愣，坐在床边看着木子优美的身体曲线，内心剧烈地挣扎着。足足坐了五分钟，强大的意志力终于拉扯着他站起来，走向窗台下那个他和木子曾经倚靠着讲故事的软垫子。

软垫子的直径大约有一米，当然不足以让他躺下，只能靠坐着。长弓坐下，他没有关台灯，就那么看着床上的木子，内心特别满足。这样看着她就好了，他不希望因为自己的一时冲动而伤害到她，甚至影响到两人的感情，等她再多准备准备好了。

"地上凉，过来吧。"正在这时，木子柔柔的声音响起。

长弓愣了愣，刚刚平稳下去的呼吸顿时又变得急促起来。这一次，他没有迟疑，脱掉外套，来到床边。透过灯光，他隐约看到木子的娇躯轻微地颤抖。

"关上灯。"木子的声音再次传来。

"嗯。"长弓赶忙答应一声，关上灯，脱掉鞋袜，然后小心地躺了下来，盖上被子。

木子的床是一张单人床，他们两个人一个身高一米九，一个身高一米七二，躺在一张单人床上，身体几乎瞬间就挨在了一起。

隔着衣服，他也能感受到她身上传来的灼热，他的心也随之暖热起来。他的手很自然地搭在她的腰上，身体轻轻地贴上了她的身体。她轻微地颤抖了一下，下意识地向里面靠墙的方向贴了贴。

长弓苦笑着低声道:"你不该让我上来的,我的意志力可没那么坚定。"嘴上虽然这么说着,但他的身体还是努力地向外挪了挪,甚至有一部分身体已经露到了被子外面,有些悬空。

正在这时,木子突然转过身来。没有灯光,房间内一片昏暗,但长弓依旧隐约看到她那眼波流转的明亮眼眸。

木子轻轻地道:"一年啦。刚交往的时候,你每天都来送我上学,那么辛苦,还给我买早点。我后来算过,那时候我一个月吃早点的钱就接近你一半的工资了,汉堡那么贵,只是因为我喜欢吃,你就买给我,可你自己从来都不吃。我悄悄问过寒羽良,他说你那时候早上连鸡蛋都舍不得吃,只吃豆浆油条。你从来都没说过这些,但我是知道的,所以我后来才不让你送我。

"你总是给我惊喜,一封封地给我写信,我能感受到你的热切,在这个世界上,再也不可能有人比你对我更好了。

"今天整一年了,虽然我并没有完全准备好,虽然我的记忆力不好,今天的惊喜有些突然,可是,在等你第一百封信的时候,我就已经告诉自己,如果你真的为我写够一百封信,那么我的心和我的人就都是你的。

"总是你送我礼物,今天我们交往一周年,我也想送件礼物给你。

"小时候,上学的时候,老师总是给我们讲一个浅显易懂的道理,叫作坚持就是胜利。那时候,我们认为这很简单,可长大了才明白,这是一件多么困难的事。《等你一百封信》那个故事告诉我们的不就是这个吗?但你和他不一样,你坚持了,所以,你胜利了。

"你对我的好,每一次的点点滴滴我都记得。虽然我平时有些傻乎乎的,但我知道,这份礼物,送给你,我不会后悔。"

说到这里,木子停了下来,她的呼吸有些急促,她很紧张,长弓也是一样。

木子的声音颤抖而坚定:"今晚,我是你的新娘。"

抉 择

我不会给你意见，但无论你如何决定，我都支持你。我尊重你的选择，我们都还年轻，有的是补救的机会。你就做出选择吧，就算错了又如何呢？以后还可以通过努力来纠正自己的方向。

◇◇◇◇◇◇◇◇◇◇◇◇◇◇◇

交往一周年的那一天，长弓收到了有生以来最珍贵的一份礼物：木子把自己交给了他。连他自己都没想到，这一切会来得这么快。那一晚，她成了他的新娘。灵与欲的结合无疑会产生升华。

木子说过，她不后悔。一个男人能够为自己做那么多，一个如此深爱自己的男人，自己也爱着他，把最宝贵的东西给他是木子那时候唯一能够想到的。对初尝禁果的人们来说，第一次的感觉都不会特别美好，但绝对记忆深刻，爱到深处，其他的还重要吗？

木子的头发渐渐变长，她的头发长得并不算快，但也渐渐从短发变成了马尾。

长弓在工作中越发努力，他对木子除了爱，更多了一份责任，沉甸甸的，他说过他要给木子最好的，让她做最幸福的新娘。男人总要努力，男人就应该努力地肩负这一切。

坐在可以同时容纳两个人的秋千椅上，长弓搂着木子道："小猪，我想和你商量件事。"因为木子喜欢吃，又总说自己胖，所以长弓一直用这个昵称叫她。

"干吗，大马猴？"木子毫不示弱，似笑非笑地看着他。

长弓突然指着远处一辆飞驰而过的卡车道："看，一车的你。"

木子顺着他手指的方向看去，只见那辆卡车的笼子里，一只只胖乎乎、肥嘟嘟的小猪正在乱动。

木子气结，捶了他一拳："你才是！"

长弓哈哈一笑，握着她的手："有件事我想和你商量一下。"

"嗯？"木子好奇地看着他。

长弓道："你知道，我们其实并不属于电视台的正式员工，我们属于外聘人员。当初我们所在的公司和电视台签订合同，为电视台建设网站。现在快两年了，网站已经走上正轨，我们公司跟电视台的合同也要到期了。"

木子有些担心地道："会影响到你吗？"

长弓微笑着摇摇头："放心，是好事。现在有两个选择摆在我面前，一个是留在台里，继续负责网站运营，跟台里签订正式合同，成为一名正式员工。但待遇方面估计不会有太大的变化，而且短时间内也不会有变化。

"另一个是我可以选择跟公司走。我们公司这几年发展迅猛，当初我们刚进电视台的时候，公司才几十个人，现在已经好几百人了。公司转型做网络数据中心托管，在这方面，我们公司在全国是处于领先地位的，而且拿了大笔的风投，正处于高速发展期。公司想让我回去工作，去市场部负责公司网站的制作和运营，工资会翻倍。"

说到这里，长弓停顿了一下，又道："所以我现在有些犹豫，如果选择留在台里，工作会非常稳定，一切都不会有什么变化，继续这样发展下去。但你也知道，台里相对比较传统，未来的发展空间会比较有限，工资增长也不会像之前那么快了。

"如果回公司的话，我们公司是 IT 企业，正是现在最火的领域，网络数据中心托管又是全新的行业。我在公司的员工号是十四号，也算是元老了，回公司努力一把，说不定会有更好的发展。而且，IT 公司的工资增长速度是最快的，年底还有双薪之类的。领导说，每天还有各种补贴，晚上加班还有五十元的饭补。坦白说，我有点动心。"

木子认真地听着长弓讲述，听到这里，她微微一笑："其实，你已经决定了，不是吗？"

长弓苦笑道："也没那么容易啊。父母觉得还是电视台的工作稳定，我应该留下来，长辈们总是希望稳定一些。而且，台里这边我也确实熟悉，留下的话应该会去总编室那边，我跟那边同事的关系都很好，工作起来应该会很舒心。毕竟这是我第一份工作，我也有点舍不得。"

木子握紧长弓的手："我不会给你意见，但无论你如何决定，我都支持你。我尊重你的选择，我们都还年轻，有的是补救的机会。你就做出选择吧，就算错了又如何呢？以后还可以通过努力来纠正自己的方向。加油，长弓，你是最棒的！"

"嗯。"有了木子的支持，长弓的眼神渐渐坚定。其实，他心中早已有了抉择，只是并不坚定。但他想在未来给木子更好的生活就需要更多的努力才行，仅仅凭现在的情况显然远远不够。

"好，我再认真考虑一下就做决定。"长弓微笑着向木子点点头。

他平时也会跟木子说一些工作上的事，但说的总是好的方面，他觉得男人就应该承受压力嘛。

"嗯哪。"木子笑着应道。

没过多久的一天下午，在忙完手头的工作后，长弓把自己的决定告诉了李松。

"你真的决定了？"李松惊讶地看着长弓。

长弓点了点头："决定了，回公司拼一把！咱们公司现在正处于上升期，这种时候机会最多。我想去拼一把。"

李松沉声道："但是，你别忘了，我们学的主要是软件操作方面的东西，我们擅长的是网页制作、简单的 Flash 动画制作、制图等；但咱们公司的主营业务是网络数据中心托管，那完全是硬件方面的东西，和咱们学的可并不是一码事啊！"

长弓笑道："不会可以学啊！我们还年轻，趁机到公司多学学不是挺好吗？我决定了，木子也支持我的决定。"

李松笑了："好吧，其实我们大多数人都会做出这样的决定，起码回去能多赚点。"

长弓道："那你还说我？我们还是一个战壕的战友，一起加油吧。为了美好的明天！"

李松道："好，为了美好的明天！说起来，你也真不容易，平时自己省吃俭用的，只有为你家木子花钱的时候舍得，你应该攒了点钱吧？"

长弓苦笑道："我们工作才多久，虽然攒了点，但能有多少啊，就等着回公司加薪了，估计攒钱能容易点。"

李松有些好奇地道："趁着年轻，你不好好玩玩，急着攒钱干什么？你才二十出头啊！"

长弓笑道："攒钱好娶我们家木子啊！我起码要有房子、有车，才能向她求婚吧，总不能让她跟了我，还要过苦日子。"

李松叹息一声："看来你的初恋非常美好啊！可我的初恋就……"不久前，他刚刚和自己的初恋分手了，原因有很多，具体的长弓也不清楚。为此，李松着实落寞了一段时间。

"天涯何处无芳草，总会找到的，没准下一个更适合你。"长弓安慰道。

李松道："不说这些了，既然决定要回公司了，咱们这边也要准备收摊了，你忙吧。"

第二个月，一九九八年年底进入电视台开发网站的整个团队只有两人选择留在电视台，其他十余人，包括长弓在内，全部选择回公司述职。长弓如愿被分配到了公司市场部，负责网站开发、制作、维护、运营。李松被分配到了行政部。

由于公司最初时就是依靠着他们在电视台的项目支撑起来的，所以回到公司后，他们都享有了相当优厚的待遇：基本工资翻倍，还可以享受各种补贴。长弓真正步入了白领阶层。

神秘礼物

木子感动不是因为房子，而是因为面前这个男人。是的，他是男人，自己的男人，有责任感的男人，自己爱着的男人。

◇◇◇◇◇◇◇◇◇◇◇◇◇◇◇◇◇◇◇

"长弓，我要毕业了。你说，我找份什么样的工作好呢？"木子靠着长弓问。

长弓回公司已经有大半年的时间了，木子终于完成了最后一个学年的学习，即将毕业，到了选择职业的时候。

长弓搂着她："其实，我不希望你去工作。"

木子有些惊讶地抬起头，看向他："为什么啊？不是每个人都要工作的吗？"

长弓摇摇头："你善良、纯洁、不谙世事，而社会是个大染缸，一旦你进入社会开始工作，就不可避免地要被这个大染缸污染。而你是一张白纸，现在只有我在上面小心翼翼地涂涂画画，我可不想我的木子被社会污染了。所以，我不太希望你去工作。"

木子迟疑道："可是，如果不工作的话，爸爸妈妈那里我怎么交代啊？"

长弓微笑道："我们现在需要的是争取时间。我现在的工资算得上高薪了，工作也比较顺利，你可以先以继续进修学习为名，多学点东西。我努力工作，等我再积攒一些钱，就娶你过门，那个时候你爸爸妈妈就不会为难你了。以我现在的收入，养你是没问题的。"

木子眨了眨大眼睛，微微一笑："好吧。反正你总是说我懒，你不想让我工作，那就不工作吧。"

长弓深深地看着她的眼眸："木子，可这样的话，我是不是太过影响你的人生了？"

木子捏了捏他的鼻子："傻瓜，当我决定把自己给你的时候，我的人生就已经和你绑在一起了。我喜欢的事，你从来都会想尽办法满足我，那为什么你希望的事情，我不能满足你呢？更何况我本来对工作也没什么兴趣，我只想守着你，每天看到你，和你在一起，我就满足了。"

长弓攥紧拳头，用力一挥："等着我，看我的行动吧！"

时间一天天过去，秋去冬来，一年又一年。长弓和木子在一起已经三年了。

这一天，长弓所在的公司开年会。

"今年公司实现纯利润六千万元，增长百分之三百，公司董事会特决定，年底发放四倍月薪。"

掌声雷动，长弓和李松都坐在台下，所有人都兴奋地挥舞着手臂，还有什么是比发高薪更让人开心的事情呢？

长弓从怀中摸出手机，调出计算器，飞快地按动着。李松探过头来："干吗呢？又算你的小金库呢？"

长弓突然眉毛一挑，兴奋地道："够了。"

李松疑惑地道："什么够了？"

长弓有些得意地瞥了他一眼："首付！我之前看上一套小房子，终于攒够首付了。算下来还有点剩余，再从家里借点，就够装修的了。"

　　李松目瞪口呆地看着他："你这也太快了吧！咱们这才工作三年多，你连首付都攒出来了。可以啊，长弓！"

　　长弓道："我答应过木子，要给她最好的生活。我们的第一个目标就要实现了。哈哈！"

　　李松向长弓竖起大拇指："厉害！比我强多了，我到现在才攒了两万元，剩余的钱都花了。"

　　长弓道："我给木子发个短信，告诉她这个好消息，回头我就带她看房子去。"

　　"干吗去啊，长弓？"一大早，长弓就拉着木子坐上了地铁，却并没有告诉她要去做什么。

　　长弓有些神秘地道："等到了你就知道了，我带你去看点好东西。马上就要到咱们在一起三年的纪念日了，我准备送一份礼物给你。"

　　当初她大专毕业后，听了长弓的建议，继续上了本科，现在又快毕业了。一听有礼物，木子的大眼睛顿时亮了起来。

　　"透露一点呗，好不好嘛。"木子紧挨着长弓，露出一副可怜的样子。

　　平时长弓最扛不住的就是她这样撒娇了，但今天他格外坚决："不行，不能告诉你，告诉你就没有惊喜了。"

　　"哼，那好吧。"木子甜甜地笑了。

　　他们在一起三年了，两人的感情并没有像大多数情侣那样随着时间的推移逐渐变淡，反而越发浓烈，长弓对她始终如一。由于工作忙碌，再加上木子当初的愿望已经得到满足，信写到一百三十七封后停了下来，但这丝毫不影响长弓对木子的爱。初恋本身就是一件极其幸福的事情，更何况这份感情并没有褪色。

　　出了地铁，又转公交车，坐了四五站，这边离长弓家很近，在西五环附近。

"我们这是要去哪儿啊？这也不是游乐场的方向啊，已经过了。"木子再次疑惑地问道，而长弓依旧一脸神秘。

下了车，长弓拉着木子向前走去，没走多远，两栋灰色的高楼呈现在眼前。长弓拉着木子走进了这个不大的小区。

"长弓，你要带我去谁家吗？"木子再次问道。

长弓摇摇头，穿过小区，进了另一侧的玻璃房子，玻璃房子上面有三个大大的字：售楼处。

一位男性工作人员迎了上来，"长弓先生，您来了。您决定了吗？"

长弓熟稔地道："刘经理，这是我女朋友，麻烦你再带我们去看一下二号楼四单元一七〇六吧。"

"好的，您稍等，我去拿钥匙。"刘经理转身走了。

木子就算再迷糊，这一刻也明白了长弓的意思，她吃惊地看着他："你……你不会是要买房子吧？"

长弓微笑地看着她："我说过，给我点时间。现在，这个时间越来越近了哦。年底我们公司发了四倍薪水，我现在一共攒了九万元了。买大房子我暂时还没那个能力，我看上一套一室一厅的小户型，六十一平方米。现在这边的房价是每平方米四千多元，不到五千元，总价是二十八万多元，首付百分之二十，是五万多元。我算过了，贷款二十年的话，平均每个月还款一千四百多元。以我现在的收入，还贷没什么问题。剩余的钱，再加上我管家里借点，装修应该也够了。"

木子呆呆地看着他，听着他如数家珍一般地计算着，看着他兴奋的面庞，脑海中不断回荡着他曾经的承诺。他说过，要给我写一百封信，他做到了。他说过，要给我幸福的生活，他一直都在努力。像他这个年纪的人，譬如自己，大多数都还在啃老，但他已经凭着自己的努力攒够了首付。

木子感动不是因为房子，而是因为面前这个男人。是的，他是男人，自己的男人，有责任感的男人，自己爱着的男人。

我愿为你付出一切

你是上天送给我的最好的礼物，我要好好珍惜，不给你任何逃走的理由和机会。

∞∞∞∞∞∞∞∞∞∞∞∞∞∞∞

刘经理拿来了钥匙，木子甚至不知道自己是如何跟着长弓乘坐电梯来到那套房子里的。

正如长弓所说，房子不大，六十一平方米的建筑面积，使用面积将近五十平方米，有二十平方米的客厅、十几平方米的卧室，还有一个小卫生间和一个厨房，甚至还有一个宽仅有五十厘米、长约一米五的小阳台。房子不算大，但一应俱全。虽然是小户型，在阴面，但视野很好，甚至能看到北京的西山。

"木子，我侦察过周围的情况了。我们东边就是一家大超市，对面是体育馆，有健身房、游泳池，马路斜对面，未来还要开一家大商场，生活上挺方便的。而且坐四站公交车就可以到地铁站。"长弓为木子讲着。

刘经理在旁边笑道："长弓先生，您都快变成我们售楼处的工作人员了，对这里简直比我们还了解。这套房子真是不错的，虽然不是南北通透，但小户型比较难得，总价也不高。你们可要尽快决定了，最近有不少人都在看这套房子。"

"现在就等我家女主人同意了。"长弓微笑地拉着木子的手。

木子渐渐回过神来，看向窗外，看着远处的西山，看着对面的体育馆，再转过身，看着长弓。

"喜欢这里吗？"长弓轻声问道。

木子点点头："喜欢。"

长弓拉着她的手："现在的我还不够强大，没办法给你买大房子，只能在郊区这边选一套相对合适的。等我以后赚了更多的钱，咱们再换更好的房子。我向你保证，以后我们有孩子的时候，我一定会买套大房子，让你们住得舒舒服服。"

刘经理看着这对情绪上升的小情侣，很有眼色地道："你们先看看，我在外面等你们。"说完，他转身走了出去，带好门。

木子抬头看向长弓："我从来都没想过你会买房子。"

长弓笑道："惊喜不惊喜？这是不是最好的礼物？"

木子却摇摇头，泪水从眼眸中溢出："其实，我宁可不要这份惊喜，因为我不想你那么辛苦。为了我，你已经付出太多太多了。"

长弓比了比手臂上的肌肉："男人嘛，就应该多些压力，多些责任感。不是有那么一句话嘛，人无压力轻飘飘。你是上天送给我的最好的礼物，我要好好珍惜，不给你任何逃走的理由和机会。我相信，这套房子只是开始。"

木子深深地看着他："谢谢你，长弓。真的谢谢你。"

长弓笑道："我的女主人，那我们就愉快地决定了？走吧，我们去和刘经理签合同。这里的房子确实卖得很快，这个户型就剩下两套了，除了我们这套，只有十八层的顶楼，顶楼不太好，咱们抓紧把它拿下。以后，这里就是我们爱的小屋。"

"等一下，让我再看看这里，我还没有仔细看过呢。"木子笑了。是啊，她刚才只顾着感动，还没好好看看他们这套爱的小屋。

中国人对房子的情结一向根深蒂固，长弓深深地知道这一点，所以他才一直拼命努力，等攒够了钱先要买套房子。他固执地认为，至少要有房子，才能给木子一个真正的家。

签约、付首付款、申请贷款，足足用了半天的时间才办完所有手续。因为是贷款购房，后面还有一系列的手续要办。

出了售楼处，长弓突然一把将木子抱起来，吓得她惊呼连连。"木子，从这一刻开始，我们有房子了哦！我距离有资格娶你的目标更近了一步。"长弓抱着木子转着圈，脸上洋溢着快乐。他从来都不惧怕压力和责任，他相信自己一定能给木子最好的。

"长弓，谢谢你。"

"木子，谢谢你。"长弓将木子放下，眼神深邃地看着她。

木子低下头："谢我干什么？我什么都没帮上你。"

长弓摇摇头："不，你一直都在给予我最大的帮助。如果不是因为有你，或许我会像很多同龄人那样找不到方向。如果没有你作为我坚强的后盾，作为我努力的信念，我也不可能在短短几年的时间内买这套房子。是你给了我勇气，是你的爱让我坚定不移地前行。所以，谢谢你，只要你一直守着我，我就不会彷徨、不会迷失，就会勇往直前。"

木子抬头看着他："谢谢你，谢谢你一直都对我这么好。其实我没你说的那么好，你一直宠着我、爱着我，不让我受到一点伤害，你把一切都给了我。我真的好怕，怕有一天你会离开我，那样的话，我恐怕连生存下去的能力都没有。是你把我惯坏了，我已经习惯了依靠你。"

长弓低下头，深深地吻住她的唇，不让她再说下去。这一吻，深沉而长久。

"木子，你放心，我会努力活得比你更久一点。这样，你就可以一辈子都依靠我，我可以一直照顾你、陪伴你，让你一生都沉浸在幸福之中，一生都过得快快乐乐。因为我爱你，为了你，我愿意付出一切。"

"长弓……"

意外的离职单

他拼命地努力工作，得到的却只是一张离职单，没有了工作，他拿什么
给木子幸福？又如何娶她做自己的新娘？

◇◇◇◇◇◇◇◇◇◇◇◇◇◇◇

买下了房子，就要开始忙装修的事情了。长弓一边上班，一边
操办装修的事情。为了省些钱，他利用周末的时间跑遍了西边的每
一家建材城，选择那些又好又便宜的建材，在环保的前提下，尽可
能地节约一些。

木子有时候会和他一起，一同给他们爱的小屋添砖加瓦。客厅
的墙壁他们选择了白色，而卧室的墙壁则选择了木子喜欢的紫色，
卧室的窗帘则是深紫色。爱的小屋，在他们共同的努力下，逐渐成
形。

经过几年的发展，长弓所在的公司已经有超过五百名员工，
三千多平方米的超级大办公室里坐满了人。工作地点虽然没有电视
台那么好，但公司配有班车，接送员工上下班，福利待遇极佳。

"长弓，人事部的张总监叫你去他办公室一下。"一位同事来到
长弓身边，低声向他说道。

坐在自己的位置上，长弓并没有第一时间站起来，他的眉头微微皱起。他已经大概猜到了是什么事，只是没想到终究还是降临到自己身上。该来的终究是躲不开的，深吸一口气，长弓起身朝着人事部方向走去。

咚咚！他敲了敲玻璃门。

"请进。"里面传来浑厚的男中音。

长弓推门而入，看到张总监坐在办公桌后面。对于这位总监，长弓还是十分熟悉的，这位是公司高薪聘请来的，据说以前是师范大学的教授，在全公司都算得上位高权重。

"张总监你好，我是市场部的长弓。"

张总监站起来，脸上带着和煦的微笑："长弓，请坐吧。"

长弓在他对面坐下。

张总监道："长弓，最近公司的情况你在市场部想必也是知道的。去年公司盈利状况良好，蒸蒸日上，但今年出了一些问题。国家宏观经济的调整使 IT 业开始去泡沫化。你知道的，我们网络数据中心托管这一行受到的冲击是最大的。IT 业的整体萎缩，导致我们公司的盈利大幅下滑。因此，人员就出现了冗余。

"董事会决议，为了让公司渡过这次难关，要进行一次裁员。这次裁员的规模非常大，覆盖了所有部门，你们市场部也不例外。"

听他说到这里，长弓心中最后的一丝侥幸荡然无存。"张总监，可我是公司的元老，这几年我一直非常努力地工作。"长弓忍不住说道。

张总监叹息一声："你的考评确实很不错，但市场部这边整体要调整，公司内部网站这一块要暂时停下了。IT 业不景气，对于你这样的优秀员工，我也很惋惜。你放心，因为你是公司的元老，在补偿方面，公司已经考虑到了。你在公司干了三年多，公司会额外补给你三个月的工资，因为没有提前一个月通知你，再补你一个月的工资，加上本月工资，一共发你五个月工资。这是离职手续，麻烦你签个字吧。"

看着面前的离职单,长弓有些发呆,三年多以前,他是第十四个进入公司的员工,比眼前这位早得多。自从毕业以后,他就在这家公司打拼,一直到今天,他每天都在努力工作,认真地完成每一件事,就是为了能够有所发展。

他熟悉这里的一切,熟悉身边的每一位同事,他与人为善,同事有需要帮助的地方,他从不推托。而这一切都是为了能够更好地工作,有更好的发展,为了他和木子的未来。可此时此刻呈现在他面前的只有一张冰冷的离职单,过去三年多的努力,在这一瞬间似乎已经烟消云散。

以前他曾经听人说过职场的残酷,但就业以来都顺风顺水,他从来没有真正地感受过。可此时此刻,看着面前的离职单,看着人力资源总监那略带遗憾而平和的目光,他整个人都有些发蒙。他不知道自己是怎么签的字,也不知道是如何回到座位上的。

行政部的同事来做了交接,收走了他的电脑。硕大的办公桌上变得空旷,平时被他收拾得十分整洁的办公桌,此时此刻看起来只有一片惨白。

嘀嘀嘀! 嘀嘀嘀! 手机铃声响起。

长弓下意识地接听,另一边传来木子兴奋的声音:"长弓,沙发和床都送来了,咱们的小屋可以住了呢。我好喜欢白色的皮沙发和白色的床,你今天下班回来就能看到了。"

"哦,到了就好。"长弓的声音略微有些木然,"木子,我今天可能要加班,会晚一点回去。你趁着天还亮的时候早点回家吧。"

"长弓,你怎么了? 我怎么觉得你有些不开心?"木子太熟悉他的声音了,以至于第一时间就听出了他的不对。

"没有啊,我没事。我正在做一张图,精神正集中着,先这样吧,回家注意安全。"

挂断了电话,长弓不自觉地攥紧手机,他下意识地闭上眼睛,身体有些不受控制地轻微颤抖着。他没有告诉木子他失业的事情,因为他根本就不知道该怎么说。他拼命地努力工作，得到的却只是一张离职单，没有了工作，他拿什么给木子幸福？又如何娶她做自己的新娘？

一只手落在长弓的肩膀上，落寞的声音在耳边响起："晚上去喝酒吧。"

长弓抬头看去，看到的是一脸沮丧的李松，"你也……"

李松苦笑道："你那么努力都在裁员名单上，我凭什么能够留下？这次，除了核心业务那边的员工，绝大部分员工都在裁员范围内。晚上去喝一杯吧，我请。知道你要还贷款，压力大，我倒是一身轻，这下也算是干净溜溜了。"

我会一直陪着你

我会一直陪着你的，你不是说过，只要有我在你身边，你就有信心做任何事吗？

◇◇◇◇◇◇◇◇◇◇◇◇◇◇◇◇◇

长弓是摇晃着走进电梯的，按了三次才勉强按中"17"那个数字。电梯缓缓上升，看着那不断跳动的红色数字，他突然觉得那么刺眼。

一向酒量很好的他今天很轻易就喝醉了，他还隐约记得自己在酒桌上大喊着："为什么我这么努力还要被炒鱿鱼？"如果他没有那么努力，或许就不会像现在这么痛苦。

十七层，到了。

下了电梯，扶着墙壁，右转，右手边第一户，就是他和她的小屋。今晚他没有回自己的家，而是来到这里，他只是想来这里。

打开房门，打开他和她一起选的可以变成蓝色的灯。客厅被打扫得很整洁，三十七英寸的壁挂液晶电视，国产的，打折的时候他和她一起选的；白色的双开门冰箱，也是打折时的选择。

可以坐三个人的皮沙发确实到了，只有它不打折。当时，长弓和木子都很喜欢，坐在上面感觉很舒服、很温馨。当长弓想到可以和木子依偎在沙发上一起看电视的时候，他就义无反顾地买了下来。尽管这张沙发和里面那张床花光了他最后的积蓄，但他毫不犹豫。

可是现在，对他来说，这一切似乎都变得沉甸甸的，沉甸甸地压在他心头。

走到阳台边，打开阳台门。冷风拂面，让长弓瞬间清醒了几分。楼前是宽阔的大街，一辆辆汽车不断驶过，明亮的路灯向远处延伸，一派繁华景象。

"我可以的，我一定可以的，我可以找到更好的工作。木子，你放心，我一定会找到好工作，一定会的！明天，明天一早我就去找工作！"关上阳台门，长弓一头倒在还没来得及拆掉塑料布包装的床上，昏睡过去。

清晨，长弓很早就醒了，简单地洗了把脸，在外面吃了顿早餐，他开始迅速计算起来。五个月的工资，如果节省一些的话，至少可以保证一年内能还得上贷款。所以，只要他尽快找到工作，就不会有什么问题。

买了几份有招聘广告的报纸，长弓迅速回家，开始挨个打电话询问。

……

"对，是的，我做过三年网站制作，设计、制作、维护运营都没问题。对，那您这边的工资是多少？"

"八百？这也太少了吧。"

……

"包吃住？我不需要包吃住，工资可不可以高一点？六百也太少了，怎么说网站制作也是技术工种。"

……

长弓开始忙碌起来，每天不停地打着电话，他跑遍了首都的每一个城区，不断面试，不断失望。

公司的人力资源总监并没有说谎，泡沫经济的挤压令整个 IT 业遭受了巨大的冲击。每当他提出对方给的工资太低时，对方只是冷然一笑，告诉他现在有很多大学生愿意做这样的工作，如果不是看他有经验，这种工资都不会给他。

转眼间，一周过去了。长弓面试的公司，工资最高的也只有一千二百元，甚至还不够他偿还每个月的贷款。

"长弓，你怎么了？我怎么觉得你有点精神恍惚？是不是最近工作太累了？"木子今天刚刚过来，他们的小屋已经基本布置完毕，可以住人了。

长弓低着头："木子，我有件事要跟你说。"

"嗯？"木子走到他身边坐下，先摸摸他的头，然后拉住他的手道，"怎么了？我就觉得你这几天有事，到底怎么了？"

长弓抬起头，苦笑道："我失业了。"他不打算再瞒着木子了，总要面对现实。

"啊？工作好好的，为什么会失业啊？你那么努力。"木子一脸的不敢置信。

长弓叹息一声，把人力资源总监说的话告诉了木子："对不起，我……"

木子抱住他："说什么对不起，这又不是你的错。工作没有了，再找就是了。"

"谈何容易啊！我已经找了好几天工作，可是现在 IT 业整体不景气，需要网站制作工程师的地方很少，就算是有，工资也都特别低。以前不觉得，现在才知道，能够拿那么高的工资主要还是因为我们是公司元老，可想要找到同样高工资的工作很难。我在公司的时候，一个月工资六千多元，还有各种补贴，可现在，哪怕我只想找一份工资少一些的工作，都找不到。"一周的时间，把长弓初始时的锐气渐渐磨平，社会是残酷的，职场是残酷的。他曾经对木子说过，不希望木子被社会洗礼，而现在，真正被洗礼的人变成了他。

木子安慰他道："没关系，慢慢来吧，总会有合适的工作的。"

长弓点点头："我一定会努力找工作的。现在想想，当初我真的是太幼稚了。爸妈的话是对的，如果当初我选择留在电视台，或许……"

木子正色道："长弓，你听我说。这个世界上是没有后悔药可以吃的，选择了，就不后悔。没事的，你不要着急，工作慢慢找，我相信，以你的能力、你的努力、你的坚持，一定能够找到一份适合你的好工作。我会一直陪着你的，你不是说过，只要有我在你身边，你就有信心做任何事吗？"

"木子。"长弓抱紧她，吻着她的额头。

木子笑道："不要不开心啦，今天，我们的小屋就可以正式住人了。你准备搬过来住吗？首先，让我们庆祝一下吧。我刚刚买了菜，我决定，在我们幸福的小屋里给你做一顿午餐，怎么样？"

长弓失笑道："你做饭还是跟我学的，还是我来吧，我可不希望我们爱的小屋被点着了。"

"哼，你就那么不相信我吗？不行，今天你只能给我打下手！"

模特生涯

IT 业的寒冬来得迅猛，而且漫长得仿佛进入了冰河纪一般。一次次失望，一次次不甘，长弓的心态也渐渐发生了变化。

◇◇◇◇◇◇◇◇◇◇◇◇◇◇◇◇◇◇

人生总有高潮和低潮，总会有起有落，但长弓没想到的是，自己的低潮期会这么长。

刚开始找工作的时候，他心气很高，总是希望能够找到一份收入不逊色于之前的工作。因为他相信自己的能力，相信自己的努力，年轻、有朝气、有能力，也肯努力，没有任何理由找不到一份好工作。

现实却在他脸上狠狠地抽了一巴掌。IT 业的寒冬来得迅猛，而且漫长得仿佛进入了冰河纪一般。一次次失望，一次次不甘，长弓的心态也渐渐发生了变化。从最初要求工资六千元，渐渐降低到五千元，再降到四千元。当时间过了三个月之后，他已经不再高傲，只要求三千元，甚至两千元，却依旧没能找到一份工作。两千元，这是他的最低要求了，因为至少要有这个数，他才能还上银行贷款。

心态的变化，让他开始怀疑自己的职业选择。他想着木子的话，年轻就有容错的机会，或许，换个职业会更有发展。

每天看着报纸上那一条条广告，再加上年轻气盛，他开始寻找其他可能的工作。很快，他找到了一份他自认能够胜任的工作：模特。他有一米九的身高，他的相貌虽不算特别英俊，但也算优秀，而且他才二十出头。看着广告上给出的诱人的收入预估，他来到这家位于南二环的模特经纪公司面试。

公司不大，一进门是一个舞蹈室，大约有三十平方米的样子，里面是一间办公室。这会儿公司里只有两个人，看上去一个是文员，另一个穿着西装的男人像是负责人。旁边的书架上，摆放着许多时尚杂志。

"您好！"长弓敲了敲门。

"请进。"那位西装男微笑着起身迎了上来，"你是来应聘的吧？"

"是的，您好。"长弓赶忙客气地回应。

"请坐吧。"西装男指着旁边的沙发。

"谢谢。"长弓坐下。

西装男上下打量了他几眼："嗯，你的外形条件不错，你有模特的工作经验吗？"

长弓愣了一下："我看广告上说没有模特工作经验也可以，公司负责培训。是这样吗？"

西装男微笑道："对，公司是会负责培训的。你的简历给我看看。"

"好。"长弓递上自己的简历。

西装男简单地看了看，向长弓点点头道："你还真是一点这方面的经验都没有，那我们只有从头培训才行。是这样，我简单给你介绍一下公司的情况。我们是模特经纪公司，公司的主要收入来源是模特走秀的提成。也就是说，当你成为一名正式模特之后，可以和公司签约，公司负责给你提供演出的机会，然后你得到的收入要分给公司百分之三十。"

长弓赶忙道:"这都没问题。只是不知道演出的收入一般是多少?"

西装男道:"不一定,看时间长短,也看项目。一般来说,从几百元到几千元不等吧。"

几百元到几千元?对已经几个月庸碌无为的长弓来说,这份工作就像是一根救命稻草一般,他赶忙点头道:"我没问题。"

西装男眉头微皱,有些为难地道:"你的外在条件倒是不错,但是你一点基础都没有,这是个问题。我们是经纪公司,考虑到公司的运营成本,公司可以对你这种先天条件不错的新人进行培训,但培训费需要你自己支付。同时,你还要自己拍一套写真集,以便公司宣传,这部分费用也要你自己承担,公司是不会为你承担的。"

长弓愣了愣:"那培训费是多少?要培训多久呢?"

西装男道:"初级班培训两千六百元,一个月。然后还要进行高级班培训,三个月,三千八百元。每周一、三、五到公司这边上课,公司会专门请职业模特老师给你们上课。"

两千六百元?三千八百元?加起来竟然要六千四百元那么多吗?

西装男似乎看出长弓的迟疑:"我是觉得你先天条件不错,才决定培训你的。虽然招聘广告上写着可以培训,但我们也是要看人的,如果外形不够好,那就连培训的机会都没有。我看这样吧,你毕竟没有从事过这个行业,估计你自己心里也没底,不如你先参加一期初级培训,如果到时候觉得自己有做模特的潜力,你再进行高级培训。你也不用心疼钱,我们找的都是国内最专业的模特培训老师。而且,男模走秀的单场收入比女模高不少,如果运气好,几场下来培训费就回来了,还会有盈余。"

长弓听他说得有些道理,点头道:"好,那我就先进行初级培训吧。谢谢您。"

"嗯,那你去交一下费用吧。培训时间再等通知。"西装男满意地点点头。

两千六百元，长弓特意去银行取了一趟钱，再送到模特经纪公司。就这样，他开始了自己的模特培训生涯。

　　公司在第三天就通知他可以来培训了。再次来到模特经纪公司的时候，有六七个看上去和他年龄差不多的男孩、女孩也来到这里，一位三十多岁的女老师负责给他们培训，地点就在公司外间大约三十平方米的舞蹈室里。

　　课程从上午九点半到十一点半，两个小时，主要是教形体和模特的走路姿态、pose 之类的。那位老师教得倒是挺认真的，长弓觉得自己还是学到了一些东西。在一共七八名学员中，他算是学得快的，总是能得到老师的表扬。

　　就这样，一天天过去，转眼间，一个月的初级培训课程就结束了。长弓和木子商量了一下，决定还是参加高级培训课程。已经走了一半，等高级培训课程学完，就有走秀的可能了，他不愿意放弃这个机会。

　　三千八百元交上，高级培训继续。又是三个月的时间过去了。

　　"长弓，你马上就要学完了，回头赶快把艺术照拍了，公司需要你的艺术照帮你联系工作。"西装男又一次出现在长弓面前。

　　"好的。"长弓赶忙答应。

　　西装男道："咱们公司对面有家影楼，那算是咱们公司的关系户，在那里拍可以打六折。你就去那边拍吧，公司用他们家拍的艺术照也比较顺手。"

　　"好。"

人生的低潮

经过一年找工作的历程，长弓的心早已迷乱。他甚至已经失去了信心和判断能力，甚至不再相信自己。

◇◇◇◇◇◇◇◇◇◇◇◇◇◇◇◇◇◇◇

离职已经一年了，长弓有些落寞地坐在小屋的沙发上，眼神有些呆滞。

他的模特生涯并没有真正开始过，四个月的培训结束，艺术照上交之后，公司就让他回家等消息，等工作的到来。西装男说模特的工作就是这样的，有活儿的时候自然就会通知他。

可是，到现在已经过去了三个月，他并没有获得一次工作的机会。他打电话问过，西装男的回答很简单，男模的收入虽然比女模高，但男模的工作机会比女模少，让他耐心等候，等待机会。

长弓能等，毕竟付出了四个月的努力，但是他能等，银行贷款越来越等不了了。离职一年，他的积蓄已经花得七七八八，单是模特培训加上拍艺术照就花掉八千多元，他就算再省吃俭用，也要填饱肚子啊。

自从他失去工作后，木子就再也没要求他带自己出去玩过，每次来找他，都是自己买些食物过来，做饭给他吃。这一年最大的收获就是木子的厨艺进步了，甚至已经超过了他这个师傅。

长弓的积蓄真的要坚持不住了。

嘀嘀嘀！嘀嘀嘀！手机铃声响起。

长弓现在有些怕自己的手机响，因为每一次接电话都意味着要付钱。由于拮据，他放弃了自己原来那个非常顺的手机号，因为那个手机号每月要收五十元的底钱，他改用了另一个不需要底钱的号码。

这个电话是母亲打来的，他不得不接听。

"妈。"长弓接通电话。

母亲关切的声音传来："你最近找到工作了吗？"

长弓苦涩地道："还没有。"

母亲轻叹一声："你也别着急，工作总会有的。对了，咱们区最近要进行统一的选拔考试，我帮你托了关系，你先去考试，只要考试通过了，或许能安排进城管大队。"

"城管？"长弓的脸部肌肉抽动了一下。

母亲道："是啊，正式员工也算是旱涝保收了，虽然工资不算特别高，但离家近，而且也稳定。唉，你当初要是听我的留在电视台，何至于现在这样？"

长弓有些怕听到母亲提起当初，正如木子所说，这个世界上没有后悔药可吃，就算再后悔，他也回不到当初了。

"可是，妈，我已经好多年没学习了，我真的可以吗？"长弓苦笑着道。

"去试试吧。要是考过了，不是省得你成天东奔西跑地找工作吗？"

一个人生病了，总会试图寻找各种方法进行治疗，这就叫有病乱投医。经过一年找工作的历程，长弓的心早已迷乱。他甚至已经失去了信心和判断能力，甚至不再相信自己。只要有一点可能，他都想去试试，模特梦似乎早就应该碎了，他现在和有病乱投医的病人并没有太大的区别。

既然母亲说可以，那就去试试吧。他去报了名、买了书，开始了一个月的复习。他很努力地想好好复习，可是他的心并不平静，因为他的肩头始终都压着贷款这座大山。

性格使然，他从来都不愿意将自己的压力说出来，他总觉得男人应该多承担一些，多肩负一些。至于父母那边，他更是从来都没想过去求援，他清楚地记得小时候家庭的困难，父母一把屎一把尿地把他拉扯大已经非常不容易了，现在家里好不容易改善了一些，如果他再去啃老，岂不是会影响父母的生活吗？ 所以，每次母亲问他还有没有钱的时候，他总是说自己还有积蓄。更何况，贷款的金额一共有二十三万元之多，那也不是父母承担得起的啊！

自从失业之后，长弓就变得敏感起来，他甚至不愿意去木子家，因为他觉得自己没脸去。他说过要给木子好的生活，可是以他现在的情况，又能给木子什么呢？ 哪怕只是听到木子家人随意的一句话，他都有可能产生不好的联想，会觉得自己没本事、没能力。所以，他宁可不去。

复习了一个月，终于迎来了选拔考试。考试有两个项目，一个是能力测试，一个是专业考试。整整考了一天，当长弓从考场上走出来的时候，整个人晕晕的，他不清楚自己是不是能够考过。

回到家，坐在沙发上，呆呆地看着对面的壁挂电视。为了省那点电费，他已经不知道多久没开过电视了。

咚！ 咚！ 咚！ 敲门声响起。

"谁？"长弓问。

"您好，我是物业的。"门外响起一个男声。

长弓走过去开门。

"您好，长弓先生，今年的物业费您该交了，已经拖了两个月。您看什么时候去物业交一下？"物业管理员的话说得很客气，但不知道为什么，长弓觉得他的眼神中似乎带着一丝鄙夷，对自己的鄙夷。

"过几天就去交。"长弓沉声说。

物业管理员皱眉道："长弓先生，您已经这样说几次了，也请您理解一下我们的工作。小区环境需要大家一起来维护，物业费是每一位业主都应该交的钱。您看……"

长弓怒道："我说了，过几天就去交，我总不能现在就给你变出来吧！"

高大的长弓愤怒的咆哮令物业管理员有些怯懦，他下意识地后退了一步，无奈地道："那您尽快来交吧。谢谢。"

物业管理员走了，长弓颓然地坐在沙发上。上天保佑，让我的考试通过吧，这样一个月怎么也有两千元的工资吧，至少够我还贷款的。

这时，门口处又有响动。

"我都说了我现在没钱！你们烦不烦！"长弓几乎是头也不抬地咆哮着。

"是我。"温柔的声音响起。

长弓一惊，赶忙抬起头来，看到的正是木子。

木子快步走到他身边坐下来："怎么了长弓？你没事吧？"两人交往了这么久，她还是第一次见长弓发这么大的脾气。他们并不是没有产生过矛盾，但长弓几乎每次都在最短时间内服软，他甚至从来没对她说过一句重话，更没有说过半个脏字。

"我没事，放心吧。"他没有说物业管理员来催缴费的事，可木子又怎会不知道，她刚才在电梯里碰到了那位管理员。

"今天考试怎么样？不顺利吗？"木子柔声问道。

长弓摇摇头："我不知道。"

木子搂住他的手臂："没事的，别着急。就算没通过也不要紧，咱们慢慢找，总会有不错的工作。"

长弓苦笑着抬起头："木子，我是不是很没用？"

　　木子笑道："当然不是啊！在我心中，你可是最棒的。"

　　长弓道："可是，我……"

　　木子道："好啦，不想这些了。我给你买了好吃的哦，我现在就给你弄去，晚上咱们吃好的。"

　　看着木子走向厨房的背影，长弓心中一阵阵绞痛，他怎会不明白，木子这是在安慰自己啊！

这一生，从未像这一刻这样屈辱

"狗屁的娱乐城！ 那种地方叫夜总会。月入过万？ 我估计还真有可能，但那是有偿陪侍，你知不知道那是犯法的？"

◇◇◇◇◇◇◇◇◇◇◇◇◇◇◇◇◇◇

事实证明，当一个人走背运的时候，喝凉水都塞牙。长弓的考试能力测试通过了，但专业考试没通过，有一项没通过就意味着他考试失败了。

走在大街上，长弓整个人都是有些迷糊的。他穿着一件胸口处有个"五"字的红色帽衫，可红色并没带给他好运气。

今天的天气很晴朗，他心中却充满了阴霾。一年多了，一事无成。我的路究竟在哪里？ 未来在哪里？

他现在甚至都不敢去想木子，因为每当他想到木子的时候，就会心痛得无法呼吸。木子那么相信他，一直对他不离不弃，可是他带给了人家什么？ 一个男人就算再有责任感，可没本事养活自己的女人，那还算是真正的男人吗？

"来份报纸吗？"路过报刊亭，平时经常看他买报纸的老板殷勤地招呼着。

长弓停下脚步，看到了熟悉的招聘报纸，随手拿起一份。工作还要继续找，不找工作又能怎样呢？

坐在路边，翻着报纸，看着那一条条的招聘广告。一年多来，他无数次应聘，见过太多骗人的广告，也见了太多的世态炎凉。

当初，他曾经对木子说过不希望她被社会沾染，可现在，他自己已经被狠狠地沾染了一把。

"招聘男女公关若干，要求：形象气质好，五官端正，男性身高在一米七五以上，北京市户口优先。月入过万不是梦。"

月入过万？哪怕明知道这只是招聘广告惯用的噱头，长弓依旧不自觉地被这几个字吸引。一次次的失败令他迷茫而痛苦，他迫不及待地摸出手机，拨通了广告上的号码。

"你好。"电话另一边传来一个男声。

长弓赶忙道："您好，我想请问一下，是您这里招聘男公关吗？"

"是的。"

长弓深吸一口气道："我看招聘广告上说月入过万，是不是真的？"

"当然是真的，过万只不过是我们这里最基础的。如果你自身形象气质足够好，单是小费都不止这些了。有兴趣的话，可以来王府井我们公司这边面试。"

对方报出了王府井某栋写字楼的门牌号。

听到"王府井"这三个字，对一个北京人来说，长弓又信了几分，他追问道："那男公关的工作性质是什么？"

对方道："和服务员差不多，主要是晚上八点以后工作。"

服务员？放在以前，长弓绝不会考虑服务工作，可现在他真的还有资格再选择吗？

没有过多地思考，长弓道："那我什么时候可以去面试？"

"你要是有时间的话，现在就可以过来，我们这里随时有人。"对方道。

"好，那我尽快过去。"

挂了电话，通话时间准确地卡在五十九秒，不需要收第二分钟的费用。长弓站起身，飞快地跑向车站。

咚！咚！咚！

"请进。"

看着整洁但说不上奢华的办公室，长弓心中略微有些犹豫。这里甚至连个公司的标识都没有，办公室里只有一位男性工作人员。

"您好。"长弓道。

那男性工作人员向他点点头道："身材不错啊，这么高！长得也不错。"

长弓道："我想请问一下，工作地点在什么地方？还有工作时间？您需要看我的简历吗？"

男性工作人员摆摆手："简历就不用看了。你的形象气质很好，只要你愿意来，随时可以上班。"

长弓惊讶地看着他，这是他所有面试中最直截了当、简单明快的一次。

"那工资待遇……"

男性工作人员道："我们这里是没有基本工资的，主要靠小费。只要客人喜欢你，给多少我们都不管，只要交一定的提成就行了。你卖的酒水，还会有酒水提成。这样，你交三百元置装费，今天晚上就能上班。"

三百元？置装费？听到这个数字，长弓犹豫了。三百元，这在过去对他来说并不是什么大数字。可现在他真的没有，兜里没有，存款里也没有，上个月的房贷花光了他最后一点积蓄，这也是他如此着急找工作的原因。而且，面试了这么多次，只要一听说要交钱的，他心中不自觉地就会产生抗拒。

"怎么样？今晚就来上班吗？"男性工作人员似乎对长弓非常满意。

"哦，先不了，我回去考虑一下。"长弓犹豫了。

出了写字楼，坐上地铁。他的脑海中不断回荡着那个工作人员的话，今晚就可以上班，至少可以上班试试。三百元，值得试一次吗？可是又去哪里找这三百元呢？

一路上，他思前想后，想着自己已经到底的存款，想着木子，他咬紧牙关。没有回家，他去了另一个地方。

"长弓？你怎么来了？"李松将长弓请进家门。

当初离职之后，李松找工作的路也不顺利，直到三个月前才在一家影视公司找到了一份做网站的工作，一个月总算有了两三千元的收入。可惜，那里只需要一名网站制作工程师。

"小李子，我有点事想麻烦你。"长弓面露尴尬地说道。

李松道："什么事？你说。"

长弓深吸一口气："你能不能借我三百元，我会尽快还给你。"

李松道："没问题。"他们是好朋友，而且他很清楚长弓是什么性格，如果不是为难到了一定程度，他是绝不会跟自己开这个口的。李松从钱包中摸出三百元递给长弓。

长弓犹豫了一下，道："对了，你也找过不少工作，我想跟你商量一下，你帮我看看靠不靠谱。"

"好啊！"

当下，长弓将自己今天面试的经历详细地讲述了一遍。听着他的描述，李松的脸色变得越来越阴沉。

"你觉得我能去吗？他们说今天晚上就可以去上班。"长弓问道。

"能去？能去个屁！"李松怒道，"你傻啊，你知不知道那是什么地方啊？"

"啊？"长弓惊讶地看着他，"对方说是娱乐城啊！"

李松道："狗屁的娱乐城！那种地方叫夜总会。月入过万？我估计还真有可能，但那是有偿陪侍，你知不知道那是犯法的？"

刹那间，长弓只觉得大脑中天雷滚滚而过，整个人都被雷得外焦里嫩。"不……不会吧，他们的招聘地点在王府井啊！"长弓喃喃地道。

"那些人什么事做不出来？招聘地点设在核心地段就是为了骗你这种不明真相的人，而在不明真相的人中，总有一些是自甘堕落的。"

长弓的脸色一阵青一阵白，身体甚至因为愤怒而有些颤抖。

起身将三百元还给李松，长弓转身就往外走。他这一生，从未像这一刻这样屈辱。

就算放弃整个世界，也不放弃 TA

"当他给我写够一百封信的时候，就已经完成了给我洗脑的进度条。小林，我知道你是为我好，谢谢你。"她略微停顿了一下，认真地看着小林，"但是，今天这样的话，以后就不要说了。就算放弃整个世界，我也不会放弃他。"

◇◇◇◇◇◇◇◇◇◇◇◇◇◇◇◇◇◇◇◇◇◇◇

"去喝一杯吧。"李松从后面追上来，搂住他的肩膀。

"好。"

或许在这一刻，也只有酒才能让他释放。两元一瓶的普通燕京啤酒像凉水一般灌下，桌子上已经摆满了空酒瓶。长弓的眼神有些迷离了，酒精不断刺激着他的身体，也刺激着他的心。

"干了！"他拿起酒瓶，大口大口地灌着啤酒，仿佛在吞咽痛苦与压力。可是，啤酒入腹，心中的苦楚在下一刻奔涌而出，比先前更加强烈。

"为什么？我已经很努力了，为什么上天始终不眷顾我，连一份能够糊口的工作都不给我！"长弓喃喃地道。

李松叹息一声："你啊，就是给自己的压力太大了，再加上我们当初太顺了，从高处跌落，落差太大，导致我们都很不适应。你比我更不适应，一是因为你以前太过努力，心里不平衡，二是因为你本身承担了太大的压力。适当地给自己减减压吧。"

长弓苦笑道："减压？我怎么减？现在我已经喘不过气来了，我甚至不知道下个月的房贷怎么办，或许我连饭都要吃不上了吧。我对不起她，我没能完成自己当初的诺言。"

李松道："其实，你最大的压力就是由木子而来。"

长弓震了震："是啊！你说得对，我最大的压力是由她而来，因为我给不了她好的生活，所以我才痛苦。现在这样，我哪有一丁点的资格娶她做我的妻子，我对不起她。"

李松拍拍长弓的肩："兄弟，实在不行就放下吧。看你现在这样，我心里难受。你再这样下去，就要垮掉了。"

长弓猛地抬起头，目光灼灼地盯视着他："放下？怎么放下？"

李松迟疑了一下，咬牙说道："实在不行的话，你就暂时和她分开一段时间，那样你的压力就会小一些，其他的等你情况好转了再说。"

"不——"长弓几乎是咆哮着吼出这个字的。

他双眼通红地看着李松："就算放弃全世界，我也不会放弃她！"

"木子，你有没有听我说啊？"小林拽了拽木子的手臂。

"我在听啊！"在闺密面前，木子明显有些心不在焉。

小林轻叹一声："你们家长弓现在怎么样？还是没找到工作吗？"

"嗯，现在找工作是挺难的。"木子点点头，"他也很不容易，每天都在努力地找，一次次的失败对他打击不小。"

小林道："你这样下去也不是办法，他现在这种状态，很可能会一蹶不振啊！

他这样的我见过不少，几乎都是 IT 业下来的。以前的高薪是他们迷失的最大原因。普通的工作不愿意做，IT 业又不景气，没有好的工作给他们，高不成低不就的。时间长了，自信没有了，人也会开始变得不正常。他这都一年多了，还被模特公司骗过，继续这样下去，看不到前途啊！你该多提醒提醒他，不要好高骛远，不行就先找份普通的工作干着，有工作的人，起码心态会好一些。"

木子叹息一声："他现在承受的压力已经够大了，我不能对他说这些，这样会给他更大的压力。"

小林一脸无语地道："那你们的未来怎么办？就这样下去了？男怕入错行，女怕嫁错郎。亲爱的，你醒醒吧，继续这样下去，你可就真完了。"

木子摇摇头："无论如何我都会守在他身边，现在正是他最痛苦、最低潮的时候，有我陪伴着他，我相信他会觉醒的，一定会找到属于自己的路。"

小林眉头紧皱："真的有那么容易吗？我知道你们感情很深，他对你也确实很好，但是爱情不能当饭吃啊！社会是现实的，我们总要穿衣吃饭吧。"

木子微笑道："爱情当然可以当饭吃啊！看着他的时候，我一般就没那么饿。"

"你……你真是无可救药了。"小林气结道。

木子道："好啦，别担心我了，我会处理好的。"

小林无奈地道："你怎么处理好啊？木子，我不怕你不爱听，有时候当断则断，不然反受其乱。你现在还这么年轻，长得又漂亮，不知道有多少男人喜欢你。找个有本事的，未来日子就会好过得多。"

木子瞪大了眼睛："有本事的？什么叫有本事？有钱吗？我不需要。我吃大鱼大肉很开心，吃馒头夹腐乳也一样很开心，如果和一个不喜欢的人在一起，就算是吃山珍海味也没有味道吧。"

小林怒道："那你是愿意坐在宝马车上，还是坐在自行车上？"

木子仰头望天，半晌后，喃喃地道："我比较重，长弓如果骑自行车带着我，恐怕会有点困难吧。我们还是走路比较开心，手拉手那种。"

小林沉默了。足足半晌之后，她才喃喃地道："你真的被那家伙洗脑了。"

　　木子微笑道："是啊，当他给我写够一百封信的时候，就已经完成了给我洗脑的进度条。小林，我知道你是为我好，谢谢你。"她略微停顿了一下，认真地看着小林，"但是，今天这样的话，以后就不要说了。就算放弃整个世界，我也不会放弃他。"

男人的成长，永远都离不开女人

长弓再也克制不住自己心中的感情，猛地一把搂住她。在这一刻，他觉得自己的生命已经消失了，因为自己的生命已经完全属于怀中的这个女孩。

◇◇◇◇◇◇◇◇◇◇◇◇◇◇◇◇

"长弓，长弓，快来帮帮我！"

开门声将宿醉后正处于梦中的长弓惊醒。挣扎着从床上爬起来，来到客厅，他看到木子大包小包地拿了一大堆东西，正在往屋里搬。

"小猪，你这都拿的是什么啊？"长弓疑惑地问道。

木子笑道："我的衣服啊，还有一些生活用品什么的。从今天开始，本女主人要正式入住了。"

"啊？"长弓看着木子，不禁有些发呆，"你爸妈同意了？"他以前提过一次，希望木子搬过来住，但木子家人显然不太愿意他们这么早就住在一起，毕竟他们还没有名分。长弓后来又一直没找到工作，就再也没提过这件事。没想到，木子今天竟然会主动搬过来。

"嗯哪。"木子点点头，向长弓笑笑。她当然不会告诉他，今天早上她和母亲进行了一番长谈。她只是告诉母亲，在他最艰难的时刻，她要陪伴在他身边。木子相信，只要自己一直陪伴着他，他就不会像小林说的那样沉沦。

"太好了。"总算有件开心的事，长弓喜笑颜开，赶忙帮木子收拾起东西来。

"你喝酒了？"木子闻到了他身上浓重的酒气。

"嗯，昨天跟李松喝的。"一想起昨天的事，长弓心中就一阵剧烈的绞痛，眼神也变得黯淡。

木子太了解他了，对他的情绪变化非常敏感，她走上前，抱住他："一切都会好起来的。"

长弓紧紧地抱住她，他没有说什么。在这个时候，他觉得自己连说什么的资格都没有了。他没法去保证什么，更没法像以前那样承诺什么，他不想说空话，他现在看不到前方的路。

只有拥她入怀的那一瞬间，他才有了充实感，就像是拥抱了整个世界。但伴随着那充实感而来的还有强烈的恐惧感，他好怕……

"木子，不要离开我好吗？永远都不要离开我。"长弓的声音和身体都有些颤抖，他抱得很紧。

"我永远都不离开你，傻瓜。"木子也同样紧紧地搂住他，就像是要将自己的力量传递给他似的。

良久，木子松开长弓，从自己包里拿出一个信封，递给长弓："长弓，这个给你。"

长弓接过信封，笑道："干吗？你也给我写信吗？"

木子微笑不语。信封有些厚度，长弓打开时，脸色顿时微微一变。信封里是一沓钱，看上去有三四千元的样子。

木子搂住他的手臂："我前几个月找了份工作，是早晚班的，我没敢跟你说。每个月工资一千五百元，这是我攒的钱，正好给我们还房贷。"

"你找了工作？"长弓的声音有些低沉。

木子看了他一眼："对不起哦，你别不开心啊！"

长弓摇摇头："我没有不开心，都怪我没本事，是我不好。"

木子道："你别这么说，以前一直都是你一个人来承担我们爱的小屋的房贷压力，我是小屋的女主人，为什么不能承担一些呢？你说过的，这是我们共同的家。既然是我们共同的家，一切当然应该是我们共同承担了。而且，我相信我家长弓是最棒的，用不了多久你就会走出低潮，给我做一辈子的长工，等你重新崛起，我就像以前一样不工作哦，让你养我。嘻嘻。"

长弓当然知道木子这番话是为了照顾他的面子，是为了让他心里舒服一些。她总是那么善解人意，总是让他的心暖暖的，无论外面的世界是怎样的世态炎凉，每当在这爱的小屋里看到她，一切的阴霾似乎都会烟消云散。她就是他的太阳，总会带给他光和温暖。

长弓没有拒绝木子的钱，他没办法拒绝，现实是残酷的。他开始更加努力地去找工作，一千五百元，这是他给自己制定的工资标准，相比之前再次降低。只要有一份月薪是一千五百元的工作，他就愿意去尝试。

木子的工作是总机的接线员，白班和夜班交替，她的声音那么动听，找到这份工作并不困难。

或许是经济萧条的缘故，月薪一千五百元的工作依旧难找，不断地面试，不断地失败而归，长弓也越发消沉了。

木子每个月一千五百元的工资只够还房贷，他们的生活越来越拮据。但木子总是那么乐观，她总是鼓励长弓，从来都没有怨天尤人。为了省钱，她尽量在单位吃饭，还经常带回一些单位食堂的食物来贴补家里。

长弓早就不再乘坐公共交通工具去面试了，他花五十元买了一辆除了铃不响哪都响的自行车，骑着它转遍了北京的大街小巷。

清晨，尿意让长弓醒得比平时早了一些，他下意识地翻过身，手臂去寻找身边的人。身边空空如也。睁开眼睛，长弓渐渐从睡梦中清醒过来。身边的被褥上还残留着她的芬芳，长弓坐起身，穿上拖鞋去洗手间。

爱的小屋不大，洗手间的门和厨房的门是对着的。他走到洗手间门前的时候，刚好看到厨房门开着一条缝。几乎是下意识地，长弓向门缝中看去。

木子正坐在厨房里吃早餐，盘子里是昨晚的剩菜，她手里拿着的也是昨晚剩下的馒头。

她很喜欢吃，吃东西的时候总是特别投入，现在也是如此，所以她并没有看到厨房外的长弓。

站在那里，长弓的眼眶中渐渐有湿意涌起。自从木子搬过来之后，他从来都没有吃过剩饭，从来都没有，因为木子知道他不爱吃剩饭。每当他问起的时候，木子总是说剩饭倒掉了，为此他还责怪她浪费。

每天早上总有好吃的早点等着他，当他问起木子吃了没有的时候，木子总会告诉他，自己起得早，已经吃过了。可是，她吃的竟然就是这些剩菜吗？

"木子。"长弓推开厨房门，他强忍着不让自己眼中的泪水滑落。

木子吃了一惊，险些噎到，她抬起头，有些尴尬地笑笑。

"你早上怎么就吃这些？"长弓快步走到她身边。

木子微笑道："剩菜多好吃啊，更入味，我喜欢吃的。而且，总不能浪费嘛。我们小时候不是就学过'谁知盘中餐，粒粒皆辛苦'嘛。"

长弓仰头望着天花板，不让自己的泪水流下。他拿过一把椅子放在木子身边，再走到灶台旁，将锅里木子已经给他煮好的鸡蛋和小米粥拿出来，又把剩菜摆在自己面前。

"一起吃。"

"你还没洗漱呢，快，先去洗漱。"木子有些嗔怪地道。

长弓再也克制不住自己心中的感情，猛地一把搂住她。在这一刻，他觉得自己的生命已经消失了，因为自己的生命已经完全属于怀中的这个女孩。

"对不起，木子，对不起。"这一刻的他觉醒了。他心中最后一丁点坚持也在瞬间放下，他再也不愿意这样下去，再也不愿意。他想和她有福同享，但绝不愿意让她和自己有难同当。

一个月一千五百元的最低工资要求重要吗？不重要了，重要的是自己不能再这样寻觅下去。哪怕是一份最普通的工作，他也要去做，也要去尝试，绝不再等待。

"傻瓜，说什么对不起啊！你从来都没有对不起我啊！我现在每天和你在一起很开心啊！你没听过那句话吗？穷开心。只有穷，才能真的开心，因为哪怕一丁点的快乐，在我们心中都会瞬间放大。太容易得到，反而没那么开心吧。"木子巧笑嫣然地说着。

"木子，我向你保证，无论如何，我今天会找到工作。"

放下了矜持，放下了对以前工作的所有记忆，长弓再次踏上他那只有铃不响的自行车冲入茫茫车流。

男人的成长，永远都离不开女人。这是亘古不变的道理。

Chapter

29

穷开心的日子

　　长弓和木子过上了精打细算的日子，正如木子所说的那样，穷开心似乎
也是一种乐趣。

◇◇◇◇◇◇◇◇◇◇◇◇◇◇◇

　　长弓觉醒了，正如他所说的那样，他找到了工作。在一家刚起
步的医药公司，工作和以前一样，是网站制作，负责整个公司的网
站制作、运营、维护，工资每个月一千元。一千元，还不如木子挣
得多。但至少有了这一千元，他和木子的工资加在一起，能够勉强
维持生活，能够还上贷款。

　　"木子，我找到工作啦！"风尘仆仆地推开门，长弓冲了进来。

　　"啊？"木子正在厨房忙碌着，听到他的声音赶忙走了出来。

　　长弓冲过去，一把将她抱起来在空中转了个圈，"亲爱的，我
终于找到工作了。"

　　木子已经很久没看到过长弓这样神采飞扬的表情了，她真的很
开心，眼圈微微泛红："找到工作就好，找到了就好。我就知道你一

定可以的。"

长弓将她放下来，却依旧搂着她："虽然这份工作看上去并没有什么前途，收入也不高，一个月只有一千元工资，但最起码我现在有工作了。你放心，我以后再也不会高不成低不就的了。我会把姿态放低，一切从头再来。我们都还年轻，我相信，只要我努力，一定会渐渐找到那条属于我自己的路，我一定会让你过上好日子的。"

"嗯呐，我相信你一定会的，我家长弓是最棒的。"木子抬起头，脸上已经充满笑容，她主动地吻上他的唇。

许久没有如此放开身心了，长弓热情地回应着。

"嗯，我还要做饭呢……"

"我现在只想吃掉我家小猪。"

……

长弓和木子过上了精打细算的日子，正如木子所说的那样，穷开心似乎也是一种乐趣。为了节约几元钱的路费，长弓每天都骑着他那辆破自行车去上班。要知道，他们爱的小屋在石景山，而他工作的地方在积水潭附近一个叫铁狮子坟的地方。每天骑车上班，单程就有二十公里左右，往返就是四十公里，相当于一个马拉松的路程。

长弓却是乐此不疲。他告诉木子，自己就当是锻炼身体了。如果坐车的话，要先乘地铁，再转公交车，每天下来也要不少钱呢。骑车上班，一个月能省差不多一百元，能给自己家的小猪买多少好吃的啊！每当他想到这里，就一点都不觉得这是件痛苦的事情。

早上七点出发，八点半之前就能到公司，九点开始上班。

虽然已经有很长一段时间没有从事网站制作工作了，但曾经的底子还在，建设一个网站对长弓来说，实在是再容易不过的事情了。

公司管一顿午餐，晚上长弓回家的时候，会带一些菜回来。骑车有骑车的好处，一路上他会路过无数店铺，其中自然会有一些卖食物的，长弓自己从来不舍得吃，但经常给木子买一些小零食。每天，他自己会带个水瓶，从家里带上煮好的白开水走，能节省的地方绝不浪费半分，一分钱掰成两半花。

无数次路过早点铺，看到那两元五角一笼的小笼包，他都馋得不行，但他早上都不会买，等到晚上下班，他有时候会带个饭盒，买一笼带回去跟木子一起吃。这就是两人的高规格生活品质享受了。这样的日子无疑是紧紧巴巴的，但至少不再迷茫，日子开始过得充实起来。

"我回来了。"长弓用钥匙把门开开。今天木子是白班，这会儿一定到家了。

"回来啦。累不累？先去洗洗吧。"木子从厨房走出来，递给长弓一杯温水。

长弓一饮而尽，"不累。"

木子道："你怎么了？看上去怎么有点不开心？"

长弓眉头皱起："别提了，办公室主任那个老巫婆非说我浏览与公司不相关的网页，扣了我十元钱工资。可我们做网站的，不到处找素材，怎么能把自己公司的网站做好？她分明什么都不懂，还一副不懂装懂的样子。"

木子抚摸着他的胸口："好啦，顺顺气，十元钱不至于生气，别气坏了身子。"

长弓道："可是十元钱都可以买两斤排骨了，可以给你补补身子。"

木子扑哧一笑："我这么健壮，哪还需要补什么身子啊！快去洗洗，然后休息会儿，待会儿就能吃饭了。"

"等一下。"看她转身要进厨房，长弓一把拉住她。

"干吗？"木子疑惑地看向他。

长弓脸上突然露出笑容，伸手入怀，摸出一沓红票子递了过去："除了被扣的十元钱，剩余的都在这里了。今天发工资啦！"九百九十元，一分不少。

木子惊喜地道："太好了！那你可收好了，大票子放在家里，千万别丢了。"

长弓笑道："全都上交给你吧，老婆大人。"

木子笑道："谁是你老婆了？"但她还是喜滋滋地把钱接过去，金牛座守财的性格是永远也不会变的。

　　她拿出三百元递给长弓："这些你留着平时花吧。"

　　长弓连连摇头："不用，我要那么多钱干什么？我都没有花钱的地方。我又不抽烟，早餐和晚餐在家解决，骑车上班，也没有交通开销。"

　　木子道："万一有需要花的时候呢，还是带上。"

　　长弓从里面抽出四十元零钱揣入怀中，"有这些就足够了。这是为修车预留的，其他的我真不用花什么。你留着吧，用来还贷款什么的。我要买菜的话，再管你要。虽然现在你还不是我老婆，但当管家婆还是没问题的吧。"

　　"好吧，你有需要的话就跟我说哦。"木子把钱收好，看着精气神恢复如初的长弓，她眼中闪过一抹泪光，为了我，他真的是太辛苦了。一切都会好起来的。

　　两人同时工作，总算撑起了这个家，日子虽然过得紧巴，但他们依旧爱得如胶似漆。木子曾经说过，只要有她在，他就不会沉沦。事实也正是如此。

伴随一生的美好记忆

　　每到周五，他们最期待的就是这一顿美味，哪怕天寒地冻，他们也依旧会选择坐在外面凹陷处的小桌旁。这份记忆注定伴随他们一生，那种美好永远也不会忘怀。

◇◇◇◇◇◇◇◇◇◇◇◇◇◇◇◇

　　在医药公司工作了两个月之后，因为办公室主任太过苛刻，长弓又换了一份工作。这次，他是在自己原本的工作还在的情况下又找了一份更好一些的，一个月工资一千三百元，在一家建筑公司负责网站制作、维护。

　　这家公司主要经营混凝土，公司办公地点在国贸。国贸距离长弓和木子的小屋实在是太远了，好在地铁直达，不需要转公交车，再加上工资的增加，长弓重新开始坐地铁上班。

　　一个月的收入增加了三百元，让他们的生活略微宽松了几分。木子的工资也涨了两百元。一切似乎都朝好的方向发展着。但是没过多久，一场突如其来的灾难侵袭了整个中国。

二〇〇三年，"非典"爆发。这场史无前例的灾难来得异常突然，从第一例病例出现到大面积蔓延，只用了短短一个月的时间。一时间，整个首都风声鹤唳。长弓和木子也受到了影响，最大的影响就是他们暂时见不到彼此了。

　　长弓所在的建筑公司要求所有员工暂时调离市区，在郊区的混凝土搅拌站封闭式工作，每周由公司专车送回家一次。长弓被分到机场附近的搅拌站，离他们爱的小屋超过五十公里。木子的单位也暂时停工，木子只能在家待着。自从木子搬到爱的小屋之后，这是他们第一次两地分居。

　　那段时间，北京就像突然变成了一座空城。街道上没有人了，地铁也像是专列一般，往往只能看到一两名乘客，大量的公司和学校停工、停课。最辛苦的是那些医务人员，他们冲在抗击"非典"的第一线。

　　长弓和木子只能通过电话和网络彼此联系。每周末，长弓才能被公司的车送回家，小别胜新婚的感觉令他们如胶似漆地在一起黏上两天，到了周日下午，长弓就要返回。这样的日子一直持续了数月之久，这场灾难才终于过去。

　　一切回归正轨，长弓却面临着一项抉择。由于在机场搅拌站工作期间表现太过出色，深受搅拌站领导的欣赏，公司决定将他调派到机场搅拌站去负责网络工作，工资也给他涨到两千元。涨工资无疑是好事，可是如果接受的话，就意味着他一周只有两天能见到木子。

　　距离产生美。对这句话，长弓是充满不屑的。两个人真正相爱，只会希望时时刻刻都黏在一起。

　　"没事的，你就在那边工作吧。单位领导欣赏你，未来你会更有发展的。不用担心我，每周都能见到你，我很满足啊！不行我就搬回家里去住，距离工作的地方近一些，还能在家里蹭饭。等你周末回来，我再过来。"木子总是那么善解人意。

　　长弓摸摸她的头："不，我已经想好了，我准备辞掉那边的工作，然后在咱们附近再找一份工作。"

"啊？你那边刚干得顺手了，干吗要辞职啊？"木子惊讶地道。

长弓道："我还是不太喜欢建筑行业，我现在要求又不高，在咱们家附近找一份工作不难的。我妈跟我说，她要在这边开一家汽车装饰店，我不是一直都很喜欢汽车吗，她让我去给她帮忙。以前我考过会计证、统计证，还能帮她弄弄财务什么的。她一个月给我一千二百元的基本工资，卖东西还有提成。我努力点，估计一个月下来也能有小两千元的收入。而且，在自己家的店上班也比较自由。我妈说这家店可能就开在咱家附近。"

换了以前，卖东西这种事长弓无论如何都不会做的，更何况还是在家里的店里。但现在他已经不一样了，他不再好高骛远，无论什么工作，他都愿意尝试。

男人都好面子，长弓也是如此。但自从那次他看到木子吃剩饭之后，面子这东西已经被他扔得非常靠后了，只要能让木子过得好一点，面子多少钱一斤？

"长弓，我不想你这样。"木子贝齿轻咬下唇。

"啊？哪样？"长弓疑惑地问。

木子道："我知道，你是为了我才这样决定的。为了我，你已经付出太多太多，或许，这次在建筑公司是一次机会，你就这样放弃太可惜了。"

长弓笑道："傻丫头，有什么可惜的。在那边成天跟混凝土、砂石料、粉煤灰这些东西打交道，能有什么发展？而且，如果我在那边工作几年的话，一个月少见你二十天，一年就是二百多天，几年下来，可能就会有上千个日日夜夜见不到我的木子。那怎么能行？对我来说，没有什么比守在你身边更重要了。相信我，我回来也一定能干好的。而且，多从事一些行业，说不定什么时候我就能找到自己的路，我相信，以我的努力和坚持，只要找对了路，就一定能够有所发展。"

木子没有再劝说，依偎在他怀中，脸上只有甜蜜的笑容。

长弓很快就辞职了，然后在母亲开的汽车装饰店上班。无论是销售还是财会，都是他从来没干过的工作。但他努力，肯学习，在母亲的指点下逐渐进入状态。母亲平时不在店里，在外面跑业务，他就负责看店，做好自己的工作。到了晚上，他会提前买菜回家给木子做饭。他现在上班离家近了，就主动承担起了家务。

正如长弓判断的那样，他只用了一个月的时间就理顺了这份工作，工资加提成，有接近两千元的收入，再加上木子的收入，爱的小屋的日子开始红火起来，一周总算可以去吃一顿羊肉串吃到饱了。

二〇〇三年十二月的北京已经很冷了，在距离汽车装饰店不远的地方，有一家烤串店。到了冬天，这里的生意就变得冷清起来，因为整个店里只能摆放两三张小桌子，容纳十几个人，外面天气太冷，没办法摆露天的桌子了。

烤串店旁边是一家烧饼店。到了晚上七点，烧饼店就会关门歇业。两家店铺之间有一个一平方米多一点的凹陷处，后面是墙壁，两侧是两家店铺，还有一面朝着外面的马路。凹陷进来的这个地方虽然没有寒风，但也绝不算暖和。烤串店充分利用了这么一点地方，也摆上了一张桌子。

长弓和木子穿着厚厚的羽绒服缩在这个地方。这里已经不能用简陋来形容，唯一好的地方是只有一面透风。

"炉子来啦！"烤串店老板吆喝一声，一个长约四十厘米的小炭炉送了过来，里面的炭火顿时让这冷如冰窖的小地方多了一丝暖意。木子赶忙伸出手烤烤火，只有在这个地方才能享受额外炭炉的待遇。他们每周五都会来这里一次，也喜欢上了这个地方。这里虽然简陋，但烤串的味道特别香。

"老板，来十串肉串、十串肉筋、两串鸡翅、两根火腿肠、两个烧饼，烧饼刷酱。"长弓熟稔地跟老板打着招呼。

"喝点什么？"老板问。

"一个美年达，一个小二锅头吧。"长弓笑道。

有个小炭炉的好处就在于，哪怕外面天寒地冻，他们要的吃的也不会冷。吃着热乎乎的烤串，身上会渐渐升起暖意，再加上味蕾的满足，总会让他们特别开心。等回到温暖的家中，沉浸在满足中的他们自然就会水到渠成地做一些爱做的事情，然后美美地睡一觉，第二天再轻松地过个周末。这就是穷开心之中神仙一般的日子了。

时间不长，他们要的吃的就送上来了。长弓熟练地把肉串、肉筋先放好，两串鸡翅和两根火腿肠放在旁边。

吃这些东西是有顺序的，这是通过不断的尝试摸索出来的。最先吃的是肉串，羊肉串很嫩，带着炭火的焦香，会给人强烈的满足感。然后是肉筋，肉筋配着烧饼吃，这是填肚子的好东西。等吃完这些，鸡翅也差不多烤好了，烤成金黄色的鸡翅上冒着一个个油花气泡，略微烤焦的鸡皮会变得酥脆喷香，那味道简直让人永世难忘。长弓最喜欢的其实是大腰子，那才是最香的，不过大腰子也最贵，一般只有在发工资那一周他才舍得吃一个。木子倒是更喜欢羊肉串和鸡翅。

吃的时候，长弓会刻意地一边喝酒一边吃，慢慢地吃，总是很有技巧地让木子比自己多吃上一点。

不过，前面这些都是较短时间的享受，真正的重头戏在最后。最后吃的是火腿肠，就是那种最普通、廉价、基本都是淀粉没多少肉的火腿肠。但是，这是他们享受时间最长的美味。

火腿肠在拿上来之前，会先用裁纸刀切出一个个花刀，经过炭火一烤，被切到的地方就会渐渐翻开，逐渐散发出香气。

等吃完其他东西，慢慢地烤着火腿肠，火腿肠外面这一层翻起来，他们会先吃掉。然后再烤，烤焦一层，就转着圈地吃一层，如此往复。总能烤个三四遍，吃个三四遍，让那香气始终在唇齿间回荡。长弓有时候还会撒点盐，增加一些滋味。

每到周五，他们最期待的就是这一顿美味，哪怕天寒地冻，他们也依旧会选择坐在外面凹陷处的小桌旁。这份记忆注定伴随他们一生，那种美好永远也不会忘怀。

木子的流产

他当然明白，木子是为了不给刚刚振作起来的他压力，才会如此选择。可是，她是一个女孩子啊！从未有过这样经历的她，是承受了多么巨大的心理压力，才做出这样的决定，又是承受了多么巨大的痛苦，才一个人去做了流产啊！

◇◇◇◇◇◇◇◇◇◇◇◇◇◇◇◇

"东西都收好了吗？"母亲问长弓。

"都收好了，您放心吧。之前上的绒面靠垫我都放在上面了。哦，对了，您让我给开的发票，我放在您办公桌上了，您再核对一下。"

母亲微笑道："晚上带木子回家吃饭吧？"

长弓道："不了，我今天买了点鸡翅，回家我们炖鸡翅吃。"

母亲道："那好吧，什么时候回去提前跟我说，妈给你们做好吃的。对了，长弓，你们现在都住在一起了，不如早点结婚吧。"

长弓愣了一下，勉强笑笑："我们都还小，再等几年吧，不急呢。"

母亲皱了皱眉："你们现在这些孩子啊，真是胆子大，没结婚就住一起了，真是……"熟悉的唠叨声被长弓自动过滤，收拾好东西赶快下班往家跑。

"木子，我回来啦！"长弓用钥匙开了门，提着手里的塑料袋直奔冰箱，往里面塞今天刚买的食物。

"木子，我今天买了很多好吃的，买了你最喜欢吃的翅中。咱们晚上红烧，再炒个青菜就够了。我还买了馒头，都不用蒸米饭了。"长弓一边往冰箱里塞着东西，一边说着。

"哦，好啊……"木子的声音从卧室里传来，今天她轮休，所以长弓知道她一定在家。

"怎么了？你怎么有气无力的？"长弓疑惑地道，以木子爱吃的特点，换了平时，应该早就蹦蹦跳跳地跑出来了啊？

收好东西，长弓赶忙走进卧室。木子靠在床头，身上盖着被子，虽然卧室光线较暗，但长弓还是一眼就看出木子的脸色有些苍白。

心中一惊，他赶忙走到木子身边："怎么了？哪里不舒服？"他把手放在木子的额头上，温度合适，并没有发烧。

木子勉强一笑，道："没什么，就是有点肚子疼，我来那个了。"

长弓醒悟道："是哦，是该来了，你这次隔的时间好像还挺长的。那你躺着好好休息吧，今天我来做饭，看我大展身手。待会儿我再给你熬点红糖水喝，喝了就好了。"

"嗯，嗯，好啊！"木子握住他的手，一脸的幸福。

长弓去厨房忙了。两行泪水却顺着木子的脸颊潸然而下，贝齿咬了咬下唇，扭头看向窗外。

因为平时大多数时间都是木子做饭，长弓的手艺着实有些退步，鸡翅的糖色炒得有点过，颜色略微发黑了一些。

和平时不同，今天木子吃得很少，吃完就又躺回床上了。

长弓洗了碗筷，回到床上。

"怎么了，疼得很厉害吗？我给你揉揉吧。"长弓靠近木子，让她的头靠在自己的肩膀上，一只手放在她的小腹上，用自己温热的手掌给她轻轻按揉。木子没吭声，只是闭着眼睛，时间不长，她的呼吸就已经逐渐变得均匀了。

长弓小心地将她的头放在枕头上，坐起身给她盖好被子。以前木子虽然也出现过腹痛的状况，但从来没像今天反应这么大，怎么一点精神都没有啊？

看着木子已经睡沉，长弓正准备起身去用会儿电脑，突然，他看到木子枕头另一边似乎露出了一丝白边。他有些疑惑地伸手过去，感觉像是一纸张，他小心翼翼地抽出来，并没有惊醒木子。

拿过那张纸，借着床头的灯光仔细看去。这一看，长弓的身体瞬间就僵住了。紧接着，他的身体开始不受控制地颤抖起来。他缓缓坐直身体，双手死死地捏住那张字迹不多的白纸。

这张纸上其他的字都被他自动忽略了，在他脑海中放大的只有四个字：

药！物！流！产！

他的手颤抖着，他的身体也颤抖着，他的心不断地剧烈收缩，大量的血液挤压到大脑。为什么？为什么她不告诉我？

她，她是不想让我有负担，不想让我跟着一起着急啊！难怪，难怪她会脸色苍白，难怪她会浑身无力，显得如此脆弱。

"长弓，你怎么了？"身体的颤抖终究还是让刚刚入睡不久的木子醒了过来。木子支撑着坐起身，当她看到长弓手中的单子时，她的身体也颤抖起来，"对不起，长弓，我不是故意要隐瞒你的。我只是 ——"

"别说了！"长弓猛地回过身，一把将她搂入怀中，紧紧地搂着，泪水滚滚而下，泣不成声，"是我没用，都是我没用，是我没有能力照顾好你和我们的孩子，才让你如此选择，是我没用啊！"

他当然明白，木子是为了不给刚刚振作起来的他压力，才会如此选择。可是，她是一个女孩子啊！从未有过这样经历的她，是承受了多么巨大的心理压力，才做出这样的决定，又是承受了多么巨大的痛苦，才一个人去做了流产啊！那时自己竟然没有陪伴在她身边，所有的痛苦她都一个人默默地承受了。

"不怪你！不怪你！是我们都还没有准备好。我们的孩子，我们的第一个孩子没有了。长弓，对不起……"木子在他怀中，压抑了多日的痛苦瞬间爆发出来，哭成了泪人。

身体的痛苦她还能够忍受，更为痛苦的是心灵啊！那是一个小生命啊！但凡有一点机会，她也不会做出这样的选择。可是，长弓刚刚振作起来，他们的日子刚刚好转一些，这个时候，怎么可能要这个孩子呢？长弓承受的压力已经够大了，如果再压上这些，他可能真的就垮掉了。

所以，木子在仔细思考之后做出了这样的抉择，她本来是想就这样瞒过去的，可是她看着单子上面写着的"流产之后三十日内不能行房事"这一条，心中充满了犹豫，因为这根本是不可能瞒得住的啊！可是，这件事又怎么跟长弓说呢？她内心充满矛盾，她怕自己说出来之后会被长弓责怪，却没想到，长弓有的只是深深的自责。

此时此刻，长弓心中只有一个念头：为了怀中的她，就算付出生命也在所不惜。

Chapter

3²

《光之子》横空出世

> 思潮澎湃，心潮起伏，长弓脑海中突然有了一个念头：他要写个故事，
> 他和木子的故事，把这些记录下来送给她。

◇◇◇◇◇◇◇◇◇◇◇◇◇◇

第二天一早，长弓就去农贸市场买了柴鸡回来，准备给木子炖汤补身体。他没有再提一句这件事，但在他心中，一颗种子已经种下。

无论如何，未来也不能让她再吃苦，再有任何一丁点的苦痛。我要努力！我要拼搏！他越发努力工作了，但汽车装饰店的事情也就那些，在他的勤奋下，总是在最短时间内就能够做好。

打开店里的电脑，长弓坐在电脑前思潮起伏，他心中不断回荡着这些年来发生的种种。从第一次见到木子，那时候她还是"考拉"，一直到现在，这么多年来不离不弃，她一直守在他身边。回想着那一天天的快乐，长弓心中突然充满感动。

当初工作开始忙碌之后，他给木子写信的事情就停了下来，停

在了第一百三十七封。他还清楚地记得，刚刚跟木子交往的时候，曾经答应未来要一直给她写信。可是这些年，在完成了一百封信之后，自己懈怠了，并没有做到当初答应她的事啊！

思潮澎湃，心潮起伏，长弓脑海中突然有了一个念头：他要写个故事，他和木子的故事，把这些记录下来送给她。很多事情在现实中没办法实现，但在小说中可以。所以，他不想再写信，想写一本小说送给她。这个念头在木子药物流产后的第二天就有了，只是一直没有下定决心。

此时店里只有他一个人，店外虽然车水马龙，店内却万籁俱寂，他心中突然有种空灵的感觉，曾经和木子之间的一幕幕令他的灵感汹涌而出。长弓心中默想：我要写这个故事，为了木子而写，写来送给她。

从小到大，长弓看过太多的小说了。自从二十世纪末网络开始流行，第一本网络小说《第一次亲密接触》出现之后，网络文学就渐渐兴起。平时在网络上看书也是长弓最大的乐趣。

只是，当下的网络小说作者绝大多数是玩票性质，连载更新得很慢，很多人几天才发表一篇新的章节，也有一些人甚至是周更、月更。而且长弓发现一个特点：越是好看的小说，写得就越慢。

他想写本书给木子还有另一个用意，他希望他和她的故事能够被更多的人看到。喜欢小说这么多年，这本身也是他的兴趣。他希望能够用自己的兴趣，记录下他和她的美好。

他早就想好了，他要写一本架空在另一个世界的魔法小说。在那个世界中，他就是真正的创世神；在那个世界中，他可以让自己的木子幸福、快乐；在那个世界中，他也可以让自己为了她而付出一切。

当今的网络小说写黑暗的太多太多。长弓不想写黑暗，因为他始终觉得，无论自己承受过多少压力，面对过多少磨难，自己始终有一颗光明的心，心向阳光。

"光之子"，长弓在屏幕上打出这三个字，这是他为这本小说起的名字。

人物设定，姓名：长弓；性别：男；主修魔法：光系；次修魔法：空间系。

一个懒惰的少年，因性格原因选学了无人问津的光系魔法，却无意中踏进了命运的巨轮，一步一步地成为传说中的大魔导师。正是在他的努力下，结束了东西大陆的分界，让整个大陆不再有种族之分。他最终成为后世各族共尊的光之子。

人物设定，姓名：木子；性别：女；魔族公主。

……

长弓开始了他的创作，为了更好地带入自己的情绪，他用了第一人称的写法。在这之前，他从来都没有写过小说，所以在动笔后才明白，创作并不是一件简单的事情，至少目前对他来说是这样的。

无论是修辞、标点，还是其他很多东西，真的开始写了才觉得有些生涩。幸好他上学的时候刻苦练习过打字，在打字速度方面并没有太大的问题。

整整一下午，一个章节写完了，长弓明显觉得自己写得有些青涩，但又不知道从何修改。仔细看了看，语句还算通顺，就像当初木子说的，这应该是那会儿给她写情书练出来的文笔吧。纯属娱乐，只要木子看得懂就好了。

因为店里的电脑不能上网，长弓用一张软盘拷贝了自己写的内容，下班后直接回家。

"你在弄什么？"木子好奇地看着长弓在家里的电脑上捣鼓着文档。

长弓嘿嘿一笑："我在写小说。"

"小说？"木子疑惑地看着他，"你怎么想起写小说了？"

长弓道："兴趣啊！现在的网络小说大多都是'太监'，看得正精彩就没有了。我也打算写了放在网上，就当自娱自乐吧。"

木子笑道："好啊，那我要做你的第一个读者。"

长弓道："好，给你看看。"

他让开位置让木子坐下，给她看今天自己写的小说。

"怎么样？"木子看完，长弓有些紧张地问道。

木子微笑道："挺好的啊！不过太少了，还看不出什么，你快点写。"

长弓眼睛一亮："你真的觉得挺好的？"

木子点点头："是挺好的啊！"

长弓道："那你说，我发到网上怎么样？"

木子道："我觉得可以。发吧，就算别人不喜欢也没关系，只要我喜欢就行了。"

"好！"

长弓打开一个叫幻剑书盟的文学网站，登录上去，他早就注册了账号，现在尝试着申请成为作者。当下的文学网站要求非常宽松，只要注册成功，就可以在上面发表文章了。长弓申请好后，将自己的《光之子》的第一篇章节发了上去，然后又打开另一个他经常去看小说的网站，叫作读写网，也进行了注册、发表。

这两个网站是他经常上的，幻剑书盟是当下热度最高的文学网站，而读写网虽然规模小一些，但上面有一些长弓喜欢看的书。

在两个网站都发表之后，长弓长出一口气。他并没有什么压力，纯粹的兴趣写作，所有作者在上面发表的小说都是免费供读者阅读。

长弓觉得自己写得还是很青涩的，也没指望会有多高的人气，对他来说，这是他写给木子的一封最长的情书，同时也是他自己的兴趣所在。想到就写了，他甚至没想过自己能够写多久，能不能把这本小说写完。

"饭好了，快来吃饭吧。"木子在客厅叫道。

"来了。"

爱的小屋越来越有家的气氛了，边吃晚餐边看电视，这是他们最大的乐趣。

"你的书发上去了？"木子问道。

长弓点点头："是啊，我发了两个网站，也不知道有没有人看。"

木子微笑道："没关系，无论你写成什么样，我都会看的。"

长弓顿时气结："那你的意思是我写得不好啦？"

木子笑道："现在才写了那么少，哪里看得出来啊！不过，你又上班又写小说，会不会太累了？"

长弓道："不累，兴趣嘛，闲暇时间想写就写，而且我也想通过这本书记录一些我们的事。"

吃过晚餐，长弓几乎是下意识地又坐回电脑前，带着有些忐忑的心情点了浏览器上的"刷新"按钮。

点击数：九。看到这个数字，长弓顿时一喜，已经有九个人看过了吗？他赶忙往下拉网页，网页上是有评论功能的，他要看看有没有人给他评论。

路人甲：魔法类小说？我喜欢，作者加油。

路人乙：快更新！

评论就这么两条，很简短，长弓看在眼里，感觉心中涌起一股热流。自己随手写写，而且连自己都觉得很青涩的文章，竟然也有人支持吗？

这种成就感他已经很久没有体会过了，还是当初在电视台上班，被领导夸奖时有过这种感觉。这两三年来，他一直处在求职、被骗等各种坎坷中，低谷中只有压抑与痛苦。

看着眼前这两条评论，感受着那许久没有出现过的成就感，长弓就像是久旱逢甘霖的庄稼一般瞬间焕发出活力，心中一个大大的声音响起：我要写下去！

人生的转折点

为木子写作，把看书的兴趣转化为写书，成了他人生的转折点。

◇◇◇◇◇◇◇◇◇◇◇◇◇◇◇◇◇◇

　　长弓开始写作的时间是二〇〇四年二月。当时他并不知道，为木子写作，把看书的兴趣转化为写书，成了他人生的转折点。

　　店里的生意蒸蒸日上，有两位负责汽车装饰的工人、一位会计，再算上长弓和他母亲在内，一共就五个人。每天在店里忙完了自己的工作，长弓就会坐在电脑前写他的《光之子》。店里不能上网，写东西更能心无旁骛。

　　无论是幻剑书盟还是读写网，最初的时候，每天都只有几十的点击量，但令长弓惊讶的是，大多数的评论都是支持他写下去的，甚至还有赞美的。

　　为木子写书，这是他原本坚持写作的最大的动力，而现在还要加上一条：为了读者的支持。

　　长弓在评论区留言说，自己刚开始写作，写得很青涩，感谢大家的支持。

有一位读者的一句话深深地打动了他。那位读者说：虽然文字青涩，但能感觉到你书中的真情实感。作者加油，努力写下去，我会一直支持你。

就是这么一句话让长弓做出一个决定。当时网络小说的作者们普遍都是几天才更新一个章节，周更比比皆是，月更也不少见。这是令读者最痛苦的事情。长弓决定，他要对得起这些支持自己的读者，或许自己写得还不是太好，但至少要让他们每天都能看到自己的作品。所以，他决定每天都要有新的内容，而且一个章节至少保证两千字。

两千字，对学生来说就是两篇作文，而且是每天。这并不是一件简单的事情。幸好长弓有给木子写长信的经验，他写过一百三十七封情书，算下来没有一百万字也有大几十万字了，当初的坚持赋予他现在的勇气和信心。他在评论区回了一条：虽然我不知道我能坚持多长时间，但我会努力每天更新，特别感谢你们的支持。

不知道是他的留言打动了那些读者，还是《光之子》中的真情实感开始发酵，两个网站上这本书的人气都开始升温了。

对网络小说来说，毫无疑问，有新的章节时是点击最多的时候。长弓每天更新，每天都会有人来看新的东西，作品的点击增长速度自然就快。

读者之间很多感受都是互通的，当他写作半个月，第一次出现在幻剑书盟首页的点击榜末尾的时候，令他自己都有些措手不及的人气飙升突然到来了。

评论区出现大量留言：

　　咦，竟然还有人每天都更新，为了这种坚持，赞一个。比那些"太监"强多了。只要作者一直坚持每天更新，就算写得差点，我都支持。

　　挺好看的啊！光系魔法，好像还没人写过，有意思，我会一直支持的。

写的什么玩意……

作者加油！

加油更新，每天能看到，感觉真棒。
……

评论开始大量增加，点击、推荐也是如此。凭借着每天更新带来的热度，又过了半个月，长弓的大作赫然排到了幻剑书盟点击榜的第二位，读写网点击榜的第一位。

这时的网络文学还不发达，这两个网站每天的流量也有限，更不会带给长弓一分钱的收入。但就算如此，这种冲上榜单带来的成就感是无与伦比的。

也就在这时，长弓突然发现一件令他惊喜的事情，幻剑书盟首页新闻上说，要在近期开始实行收费的"VIP阅读"。也就是说，读者在看书的时候要支付一定的费用，这些费用网站会和作者分。这意味着在网上写书有赚钱的可能了。

长弓在看到那个报名邮箱后，几乎第一时间就发去了邮件。如果通过写书能够赚点钱，再加上自己的工资，无疑会让家里的生活变得更好一些。但让他想不到的是，他这一等就是一个月。

一个月的时间，《光之子》在读写网持续高居榜首，也终于在幻剑书盟爬到了首位。排在幻剑书盟点击榜第二位的是一本名为《诛仙》的书，这本书长弓很喜欢，就像读写网有本叫《见习魔法师见闻》的书一样，都是他当初看书的时候特别喜欢的，只不过这个作者的更新速度实在是让人不敢恭维。放在几个月前，长弓无论如何也想不到自己写的书居然能在排名上超过它。

这几天，长弓有些不开心。他不明白为什么幻剑书盟官方始终不回复他的邮件，难道是因为自己写得太差了吗？可是排名并不差啊！有读者支持啊！

长弓本身并没有指望通过写作去赚钱，但三年的低潮让他学会了抓住每一个机会。哪怕依靠写作每个月只能赚个几十元，那也能贴补家用，同时证明自己写作的价值。

　　就在他郁闷的时候，读写网方面突然发来一封站内短信：

　　　　您好，本站将开始尝试付费阅读，作为点击榜排名前列的作者，您是否参加？分成模式如下……

　　读写网的主动邀约令长弓大为惊喜，他几乎是毫不犹豫地答应了。读写网提出一个要求，那就是他必须在读写网独家发布 VIP 章节，不能同时在两个网站发布了。长弓想了想之后，答应了。幻剑的不作为让他的自尊心受到了一些打击。

　　而《光之子》中的长弓也开始了他的成长之路。《光之子》的大背景是人族与魔族之间的对抗，两大种族相互对立，彼此抗衡。书中的长弓从一名普通的少年，到进入初级魔法学院学习，渐渐显露天赋，成为一名优秀的光系魔法师，身边有了朋友、伙伴，一步步成长。书中的木子终于要出场了，她有一个显赫的身份：魔族公主，一位潜伏在人类世界中的魔族公主。

　　写到这里的时候，长弓心中想的就是要给木子最好的，一切都是最好的。在他心中，木子本来就是最美的女人，在书中亦然。

　　故事情节的发展，也牵动着许多读者的心，书的热度依旧在持续走高。

应运而生

　　每天上班的时候努力工作，抽空码字，下班之后看着读写网后台数字的跳动，这已经成了长弓最开心的事情，也是他最好的娱乐。

◇◇◇◇◇◇◇◇◇◇◇◇◇◇◇◇

　　"长弓，你每天在电脑前面忙活什么呢？"母亲有些疑惑地看着坐在电脑前不断敲字的长弓。

　　长弓道："我在写一本小说。"

　　"写小说？"母亲愣了一下，"怎么想起写小说了？"

　　长弓道："就是兴趣使然。妈，您放心，我不会耽误工作的。"

　　母亲轻叹一声："愿意写你就写吧，只要你自己高兴就好。儿子，别给自己太大压力，当你准备好要结婚的时候，还有爸爸妈妈帮你。"

　　"嗯，谢谢妈。"长弓的背挺直了一些，他没有说出拒绝的话，因为现在的他或许真的没有办法给木子足够好的生活，但自从那天他抱着木子哭过之后，他就明白，自己这一生除了这个女人之外，不可能再有别的女人了。如果几年之内自己还不能有些成绩的话，恐怕真的没办法依靠自己的力量迎娶她过门。

回头看向母亲，看着她那忧心的眼神，看着她两鬓渐多的白发，长弓不禁心中一酸。自己已经二十多岁了，难道真的还要让父母为了自己的事情操心吗？不，他不愿意。

《光之子》在指尖流淌，长弓的意识渐渐进入那个世界。

> 我凭借着优异的成绩考入了高级魔法学院，在我身边坐着一位绝色动人的女同学。
>
> 很快，我知道了那个女孩的名字，她叫木子。
>
> 我总是会下意识地想要接近木子，却总被木子戏耍。为了报复，我假意给木子写了封情书。[1]

写到这里，长弓嘴角处不禁挂上了一丝微笑，脑海中不自觉地回想起当初自己第一次给木子写情书时的心情。

那时的自己忐忑而紧张，尤其是将第一封信交给她之后等待的那段时间，是多么难熬啊！

美好的回忆令他不自觉地将自己的情绪代入书中，代入书里的长弓和木子。

那本就是他和她的投影。

> 课堂上，木子将我写给她的情书揉成纸团扔了回来，只是冷冷地说了一句：“无聊，你少用这种把戏来耍我。”
>
> 我开始和木子传起字条，木子从开始的抗拒到渐渐喜欢上了这种游戏。

如果真的和木子是同

---

1 引文部分摘自《光之子》。详情请见《光之子》。

学该多好啊！从上学的时候起就可以和她在一起了，想跟她说什么就传给她一张字条。

晚上回到家，坐在电脑前，这样想着，长弓的嘴角处不禁流露出一丝若有若无的微笑。

"哎哟！"

头上突然一疼，长弓回头看，发现木子正杏眼圆睁地站在自己身边。

"坏人，连人家上学的时候都不想放过是不是？哼！"

长弓嘿嘿一笑，赶忙解释道："你看，我这都写到高级魔法学院了。书里的高级魔法学院就相当于咱们现实生活中的大学，大学谈个恋爱不是很正常吗？而且，你不觉得传字条这种事很有爱吗？"

木子眼中闪过一丝狡黠："那好啊！从现在开始，今天晚上你想跟我说什么就写字条给我，不然我就不理你，让你过把瘾。"

"嗯……"

木子终于不再撕毁我传过去的字条了，并且开始给我回信。在我的诚意下，她的芳心渐渐开启。

她给我讲了一个《等你一百封信》的故事……

我答应她会努力地给她写情书，两人渐渐走近，而我的光系魔法也变得越来越强大了，我逐渐成为高级魔法学院最优秀的魔法师。没有同学知道，我其实已经成为大陆上第十一位魔导师级别的强大魔法师。

"木子，接受我好吗？"

"傻瓜！"

写到这里时，长弓接到消息，读写网的程序终于调整好了，他最新更新的内容可以加入 VIP 收费章节了。

长弓和读写网官方商量之后，决定 VIP 章节发表三天后解禁，让读者就算不花钱也能够在稍晚一点的时候看到内容。他并没有指望通过创作赚钱，但他愿意尝试这种新的方式，同时也要对得起支持他的读者。

　　读写网的后台在做网站出身的长弓看来是非常简陋的，还不如几年前他们为电视台做的网站，但基本功能还能够实现。

　　加入付费项目后，令长弓惊喜的是，每天他竟然有二十几元的收入。这绝对算得上意外之喜了。要知道，他跟木子吃一顿羊肉串最多也就花三四十元，这意味着写两天书就可以去吃一顿羊肉串了。对经济拮据的他来说，这无疑算是相当不错的成绩。

　　晚上回到家可以上网后，他几乎时刻都盯着后台看，看着几分、几分跳动的数字，心中都是满满的幸福感。这些都是读者对他的支持啊！网络付费阅读是一种微利模式，一千字两分钱，只是很多读者还没有这种付费习惯。

　　长弓在评论区不断地向读者解释，让不愿意付费的书友不要着急，三天后付费章节就会变成免费章节。

　　一天二十几元，一个月怎么也有六七百元，长弓不禁暗暗赞叹，这就是网络的好处啊！以自己现在的写作水平，要是放在以前，是无论如何也不可能有出版资格的，更别说有收入了。

　　网络的发展让网络文学这种新的文学形式的准入门槛降低了很多，只要愿意写，就能够发表出来让读者看。

　　每天上班的时候努力工作，抽空码字，下班之后看着读写网后台数字的跳动，这已经成了长弓最开心的事情，也是他最好的娱乐。他很期待自己这一个月下来究竟能够得到多少收入。

　　"你白天累一天了，晚上还要写东西，会不会太辛苦了？"木子有些心疼地看着坐在电脑前的长弓。

　　长弓微笑着摇摇头："不辛苦。看着大家对我的支持，我就干劲十足。读者的支持是我写作最大的动力。更何况，这可是我们的故事，我现在越来越有信心了，一定会把这个故事写完的。"

第一笔稿费

我长弓今生今世非木子不娶。你不要想着把我推给别人，我知道你心中
是喜欢我的，为什么还要拒绝？

◇◇◇◇◇◇◇◇◇◇◇◇◇◇◇◇◇◇◇◇◇

九五五三三，长弓按着电话号码，心情有些紧张，有些兴奋，
也有些忐忑！

"您的余额为八百六十三元五毛三分。"

"Yes！"长弓用力地挥了一下拳头，这一刻，他兴奋得险些跳
起来。

是的，这是稿费，他的第一笔稿费！八百六十三元五毛三分，
一个月的付费章节收入。这还是在他不断解禁章节的情况下，不然
的话，收入会更高一些。稿费加上工资，一个月已经有两千大几百
元的收入了，对现在的他来说，无疑雪中送炭一般。今天晚上一定
要给木子买点好吃的，好好庆祝一下！

正在这时，手机铃声突然响起。

长弓拿起手机，看到是个陌生的号码。换了以前，他就不接了，手机费很贵的，但今天刚刚收到这笔稿费令他心情大好，他下意识地按了接通键。

　　"您好，哪位？"长弓问道。

　　"您好，我是读写网的编辑，您是唐家三少吗？"唐家三少是当初长弓和木子认识时的网名，也自然而然地成了他的笔名。

　　"是的，您好，您好！"长弓赶忙客气地打着招呼。

　　"是这样，三少，我们有点事想和你商量一下。目前我们网站刚刚开始实行付费阅读，你的成绩是全网站最好的，我们希望你能够一直像现在这样保持一个稳定的创作，我们也愿意给你一份比较好的收益。"

　　"嗯？"长弓有点没明白对方的意思。

　　编辑继续道："我的意思是说，我们可以按照千字来给你付费，就不需要后台的数据了，这样无论你的《光之子》以后人气如何，你都能够得到稳定的收入。"

　　长弓这才恍然大悟："那你们愿意支付多少稿费呢？"

　　编辑道："我们愿意按照每千字十八元来支付你的稿费。当然，你也可以选择继续按照现在的方式进行分成，这样的话，虽然目前没有我们给出的买断价格高，但未来有可能会更高。这就要看你自己的选择了。"

　　每千字十八元？一万字就是一百八十元，十万字就是一千八百元，长弓现在一个月的更新量是七八万字的样子，也就是说，如果接受了这个买断价格，他一个月就会有一千多元的收入。如果换了以前，长弓或许会选择分成，那样想象空间会更大。但是经历了这么多事，尤其是工作从高潮到低谷，对现在的他来说，稳定才是最重要的，他需要一份稳定的收入来保证自己和木子的生活。

　　"我愿意接受你们每千字十八元的买断价格。"长弓略做思考后，给出了肯定的答复。

　　"好的，那麻烦你给我一个地址，稍后，我们会给你邮寄一份合同，你签好合同后寄给我们。从下个月开始，我们就按照你的更新量来给你支付相应的稿费，我们也希望通过这种方法刺激你多创作。感谢你对读写网的支持。"

"谢谢。"

一千字十八元，可以稳定地拿到稿费了，这简直是双喜临门。这样算下来，一个月就能够有三千元的收入了，再加上木子的收入，还了贷款还比较宽裕，至少每周去一趟超市问题应该不大吧。想到这里，长弓的心不禁火热起来。一千字十八元，那我每个月如果多写一点，收入就会更多一些。努力！Fighting！

我惊讶地对木子道："看来我的直觉很对，我一直觉得你有什么难言之隐，说出来吧，让我和你一起分担。我长弓今生今世非木子不娶。你不要想着把我推给别人，我知道你心中是喜欢我的，为什么还要拒绝？"

木子黯然地摇了摇头，说道："以后你会明白的，现在还不是说的时候，不要逼我，好吗？"

我道："我怎么会逼你呢，我相信，就算再大的困难，我也一定能克服的。你是我的，一生一世都是我的，我会牢牢地抓紧你，你休想逃掉。"

……

木子走过来拉住我的胳膊，说道："难为你了。"

我转过身，轻轻地将她拥入怀中，将头埋在她长长的秀发中，深深吸取着她身上让我迷醉的香气。我现在什么都不愿意去想，只想这样静静地抱着她。

木子反搂着我，将头靠在我的怀里。

良久，我抬起头，温柔地说道："真想永远停留在这一刻，抱着你的感觉真好，特别地充实。"

木子推开我，嗔道："讨厌，就会说些轻薄话。"

……

"我先将禁咒的咒语传授给你们，以后就看你们自己的了。"话音刚落，从神像处射出六道金光，分别照在我们六人的眉心处，我们都感到脑中多了些什么。

诸神之王道："我已经将咒语刻在你们脑中了，这样永远都不会忘。"

脑中一阵眩晕，一行清晰的小字浮现出来。

我们不自觉地按照小字念了出来。

战虎道："神王赐我战神铠，万恶不侵阻妖邪。"

修司道："神王赐我天神号，号声直透九重天。"

行奥道："神王赐我力神锤，撼天动地护正道。"

高德道："神王赐我雷神盾，可挡万刃不可摧。"

冬日道："神王赐我风神弓，急速狂闪无形箭。"

我说道："神王赐我光明剑，光芒万丈照苍穹。"

……

我长出了一口气，飞快地跑到自己的座位上，木子笑着看我，小声说道："怎么又迟到了？"

我回答道："昨天晚上想你想得睡不着，结果早上睡过了。"

木子小脸一红，说道："贫嘴。就知道你今天会迟到，给你。"说着，递过一个盒子给我。

"是什么？"我好奇地问。

木子说道："自己看吧。"

我打开盒子一看，里面居然是丰盛的早餐。木子从课桌里又拿出一大杯果汁，"小心点吃，别让老师看见了。自从遇到你，我都成坏学生了。"

你最看重的是什么

你要想清楚你最看重的是什么。无论你如何决定，我都支持你。

◇◇◇◇◇◇◇◇◇◇◇◇◇◇◇◇◇◇

"嗯，总算写完了今天的章节。"长弓用力地伸展了一下手臂。这几个月的写作生活对他影响很大，他现在有种渐入佳境的感觉，比最初的生涩要好了许多，至少自己脑海中想的东西已经能够很清楚地用文字表达出来。写作，总是要努力地去写，才能够不断地进步。

"合同签好了？ 我明天帮你发 EMS。"木子来到长弓身边，拿起读写网寄来的合同。

长弓笑道："真没想到，写作还能有收入。说起来，现在我还有点如在梦中的感觉。有了稿费，我们就能过得轻松多了。"

木子眼中闪过一抹担忧："只是你这样写会不会太累了。昨天晚上你几点睡的？"

长弓道："十一点多吧。"

木子眼中怒光闪烁："骗人！我半夜一点多醒了一次，看到你还坐在电脑前打字。"

"嗯，木子别生气，我只是不想让你担心。你看，我身体底子这么好，没事的。我答应你，以后一定努力在凌晨一点前睡觉，好不好？"

木子点点头："那你要说话算数哦。"

长弓拉住她的手："其实我最近写得越来越顺，速度也开始变快了，这样就能节约一些时间。而且，我可是有一点存稿的，这样就能确保就算我有事，也不会影响更新。我们摩羯座就是这么靠谱。"

木子笑道："只要你别太累了就好。"

"放心吧！"

第二个月，《光之子》带给长弓一千两百多元的买断收入，人气也在持续飙升。正在这时，长弓收到了一封邮件，一封来自幻剑书盟的邮件：

实在抱歉，唐家三少，我们现在才看到你的申请，我们愿意请你在我们网站进行付费阅读的尝试。我是你的责任编辑，邪月天使。

看到这封邮件，长弓的第一个反应是皱眉。时隔这么久，幻剑书盟才有反应，他心中有些愤怒，但也有种被认可的快感。

现在《光之子》的付费章节只在读写网优先更新，但解禁变成免费章节后，他还是会更新到幻剑书盟上，这是读写网允许的，因为这有助于提高这部作品的影响力。对长弓来说，他也要为幻剑书盟那边的读者负责。

他回了一封邮件，表示自己已经在读写网尝试付费阅读了，并且签订了合同，不能在幻剑书盟进行同样的事情。其实，从感情上来说，长弓还是更喜欢幻剑书盟的，毕竟这是他最早开始写作的地方，也是他最初接触网络小说的地方。但现在已经和读写网签约，他当然不能做违约的事情。

付费阅读进入第三个月，一件意想不到的事情突然发生了。长弓写完自己的作品，习惯性地在浏览器上输入读写网的网址准备进入，屏幕上却跳出一行字：本网站被有关部门要求整改，暂时无法登录，请耐心等候。

　　什么情况？长弓大吃一惊。他立刻拿起手机，拨通了读写网编辑的电话。编辑支支吾吾地说不清楚，长弓一再询问才明白，读写网出事了。

　　网络内容良莠不齐，读写网为了博取更高的点击量，发布了一些有淫秽内容的作品，被有关部门暂时查封。至于什么时候恢复，现在还不清楚。

　　挂了电话，坐在电脑前，长弓有些呆滞。对他来说，这简直就像是当头一棒。一切才刚刚朝着好的方向发展，无论是工作、创作还是生活。他也刚刚在写作上有所成绩，《光之子》在读写网和幻剑书盟的排行榜上始终排名第一，现在却出了这种事。

　　一个月一千多元，对他来说不是小数，更重要的是读写网被封了，这意味着他没办法把自己的作品给读者看了啊！读者看不到书，岂不是更加痛苦吗？他昨天还在评论区和读者聊得热火朝天，讨论《光之子》后续的情节。现在出了这种意外，实在是太突然了。怎么办？长弓有些茫然无措，读写网官方没有给出任何说法，更不知道什么时候网站才会解封。

　　嘀嘀嘀！手机铃声响起。

　　"喂，您好。"长弓接起手机。

　　"三少你好，我是邪月天使，读写网因为涉嫌传播淫秽出版物被封了的事情你知道吧？"邪月天使的声音有点怪，虽然是男声，但带着几分嗲嗲的感觉，很容易让人起鸡皮疙瘩。

　　"我知道了。"长弓略微有些烦躁地说道。

　　邪月天使道："我们幻剑是不会出这种问题的，我们对内容的审核十分严格。我们很欢迎你回来，在幻剑，你可以继续付费阅读。"

　　长弓愣了一下，是啊，没有了读写网，还有幻剑。幻剑没事吗？从影响力来说，幻剑书盟要比读写网大得多，如果它也有不健康的内容，恐怕早就被查封了。

"我想一下。"长弓给出了这样的回答。

"好，那我就静候佳音了。"邪月天使的声音很客气。

"怎么了？出什么事了？"木子从外面回来的时候，看到坐在沙发上阴沉着脸的长弓，赶忙走了过来。

长弓是个直脾气，心中是藏不住事的。对木子，他更没有什么可隐瞒的，于是将今天的事情说了一遍。

"我是不是运气太差了？"长弓有些苦涩地看向木子。

木子抱住他的手臂，将头倚靠在他的肩膀上，"别这么说。我相信只要努力，一切都会好起来的，你已经做得足够好了。"

长弓道："那这件事，你觉得我应该怎么办？"

木子道："这要看你最看重的是什么。每个月一千两百元对我们确实是有不小的帮助，现在没有了，你心中难受，我理解。但咱们的日子过得也不错啊！少了这些钱虽然会有些影响，但我们之前不也都挺过来了吗？我觉得，你要想清楚你最看重的是什么。无论你如何决定，我都支持你。"

"我最看重的是什么？"长弓听了木子的话，心中豁然开朗。是啊，我最看重的是什么呢？

读者是我创作的动力

钱固然重要，但是在这个世界上，钱并不是唯一。

长弓是一个非常感性的人，对自己的情感，他执着而坚持，对那些支持他的读者，也同样如此。

◇◇◇◇◇◇◇◇◇◇◇◇◇◇◇◇◇◇◇◇◇◇

"邪月，你好，我是唐家三少。"长弓拨通了邪月天使留给他的电话。

"你好，怎么样？想清楚了吗？"邪月天使那特有的嗲声让长弓不禁把话筒拿得离自己耳朵远一些。

"读写网被封，按照合同，他们属于违约，我现在确实可以到幻剑书盟继续更新我的《光之子》，但是我有一个条件。"长弓沉声说道。

"嗯，你说。"邪月天使说道。

长弓深吸一口气道："我可以在幻剑继续创作《光之子》，但我不加入付费阅读。"

邪月天使似乎愣了一下："三少，你不要一朝被蛇咬，十年怕井绳啊！我们这边不会有他们那样的问题的。"

长弓道："我并不是怕你们的付费阅读出什么问题。我已经在读写网尝试过付费阅读了，现在读写网被查封，无法更新，他们虽然违约了，但我当初签过合约，答应只在他们那里发表付费章节，我承诺过的事不会轻易改变，这是其一。更重要的是，我换了发表的地方，这本书又经历了这些事情，我不打算再收费了。

"我最初写书，本来只是为了我女朋友，为了用这本小说来记录我们在一起的种种，那时候我甚至没想过要写多长，是读者的支持让我坚持一直写下来。现在有了些人气，我也尝试过付费阅读了，回到幻剑继续更新，这本书的剩余部分我想免费给大家看，所以就不加入付费阅读了。"

邪月天使沉默了一会儿，道："那你还能每天更新吗？"

长弓道："当然。我已经喜欢上了写作，我想我能一直坚持下去，至少这本书可以。"

邪月天使道："好吧，你是我见过的最有责任感的作者，欢迎回来。我相信，以你的这种态度，人气一定会一直高涨。等你写第二本书的时候，我们再讨论付费阅读的问题好了。"

"好！"

得到木子的提醒之后，长弓很快就想明白了自己看重的是什么，钱他很想要，他也很缺钱，但他更看重的是和读者之间的这份感情。是读者的支持让他坚持写下来，现在有了一些成绩，就要一切往钱看吗？更何况，这本书是记录他和木子在魔法世界中的爱情故事，他希望能够更单纯一些。所以，他下定决心，就算一分钱的收入都没有，也会把这本书写完，全都免费发布给读者看，回馈他们的支持。

这就是长弓的决定。在做出这个决定之后，他只觉得自己全身都变得轻松了。钱固然重要，但是在这个世界上，钱并不是唯一。

长弓是一个非常感性的人，对自己的情感，他执着而坚持，对那些支持他的读者，也同样如此。他经常在评论区留言：没有你们的支持，就没有持续连载的《光之子》。这并不是一句空话，而是他内心的真正想法。

唐家三少回来了！

《光之子》回来了！

幻剑书盟首页打出了这样的新闻标题。

是的，长弓回来了。他发了一个单独的章节，并没有说太多，只是告诉幻剑书盟的读者，自己将会在这里继续更新《光之子》，同时也请他们告诉那些之前在读写网看书的书友，可以到幻剑这边继续看书，之后的内容将全部免费供大家阅读，并且保证以每天更新的节奏写完这本书，绝不懈怠。

简短的说明得到了幻剑书盟读者的高度支持，当长弓将最新的章节发布在幻剑之后，《光之子》的点击量顿时创了新高。

"木子，你怪我吗？"长弓为木子梳着越来越长的发丝。

木子轻笑道："我说了，只要是你的决定，我都会支持。而且，我很喜欢你这个决定呢，有那么多人支持你，我只为你感到骄傲。不过，在你的故事中，还有个叫海水的姑娘，是怎么回事？"

"咳咳，那是为了衬托你啊，没有女二号来衬托我们的感情，故事的起伏就小多了。"

木子轻叹一声："可是，我觉得她很可怜呢。"

长弓目瞪口呆地看着她："你不是吧？难道说我再找个女朋友，你也愿意不成？"

木子淡淡地道："那是小说。现实中你可以试试。"她一边说着，一边把眼睛瞟向旁边的桌子，桌子上一把大剪刀寒光闪烁。

"嗯……"

"最喜欢你给我梳头了。"木子微笑着说道，似乎瞬间就忘记了刚刚的话。

她的头发已经长到了背部，现在可以梳成非常漂亮的马尾辫了。刚开始留长发的时候，她自己也有些不适应，因为她的头发有点沙发发质，但她很有办法，每天吃几个核桃，头发变得越来越好，油亮顺滑，而且带着她自己的淡淡体香。每次为她梳头，长弓都会不自觉地陶醉其中。

　　"好啦，就这样吧。今天写到哪儿了，快给我讲讲。"木子转过身，拉住长弓的手，漂亮的大眼睛闪烁着宛如星星一般的光芒。每当她做出这样的表情时，长弓总会被瞬间征服，无论什么事都会无原则地答应。

　　自从木子最初看了长弓写的《光之子》之后，她就再也不自己看了，每天晚上都会让长弓在被窝里给她讲今天写的内容，总能带着满足睡去。不知不觉中，她喜欢上了这种感觉，所以讲故事就成了经常性的事。

　　长弓总是讲着《光之子》哄她入睡，等她睡熟了，自己再爬起来继续写。他发现，自己在给木子讲述的过程中，思路不自觉地就变得顺畅起来，很多时候还有刺激灵感的效果。

　　《光之子》写到最近这个阶段，长弓一直在酝酿一个大高潮。这个大高潮也将是这部作品中最为紧张激烈的部分。

　　听着故事，木子渐渐地睡着了。摸着她粉嫩柔滑的俏脸，长弓眼神更加温柔，每当他想起木子为自己受的苦，他的心就会无比疼痛。虽然他愿意为木子付出一切，可现实世界中这样的机会几乎不会出现。现实中没有表达的机会，但书里可以有，因为在那个世界中，他本身就是创世神啊！

　　打开文档，看着那一排排整齐的文字，长弓很快就沉浸其中。书中的长弓会愿意为木子付出一切的。

　　"将他们抓起来。"

　　　皇家魔法师团中立刻跑出四人将地上的两个魔族人抓了起来，那个使用黑色棍子防身的魔族人眼中充满了怨毒的神色，他不甘地喊道："等我族大军入侵之时，就是你们葬身的时刻。"

另一个魔族人出奇地平静，但她那让我感到出奇熟悉的眼眸中似乎蕴含着一种让我感到心悸的情绪波动，她定定地看着我，仿佛对眼前的绝境已经并不在意。

敦于·诶命令道："摘下他们的面纱。"

眼含怨毒的魔族人的面纱首先被摘了下来，是一个满脸皱纹的老头，他冷哼一声，高傲地仰起了头。

另一个魔族人的面纱也被摘了下来，刹那间，学院来的所有人都惊呆了，当我看到她的时候，我觉得全身的血液都涌向了大脑。

我大喊道："木子，怎么会是你？你怎么会在这里？是不是他们把你抓来的？"

是木子，我无论如何也想不到，站在自己面前的这个魔族人竟然会是木子。

木子定定地注视着我，眼中满是悲意："长弓，我对不起你，我是魔族的人，这就是我一直不能和你说的心事。"

我全身在瞬间变得僵硬，各种念头涌上心头，我终于明白为什么当初木子不愿意接受我，为什么她不肯让我用光系魔法为她治疗，为什么她要撮合我和海水，为什么她会让我忘了她！

我的眼中充满了绝望，就人类和魔族之间的深仇大恨而言，作为魔族奸细的她，下场可想而知。可是，她是我的木子啊！是我深爱着的木子啊！

"不——"一口鲜红的血狂喷而出，眼前的世界几乎在刹那间变成了血红色。木子的身影逐渐模糊起来，我头一歪，昏了过去。

换我来保护你

至少在书中，他能够将自己的心情发泄出来，现实中的长弓做不了什么，但书中的长弓可以。

◇◇◇◇◇◇◇◇◇◇◇◇◇◇◇

坐在电脑前，长弓的心情久久不能自已。当他写到书中的自己口中鲜血狂喷时，他心中想到的是当初木子为了自己悄然去堕胎后自己的心情。那种心如刀割却什么也做不了的感觉深深地烙印在他内心最深处。那是他一生都无法忘记的，那是他对木子最大的亏欠。

如果，如果他有能力迎娶木子，又怎么会出现这样的悲剧？木子当然不是不愿意为他生下爱情的结晶，而是因为那时候的他根本就没有这样的能力啊！木子是怕他知道这件事后压力太大，才自己做了决定，甚至连整个流产的过程都没有让他陪伴。对一个年轻的女孩子来说，这其中承受的痛苦可想而知。

正是带着这样的情感，长弓写下了这一段。也正是因为自己心中一直积郁着这样的情感，他才想要写这本书。至少在书中，他能够将自己的心情发泄出来，现实中的长弓做不了什么，但书中的长弓可以。

　　我的心好痛好痛，在黑暗中，我仿佛看见木子凄惨地向我摆着手，逐渐掉进了一个深不见底的黑色旋涡中。

　　我想抓住她，却怎么也抓不到，眼看着她逐渐被旋涡吞噬，我大喊道："不，木子，不要啊！"

　　我大叫着坐了起来，发现全身已经被冷汗湿透了。迪老师走过来，说道："长弓，你醒了，怎么样，身体有什么不舒服？"

　　我摇了摇头，呆呆地看着迪老师，眼泪滴落在被子上。迪老师长叹一声，坐到我身边，将我搂入怀里。

　　我痛苦地闭上双眼："为什么，为什么上天要这么对我？这是为什么啊？迪老师，您告诉我，这都是假的，这只是一场梦，对不对？"

　　迪老师抚着我的后背，叹息道："孩子，你要接受现实，这都是真的，不是人力所能改变的。我现在才知道，原来你爱她爱得那么深。"

　　木子的靓影不断地在我脑中闪现，我的心冰凉冰凉的，木子居然是魔族派来的奸细，还去行刺可扎国王。如此重罪，她是不可能活下来的。

　　良久，我逐渐抑制住了自己悲伤的情绪，坐正了身体，问道："迪老师，她现在怎么样了？"

　　迪老师微微摇了摇头，说道："孩子，不要存什么希望了。"

　　我大惊道："难道她已经死了吗？"

　　迪老师说道："你听我说，她现在还没有死，但是已经被封印了魔法，和另一个魔族人一起关押在天牢中。对了，听说你用了禁咒，还杀掉了绝大部分入侵的魔族军队，是吗？"

　　木子被关进了天牢，恐怕时日无多了，我黯然地说道："是啊，我用的是禁·永恒的治愈之光，这个魔法是您教我的唯一禁咒。"

迪老师不解地说道:"可那是个治疗的禁咒,并不是攻击型的,为什么会有那么大的杀伤力?"

我回答道:"因为魔族人都是黑暗属性,只要是光系的魔法,无论是攻击类型的还是防御类型的,都对他们有很大的杀伤力。"

迪老师点了点头,说道:"原来是这样。孩子,你哪里也不要去,踏实地在老师这里待着,你的伤并不重,只是魔法力有些透支而已。"

我哀求道:"迪老师,您让我去见见可扎叔叔吧。"

迪老师的神色顿时严厉起来,说道:"不行,即使你去了,也不会有什么结果的。你知道吗,魔族和兽人族的联军在边界蠢蠢欲动,而且这次魔族竟然派人来行刺可扎国王,还险些成功。木子在魔族的地位显然不低,你说国王可能为了你放了她吗?"

我从床上滚到地上,跪了下来,哀求道:"迪老师,我求求您了,您就让我去试一下吧。"

迪老师将我搀扶起来,叹气道:"孩子啊,你让我说你什么好啊!你应该知道,人类和魔族以及兽人的仇恨是多么根深蒂固,既然你不死心,就去试探一下吧。不过,你不能做傻事,知道吗?"

我赶忙点点头,站起来说道:"谢谢您,谢谢您,我现在就去。"

迪老师无奈地说道:"你这个孩子这么心急吗?要去也要把身体养好,等魔法力恢复些再去吧。"

一站起来,我只觉得一阵天旋地转。我知道迪老师说的是对的,立刻坐到床上,努力地凝聚起魔法力来。木子啊,无论如何我都要救你,即使用我的命来换,我也愿意。

足足休息了一天,我的魔法力恢复到八成左右。其实当我恢复到三成左右的时候,我就可以进宫了,但是我的心里有一层阴影,如果可扎国王不放过木子怎么办?

我穿着一件普通的白色魔法袍，手持苏克拉底之杖直奔皇宫而去。木子，你可千万不能有事啊！我来了，虽然你是魔族的人，但我对你的爱丝毫没有减少，你要等着我啊！

　　我走近皇宫大门，把守的侍卫拦住了我，我脸色一沉，说道："帮我禀报一下，就说皇家高级魔法学院长弓·威求见陛下。"

　　听到我的名字，把守的侍卫流露出崇敬的神色。为首的侍卫官立刻恭敬地说道："麻烦您等一下，我立刻就去禀报。"

　　很快，侍卫官走了出来，说道："长弓魔导师，陛下有请。"

　　我点了点头，跟着他走进皇宫。和上次来时不一样，虽然还有些被烧毁的地方来不及修补，但宫内的侍卫和魔法师三步一岗、五步一哨，守卫得异常森严。

　　走到内宫门口，侍卫官大喊道："长弓魔导师觐见。"

　　可扎国王亲自迎了出来，一看到我就高兴地说道："长弓，你来了，走，咱们里面谈。"

　　走进内宫，我扑通一声跪倒在地，说道："草民护驾不周，险些让陛下受到伤害，罪该万死。"

　　可扎脸色一变，怒道："长弓，你说什么！如果你还算护驾不周，那他们就更是饭桶了，这次多亏了你，我正准备封你做护国法师呢。你们都下去吧，我和长弓魔导师有事情要说。"

　　可扎挥退众护卫，将我扶起来，赞许地看着我说道："长弓啊，你真是国家的栋梁之材，这次要不是你用出了禁咒，后果真是不堪设想。"

　　我赶忙躬身道："陛下，这是我应该做的，何况禁咒是合我与震老师两人之力，再加上一些运气才成功的。"

　　可扎说道："现在没人了，别叫我陛下，还是叫我可扎叔叔吧，听起来比较顺耳。不管怎么说，你都是王国的大功臣。你不要在高级魔法学院继续上学了，以后到皇宫里来吧，我封你做皇家魔法师团副团长、护国法师。"

　　看他心情不错，我觉得应该说此行的目的了。我又一次跪倒在地，说道："可扎叔叔，别的赏赐我都不要，我只求您一件事。"

答应读者的，就一定要做到

既然答应读者会持续连载，不断更，那就一定要做到。生病又如何？无论自己发生了什么事，读者都是看不到的，他们能看到的只有作品。

◇◇◇◇◇◇◇◇◇◇◇◇◇◇◇◇◇◇

"长弓，你还不睡啊！"木子的声音在身后幽幽响起，正在聚精会神写作的长弓吓了一跳，回过头正好看到一脸幽怨的木子。

"几点了？"长弓看了一眼表，顿时吓了一跳，不知不觉竟然已经凌晨三点了。

木子嘟着嘴："你是怎么答应我的？"

长弓挠挠头："正好写到一个关键的地方，就忘了时间。别生气，我洗把脸就睡了。"

木子没有再苛责他，要是再多说，更会影响他的睡眠。

回身看向屏幕，长弓有些依依不舍地关上文档。他本来是想要将这一段写完的，现在看来，只能等到明天再说了。

洗漱完毕，躺在床上，关上灯。周围的一切变得黑暗，但长弓的脑海中，满是书中的情节。

一只柔软的小手伸过来，轻轻地为他按揉着头部的太阳穴，"快睡吧，明天还要上班呢。你知不知道，你这么辛苦我好心疼。"

长弓转过身，将那温软的娇躯搂入怀中，嗅着她身上的馨香，渐渐进入梦乡。

第二天，长弓带着熊猫眼来到店里，开始了一天的忙碌工作。最近店里的事情很多，以至于长弓白天都没时间写东西。虽然店是自己家的，但这工作也是他的收入来源，所以写作就只能拖到晚上。

一天的忙碌结束，回到家时，长弓已经有点昏昏沉沉了。木子还没有回来，长弓喝了杯水，坐在沙发上突然觉得有些全身无力。

这是怎么回事？要去写书了，那段情节还没写完呢。想要站起身，可人刚站起来，突然觉得有些天旋地转，赶紧扶着茶几才没有跌回沙发上。

不太妙，似乎有生病的征兆啊！长弓嘴角处流露出一丝苦笑，可是还有很多事没有做。

咬了咬舌尖，刺痛令他精神一振，赶忙走到卧室打开电脑。一阵阵眩晕感不断地冲击着他的感官，身上也开始有些发冷。

登录熟悉的网页，将今天的更新传了上去，长弓这才松了口气。既然答应读者会持续连载，不断更，那就一定要做到。生病又如何？无论自己发生了什么事，读者都是看不到的，他们能看到的只有作品。

尽管现在写作的时间长了，评论区已经不都是赞美，也有不少诋毁和谩骂，长弓却从来不怪他们。他本来也没觉得自己写得多么好、多么完美，他会一直写下去，至少要写完这本书。

他的书是写给那些喜欢的读者看的。正所谓众口难调，他没办法满足每一位读者的要求，他能做到的就是让自己的读者每天都能看到自己。看到的当然不是他本人，而是他的文字，他的更新。这种感觉就像是每天的问候、每天的交流，没有什么是比用文字交流更加动人的事情了。就像当初他给木子写情书的时候，很多嘴上说不出来的东西，文字却可以表达出来，这就是情书的魅力所在。

勉强打开了《光之子》的文档，故事已经写到了第七卷，也到了最重要的关头。可是，他也就只能打开文档而已，手微微有些颤抖，眼前一阵发花，身体的不适让他根本无法集中精神。

不行了，真的要先休息会儿。长弓支撑着爬到床上，甚至顾不上脱衣服，拉过被子盖在自己身上。人躺着的时候本应该是最舒服的，中国有句俗话叫作"好吃不过饺子，舒服不过倒着"，可是长弓今天完全没有半点舒适的感觉。

一躺下，他只觉得一股股寒意瞬间从四肢传来，身体几乎是不自觉地颤抖起来。他的身体很好，平时是很少生病的，今天这突如其来的感觉让他有些无法承受。

好冷，好冷。木子还没有回来，家里只有他一个人。只要略微张开嘴，他立刻就能听到自己的牙齿因为颤抖而相互碰撞的声音。怎么会这么冷啊？他整个人蜷缩在被窝里，甚至连头也蒙上，全身不停地颤抖，寒意越来越强。

好难受。长弓从身上摸出手机，按亮屏幕，勉强找到木子的号码拨了过去。

"长弓，我刚下班，我今天想回我们家一趟，我妈给咱们买了点水果，我去拿回来。冰箱里有我昨天准备好的菜，你自己弄一下就可以吃了。"木子动听的声音传来。

长弓吞咽了一口唾液："木子，我有点冷，可能发烧了。你回来的时候，帮我带点退烧药吧。"

"啊？发烧了？你的声音怎么抖得这么厉害？"木子吃惊地说道。

长弓道："没事，我躺会儿可能就好了。你别着急，就是回来的时候帮我带点药。"

木子道："好，你赶快休息吧。我这就回去。"

哪还顾得上去拿什么水果，挂了电话，平时从来不舍得乱花钱的木子迅速抬手招了一辆出租车就往家赶。长弓的声音颤抖而虚弱，这样的他，她还是第一次见到。

坐在车上，木子抿着嘴唇，泪水不自觉地流了下来，他真的是太辛苦了。木子用最快的速度冲到药店买了些药，再飞速冲回家。

当木子来到床边的时候，长弓的意识已经有些模糊了。木子摸了一下他的额头，吃惊得瞬间瞪大了眼睛。好烫！她从未在人体上感受过这种级别的温度。

一支体温计迅速放入长弓腋下，木子柔声道："长弓，长弓，我回来了。你怎么样？"

长弓此时只觉得连睁眼的力气都没有了，"我好冷，冷……"

木子赶忙从柜子里又翻出一床被子给长弓盖上，然后拧了个毛巾给他搭在头上。他的体温太高了，要先物理降温才行。从柜子里拿出一瓶平时消毒用的酒精，木子用软布蘸着酒精擦拭着长弓的脖子、腋下、胸口这些温度最高的地方。

当她将体温计拿出来的时候，整个人都惊呆了，四十一度五，天哪！

喂长弓吃下退烧药，一次又一次地将变得滚烫的毛巾在冷水中搓凉为他敷上，推着他手腕上的穴位，木子心急如焚。

"长弓，长弓，不要睡，保持清醒。你现在还冷得厉害吗？"

"嗯，嗯！"长弓的意识依旧有些模糊，但嘴角处勉强扯出一个微笑。不知道为什么，听到木子回来了，他就舒服多了。

事实证明，身体素质好还是能够起到非常好的抗病作用的，退烧药吃下去十分钟后，长弓身体的抖动渐渐消失了，冰冷感逐渐变成燥热，全身开始出汗。发烧的时候一出汗，整个人就轻松多了，长弓的神志也逐渐清醒过来。

写作的动力

多年以后，有记者问他，是怎样的动力让他坚持着一直写下来，并且每天更新的。长弓回答，首先是因为读者，没有读者的支持和鼓励，他根本不可能坚持下来。然后就是真爱，他是真的喜欢写作，喜欢沉浸在自己写的故事之中的那种感觉，所以才能如此坚持。

◇◇◇◇◇◇◇◇◇◇◇◇◇◇◇◇◇◇

"三十八度，降下来了，太好了。"木子长出一口气。

"放心，我没事的。"长弓微笑着向木子道。

木子看着他脸上有些不正常的红晕，心中一阵难过，哽咽道："都四十一度多了还说没事呢。怎么可能没事啊！"

长弓微笑道："发高烧证明身体好，抵抗力强才会发高烧的。你看，我这不是好好的吗？ 放心吧，我没问题的。"

看他退烧了，木子总算放松了些，"你饿不饿？ 我去给你弄点吃的。"

"好啊，我要吃清汤面，加点葱花、香菜，再来一滴香油。"长弓嘿嘿笑道。

木子的心总算是放松了几分，想吃东西就证明他好多了。

一碗热乎乎的清汤面下肚，长弓又出了一身汗，体温也渐渐恢复了正常，只是身体还有些虚弱。

木子帮他换了一身干爽的衣服，又用热毛巾给他擦了脸。

"早点睡吧，明天跟妈请一天假，在家休息一天，你就是太累了。"木子心疼地摸着他的面颊。

长弓微笑道："你看，我这不是没事吗？其实偶尔发发高烧对身体挺好的，体内有什么不好的细胞，一下都被杀死了。嘿嘿。"

木子没好气地道："胡说，你这分明就是谬论。"

长弓笑道："真的是这样啊，发过高烧之后，身体就会觉得特别舒服。放心吧，明天我就没事了。我答应你，明天请一天假，在家好好休息，总可以了吧。"

木子的表情这才缓和下来，"这还差不多。"

长弓赔笑道："那你也要答应我一件事，好不好？"

木子疑惑地道："什么事？"

长弓朝着书桌的方向努了努嘴："帮我把电脑拿过来，我就在床上靠着写一会儿，明天的更新还没写出来呢。"

木子瞬间瞪大了眼睛："你都已经这样了还要写书？不行，我不让你写！"

长弓道："乖啦，好木子，你放心，我就写一会儿，正写到关键的地方呢，我忍不住想要写下去。你要知道，人不能只有物质支持，吃饱穿暖固然重要，精神享受也很重要啊！写一会儿书，我的思路通了，我的身体也好得快点。而且我有那么多书友等着我的更新呢，你也知道，我们摩羯座就是有强迫症，不提前准备出来，总是不踏实。"

"不行！就是不行！"木子的态度很坚决。

长弓叹息一声："好吧，好吧。你别生气，我现在就睡觉，这总可以吧。不过，你要让我搂着你睡，你在我身边，我才能睡得踏实。"

"嗯。"

抱着木子的时候总是特别踏实，病后的虚弱让长弓很快就进入梦乡。木子守在他身边，刚开始的时候她没有睡，因为要时刻监控他的体温，看看是否还有反复。到了晚上十一点多，他的体温还是正常的，木子这才放心地睡了。折腾了一晚上，她也累了。

夜半无声。长弓悄然睁开了双眼，小心翼翼地将自己的手臂从木子怀中抽出来。木子已经睡熟了，长弓对她的生活习惯再熟悉不过，她刚睡着的前两个小时是睡得最沉的。小心翼翼地爬起床，披上外套，再抱起一床被子，悄悄地跑到外面客厅，再把自己的笔记本电脑拿过来，长弓长出一口气。

连他自己都不知道究竟是什么时候开始爱上写作的。《光之子》正好到了关键时刻，不把这一段写完，他实在是有些不踏实。

多年以后，有记者问他，是怎样的动力让他坚持着一直写下来，并且每天更新的。长弓回答，首先是因为读者，没有读者的支持和鼓励，他根本不可能坚持下来。然后就是真爱，他是真的喜欢写作，喜欢沉浸在自己写的故事之中的那种感觉，所以才能如此坚持。

现在他就是那样的感觉，他真的喜欢，也真的想把这本书写好。这是他和木子的《光之子》，也是他和读者的《光之子》。

打开文档，双手放在键盘上，长弓深吸一口气，原本有些黯淡的眼神渐渐变得明亮起来。

可扎挥了挥手，说道："赏赐怎么能不要呢？我已经颁布了命令，宣布了你的新职位。那件事你不要求我，我知道你要说什么，别的什么都可以，唯独这件事不行。"

我急道："可扎叔叔，我——"

可扎叹了口气，说道："长弓，你要知道，她是魔族的人。这并不是我一个人的问题，我要给众大臣一个交代，也要给民众一个交代，你明白吗？因为你，我并没有对木子用刑，我只能向你保证尽量让她在行刑前舒服一些。"

听到"行刑"两个字，我的心陡然沉了下去。我知道，按正常情况来说，木子是不能幸免了，和她同来的人，除了那个顽固的老头以外，恐怕全都死在了我的禁咒中，所以也没有她的族人会去救她。

我叹道："既然如此，国王陛下，那我先退下了。"

我从皇宫中退了出来。这一刻，我反而很冷静。

绝对不能让木子死，我眯起了双眼，我要去救她，而且立刻就要去，否则迪老师他们掺和进来就不好办了。这是我的事，不能连累别人。

下定决心，我一边走一边盘算着。天牢在皇宫的后面，因为关押着魔族的人，肯定会有重兵把守，想进去肯定不容易。怎么办才好？

思考了半天，我也没找到什么好办法，没时间了，只有硬闯一途，必须以迅雷不及掩耳的速度冲进去救出木子，不能给可扎叔叔反应的时间。

我先在天牢周围看了看，发现有上千名禁卫军，其中魔法师占了十分之一左右，这样的守卫实力除非我大开杀戒，否则很难闯进去，就算闯进去也未必出得来。但不论什么情况都改变不了我去救木子的决心，我先到市集购买了些东西，然后返回天牢附近。

我突然想起了迪老师给我的逃跑卷轴，如果我用魔法力将大家包住，应该可以一次传送出去。有了它，我的把握就大多了，现在要做的就是闯进天牢。

我盘膝坐在地上，最后一次通过冥想凝聚魔法力。

两个小时后，我出现在天牢门口。刚走近大门，就被卫兵拦住了，卫兵问道："什么人，不知道这里是天牢重地吗？"

我咳嗽了一声，举起手中的苏克拉底之杖说道："是我，皇家魔法师团副团长、护国法师长弓。"

听到是我，卫兵立刻躬身施礼道："不知护国法师到这里有何贵干？"

我板着脸说道："我奉陛下的口谕来查看一下那两个魔族犯人的情况。"

卫兵为难地说道："您有没有陛下的手谕？光凭您一句话，我们可不敢放您进去，这些魔族人胆敢行刺陛下，是最重要的犯人。"

我大喝一声："大胆，你们难道不知道我是谁吗？耽误了我的事，你们还想不想要脑袋了？"

卫兵刚要解释，从天牢里走出一位魔法师，他身上的标记表示他有大魔法师的实力。他说道："怎么回事，为什么这么吵啊？"

他走过来一看是我，立刻赔笑着说道："原来是长弓大人您来了，有什么事吗？"

我冷哼一声，说道："我要看看那两名魔族犯人，他们不让我进。"

魔法师冲着卫兵说道："你们好大的胆子，你们不知道那两名魔族犯人就是长弓大人擒下来的吗？没有长弓大人消灭了入侵的刺客，我们早就死在魔族的手里了。别人我不敢保证，长弓大人绝对没问题，快，放行。"他心想，这小子刚救了国王的命，肯定是国王面前的红人，又被任命为皇家魔法师团的副团长，正管他们，趁此机会巴结巴结他，以后就有可能平步青云了。

卫兵顿时噤若寒蝉，只好让我进去。那名魔法师显然是想巴结我，跟在我身边，说道："大人，您当时用的魔法简直是太厉害了，卑职从没见过有如此威力的魔法，恐怕连震院长也不是您的对手吧？"

劫 狱

木子脸色苍白，大眼睛里蓄满了泪水，她说道："长弓，你为什么要来救我，你知不知道这样会断送你的前途啊。"

◇◇◇◇◇◇◇◇◇◇◇◇◇◇◇◇◇◇◇◇◇◇◇◇

　　我低喝道："不要乱说话，震老师是我最尊敬的老师，他老人家的成就岂是你说得的！"

　　魔法师立刻赔笑道："是，是，是我失言了。请您原谅。"

　　我的脸色柔和下来，说道："行了，你也不用太客气，这次救驾你们的功劳也不小，我会在陛下那里给你们美言的。"

　　那魔法师听了大喜，说道："那我先谢谢您了，您以后有什么需要，直接吩咐小的就行了。"我看着他卑躬屈膝的样子，说不出地厌烦，却又不得不跟他虚与委蛇，我说道："你在前面带路吧，我去看看魔族那两个犯人。审讯过了没有？"

　　魔法师说道："还没来得及呢。昨天皇宫闹得那么凶，大部分人都在做善后工作，估计过两天就会审讯了吧。您跟我来。"

天牢里守卫森严，那魔法师显然地位不低，一路上竟然再也没有人阻拦。过了四道门才到天牢的最里面，魔法师对我说道："大人，这里是天牢防守最严密的地方，那两个魔族人就关在天字一号牢房。"说完，按了一下边上的石壁。

前面的地上裂开一道大缝隙，有一条阶梯通向下面。我心想，要不是他带路，我还真找不到。看来，这是上天注定要我来救木子啊。

我们走了下去。下面有三间牢房，最里面的一间关着木子和那魔族老头。

我对魔法师说道："你到外面等我，我有话要问他们。"

魔法师为难地说道："这……这不太好吧。"

我眼睛一瞪，说道："这是陛下要我问的话，怎么，你想听听不成？这里防卫那么森严，难道你还怕我放了他们？再说，又不让你打开牢门。"

魔法师讪讪地说道："那好吧，我在上面等您。不过，您尽量快一点。"

我不耐烦地挥了挥手。

魔法师走了出去，还不放心地将下来的机关封闭住了，显然是要提防有可能发生的意外。

木子和那魔族老头好像都处在昏睡状态，手脚都被很粗的铁链锁在墙上。时间紧迫，我抓住牢门喊道："木子，木子，快起来啊。"喊了几声，两人都没有反应。

我凝聚起一个小水球丢了过去，啪的一声打到木子的脸上。

木子逐渐清醒过来，迷茫地向四处看了看，终于，她看清楚了我的身影，顿时完全清醒过来，她惊叫道："长弓，你怎么进来了？"

我焦急地说道："行了，你别多说了，我是来救你的，时间紧迫，一切都等出去再说吧。"我暗运魔法力，手中苏克拉底之杖轻挥，发出一道金色的光芒。尽管铁锁异常坚固，但也经不起我这一下，咔吧一下断成两截，我打开牢门冲了进去。

当我打开牢门的时候，整个天牢里突然警钟大响，外面有人喊道："有人劫天牢，快！"紧接着头顶的机关被打开了，那魔法师率先冲了下来，他看到下面的情景，顿时大惊道："长弓大人，您这是干什么？"

我懒得回答他，发出一道光墙将他又顶了上去，并不断地催动魔法力封死了入口，我转头用光刃切开了木子的手铐、脚镣。木子一软，瘫了下来。我赶忙一把抱住她，问道："木子，你怎么样？"

木子脸色苍白，大眼睛里蓄满了泪水，她说道："长弓，你为什么要来救我，你知不知道这样会断送你的前途啊。"

我苦笑一声，说道："现在不是说这个的时候，我们立刻离开吧。"说着，从怀里掏出逃跑卷轴。木子拉住我的衣袖，说道："也救救他吧，他是我的几个师父之一。"看着木子眼中希冀的神色，我想，既然救一个是大罪，救两个也一样，何况这个老家伙在木子回去的路上还可以护她周全。

我点了点头，将那魔族老头的锁也打开了。这时候，我封住门口的光墙突然剧烈地震动起来，不好，来高手了。

果然，外面传来敦于·诶的声音，他大声喊道："长弓，你在干什么？你知不知道这样做是背叛整个王国！"

我朗声道："诶老师，对不起了，我不能眼睁睁地看着木子死去，现在我什么都顾不上了。"

那魔族老头也醒了过来，惊讶地看着眼前的情况。我喝道："想活命就快到我身边来，要不就来不及了。"敦于·诶的攻击很强烈，眼看我就要抵挡不住了。那魔族老头也不是一般人物，知道时间紧迫，用尽全力迅速地爬到我身边。

我念动咒语，用苏克拉底之杖发出魔法防御罩，并发动了逃跑卷轴。与此同时，防御的光墙也破裂了，敦于·诶第一个冲了下来，毕竟是皇家魔法师团的团长，他一看就知道我在干什么，一柄巨大的土剑立刻攻了过来。

但是已经晚了，光芒闪过，我、木子、魔族老头三人同时消失在地牢中。

敦于·诶恨恨地对旁边的一名魔法师说道："快去报告陛下，并召集皇家魔法师团、护卫军立刻搜城。他们跑不远的。"

看着魔法师离去，敦于·诶重重地叹了口气，说道："长弓啊，你这个傻孩子，你这样做会毁了自己的，你知道吗？情之一字，真是害人不浅。对了，是谁放他进来的？"

那给我带路的魔法师浑身颤抖地走了过来，扑通一声跪倒在地，痛哭失声，边哭边说道："团长大人啊，我不是故意的，是他说奉了陛下的口谕的……"

敦于·诶怒道："你这个废物！来人，先把他给我看押起来，等抓回要犯再审。"

一口气写到这里的时候，倦意侵袭，长弓不禁流露出几分苦笑。看来，今天依旧写不完这段情节了，但后续的情节已经在脑海中，明天正好休息一天，到时候一鼓作气写完吧。

就算身体不疲倦，他也不敢再写下去了，万一木子醒了发现他偷偷写书，恐怕这日子就不好过了。

小心翼翼地收好电脑，拿起盖在身上的被子，长弓蹑手蹑脚地回到床上，悄然躺下。

木子依旧睡得很沉，在她面颊上轻轻吻了吻，长弓这才钻进被窝沉沉睡去。

沉浸在《光之子》的世界

木子见我还是有些发呆，显然是没办法一下接受现实，她用双手夹住我的脸，踮起脚，娇艳的红唇深深地吻住了我。

⬦⬦⬦⬦⬦⬦⬦⬦⬦⬦⬦⬦

第二天一早，长弓醒来的时候，已经基本好了。

木子道："我也请假吧，在家照顾你。"

长弓笑道："不用，我哪有那么脆弱，你看，我这不是生龙活虎的吗？放心吧，我会好好吃饭的。我也跟妈请假了，今天休息一天，你去上班吧。这周末我陪你去看电影，怎么样？"

"好啊！好啊！"一听看电影，木子顿时兴奋起来，昨天的担心也消解了许多。

木子走了，长弓立刻坐到书桌前，打开幻剑书盟的网页，昨天都没来得及看评论，今天要看看。

评论区又有了很多新的留言：

真的有为了爱放弃一切的人吗？只有小说里才会有吧。

长弓好样的，至情至性真汉子！

这一段写得确实不错，赶快继续啊！后面到底怎么样了？长弓到底去没去救木子啊？要是救了木子，他怎么办？总不会不被王室发现吧，那样的话，王室也太无能了。

昨天晚上偷偷写的内容还没有更新上去，所以读者还没看到劫狱这一段。看着大家的评论，长弓不禁有些热血沸腾，今天无论如何要将这一段写完。

首都西边的一个角落处光芒一闪，出现了三个人。

我抱着木子，看着趴在地上的魔族老头，小心地观察着四周。

木子问道："这是哪里？"

我想了想，说道："我的那个逃脱魔法卷轴只能跑三到五公里的路程，这儿应该是城内的某处。这里太不安全了，他们很快就会找过来，我们得立刻出城。"

木子苦笑道："怎么出去？城门恐怕早都封锁了，我们现在是插翅难飞。你看看上面。"

我抬头一看，空中有许多风系魔法师在四处侦察，我赶快将他们两人带到一边。四周没什么人，看来运气还真是不错。我将木子也放到地上，念起了龙王传授的咒语，一个以我为中心的光环散了开去。

木子惊叫道："不要，我们对光系魔法过敏啊！"但很快，她就发现我用的并不是光系魔法。

我说道："这是破除封印的魔法，你们赶快恢复气力，我画个魔法阵，咱们立刻出城。"

我一边想着心事，一边迅速地在地上刻画着瞬移魔法阵，为了能快速完成，我选择的是只能移动二十公里的小型瞬间转移魔法阵。

一个小时后，魔法阵终于完工。我轻轻摇了摇木子，说道："好了，可以走了。"

木子睁开眼睛，说道："我恢复了一成左右的魔法力，已经不那么虚弱了。师父，您怎么样？"

魔族老头睁开眼睛，目中闪过一丝冷光，说道："我恢复了将近三成。"

魔族老头率先走进魔法阵中，我拉着木子也站到魔法阵里。由于传送的距离比较近，用不着守护。

金光一闪，我们出现在城外的一个小山坡上，我松了口气，说道："还好没有传送到河里，否则就惨了。这里暂时是安全的，你们继续恢复法力，我再画一个大一点的传送魔法阵。"

木子说道："长弓，我——"

我打断了她，说道："一切等我画好魔法阵再说吧。"虽然已经出了城，但这里也并不是绝对的安全，所以我要用长距离传送魔法阵将木子送走。

天渐渐黑了下来，这回我设定的是一个能够传送五百公里左右的魔法阵，这样他们应该能够顺利逃走了吧。

天完全黑了下来，我的魔法阵也设置完成了。我叫醒木子，从空间袋中拿出许多干粮，一边递给她一边说道："这是你最爱吃的地龙肉干，这个瓶子里装的是碧海潮升，这是些水果，你带在路上吃。快呀，赶快放到空间袋里去。这些魔法晶石你拿着，路上也许有用得着的地方。"我低着头，将东西一件一件地递给她。当我交代完毕后，我才发现木子的脸上已经满是泪水。

木子一下扑到我的怀里，放声大哭。

"你为什么要对我这么好？为什么要对我这么好？"

我紧紧地拥着她，虽然同样是搂抱，但这次我能够感觉出木子的身心是第一次完全地投入和放开。

良久，我推开木子，说道："好了，你定定神，现在该告诉我整件事情的真相了吧。"

木子定定地看着我，点了点头，说道："是啊，现在应该告诉你了，你看着。"说罢，右手迅速地在脸上一抹。

啊，木子整个变了个样子，而且她居然，居然变成了当初我在希宁湖畔遇到的魔族公主，虽然只见过一面，但她绝美的身姿深深地刻在我的脑中。一时间，万千思绪涌上心头。

木子说道："现在你应该知道为什么我第一次在学院见到你时充满敌意了吧。"木子不单模样变了，连声音也变了，变成我第一次遇到她时那样，如黄莺出谷般美妙动听。

我呆呆地说道："你……你是那个魔族的公主，怎么会是你？木子呢，我的木子呢？"

木子绝美的面容上露出一个无可奈何的表情，她说道："我就是木子啊，以前是，现在是，将来也是。你第一次在学院见到的就是我，你喜欢的是改变了容貌和声音的我，你明白吗？"

"改变了容貌和声音？"

木子点了点头，说道："是的，我用的是魔族特有的一种易容之术，不用任何药品，直接改变脸部肌肉和咽喉的肌肉，这样的易容天衣无缝。"

我逐渐从震惊中清醒过来，喃喃地说道："居然会是你。"

木子见我还是有些发呆，显然是没办法一下接受现实，她用双手夹住我的脸，踮起脚，娇艳的红唇深深地吻住了我。

木子那熟悉、甜美的味道瞬间侵袭了我全身，我紧紧地抱住她，激烈地回应着。

靠在椅背上看着面前的文档，长弓嘴角处流露出一丝淡淡的微笑，第一次吻木子是在地铁站里等车的时候吧，围巾之吻啊！

愿为她承受所有

写到这里，长弓只觉得自己仿佛哽住了，不知不觉中眼圈已经泛红。如果可以，他真的愿意为木子承受她曾经受到的所有苦痛。

◇◇◇◇◇◇◇◇◇◇◇◇◇

木子靠在我的怀里，说道："现在你该相信我就是木子了吧。"

我还能不信吗？别的都能改变，这熟悉的感觉却变不了，她的身躯依然那么柔软，她的唇瓣依然那么让我迷醉。我抱着她坐下来，在她额头上轻轻地一吻，说道："说吧，我要听你的故事。"

木子说道："在我开始说之前，你能不能告诉我，为什么知道了我是魔族的人还要来救我，难道你真的一点都不恋栈你的权位吗？"

我轻轻一笑，说道："我有什么权位？即使有，对我来说也并不那么重要。其实我和其他人不一样，我并不十分憎恨魔族。你们也是大陆上的生命，和人类一样，也有在大陆上的生存权。你们又没伤害过我，在我眼中，你们和人类并没有什么区别，众生平等。但这不是我下定决心去救你的主要原因。"

木子问道："那主要原因是什么？"

我认真地看着她，道："因为在我心里，你要重于我的生命。"简单的一句话完全道出了我的心声。现在我的心非常平静，不能说是快乐，因为我毕竟失去了过安逸快乐的生活的权利，但也并不能说是痛苦，因为我成功地从死亡边缘拉回了自己最心爱的人。

木子听了我的话，抬起头，漂亮的大眼睛红红的。她看着我，猛地紧紧搂住我的脖子痛哭失声。

我拍着她的后背，说道："乖，不哭了，我还要听你的故事呢。"

木子渐渐平静下来，说道："我父亲就是魔族的魔神皇奇蒙·撒旦。"

我插嘴道："那你不是就叫木子·撒旦了？"

木子捶了我一下，说道："别插嘴，听我说。我的名字就是木子，除非我继承了父亲的位置，才会被称为木子·撒旦。撒旦是我们魔族最高的尊称，是第一代统一魔族的魔神皇的名号，为了纪念他，之后的统治者一直沿用他的姓。"

原来是这样，还好木子不姓撒旦，那个姓简直难听死了。

"我是父亲最宠爱的三公主，我上面还有两个哥哥。小时候，母亲早逝，我就被父亲像明珠一样捧在手心。本来我可以过着无忧无虑的生活，但是两个哥哥不争气，让父亲伤透了心。"

我忍不住插嘴道："你两个哥哥怎么不争气了？你父亲不会是想让你继承他的王位吧？"

木子这次并没有介意我的插嘴，她叹了口气，说道："我大哥是有勇无谋之辈，而二哥则不学无术，整天只知道吃喝玩乐，父亲为此经常打骂他们两个。也是我命里注定，在一次宫廷魔法大赛中，还很小的我无意中显露的魔法天赋让父亲和我的几位老师发现了，父亲顿时大喜。我们魔族不像你们人类，王位是可以由女子继承的。"

我惊呼道："原来你老爸真的想让你当女魔神皇啊！"

木子点了点头，说道："从那以后，我就失去了往日的自由，每天都由几位老师轮流教导我魔法、战术、治国之道等各种知识，我也立志成为父亲的接班人。你不知道，我们那里的生活比你们艰苦得多，这也是魔族和兽人族一直要攻打人族的原因。"

我问道："那和你同来的那几个女的呢？哪儿去了？"

木子的神情有些黯然，并没有直接回答这个问题，而是继续说道："我到了人族这边以后，就被这里美丽的风光和好吃的食物迷住了，你们这边很少有杀戮，大家都过得安康喜乐。这两年多的时间里，我都快忘了自己是魔族的人了。"

我叹道："要是你真的能忘记就好了。"

木子点了点头，说道："是啊，可惜那是不可能的。我身为魔族的公主、王位的继承人，必须为我的子民们着想，我不断地把这边的消息传回魔族。一年多以前，我就发现你当初说的完全是谎话，人类这边几乎很少有学习光系魔法的了，但是我迟迟没有把消息传回去，因为我发自内心地不想看到这场战争。后来没过多久你就来了，第一次在学院见到你的时候，我的内心复杂极了。"

我笑道："你不是在那时候就爱上我了吧？"

木子嗔道："呸！那时候人家恨你还来不及呢。后来，你就写信追求我。开始的时候，我觉得你像要玩弄我的感觉，所以不理你；可是慢慢地，越来越觉得你是认真的，我不忍心再拒绝你了。明知道这样做不对，我却不可自拔地陷了进去。"

我紧紧地抱住木子，心中涌起滔天的爱意。

"都怪你来扰乱人家的心，每多收你一封信，你在我心中的感觉就加深一分，我忍不住和你不断亲近。但是我一直都压抑着自己，我知道咱们是不可能在一起的，直到上学期结束，我回到了魔族，离开你以后，才知道思念的感觉是多么难受，也发现自己完完全全地爱上了你。"

　　我深情地说道："我也爱你。"我们拥抱着，久久没有说话。

　　"这次回去，什么都瞒不住了，父亲知道这边的情况后顿时大喜，立刻开始部署进攻事宜，也不让我再回来了。后来父亲不知道从哪里得到消息，知道可扎·奥尔继承了艾夏的王位。根据我们传回去的消息，父亲清楚地知道这个可扎不简单，比起那已死的国王要精明得多，如果贸然进攻，肯定会有很大的损失。因此，他开始安排针对他的刺杀行动。我到东大陆的两年多以来，我族先后传送过来大量的高级魔法师和战士，其中还包括三名魔导师、九十六名魔导士，总人数在四百左右。父亲准备刺杀可扎成功后，立刻发动对你们人类的进攻。"

　　我问道："那你怎么又回来了？"

　　木子凄然地说道："还不是因为你。我实在按捺不住对你的思念，就对父亲说我最了解这边的情况，请求父亲派我出征，配合几位老师进行刺杀。所以我就又回来了，迫不及待地回到学院。当我在学院见到你的时候，心里的感觉真是复杂极了。你当时说要和我私奔的时候，我动心得要命，可是我必须完成我的使命。于是，当天晚上我们就展开了整个刺杀行动。"

　　木子深深地看了我一眼，接着说道："可能是你们人类安逸的生活过得太久了吧，我们很顺利地就攻了进去，所谓的皇家魔法师团根本就抵挡不住我们的进攻。很快，我们就杀到了内宫，就在快要成功的时候，你和震老师出现了，并且使出了让我至今仍然感到后怕的魔法。长弓，你当初用的那个魔法是什么呀？我还不知道怎么回事，我们魔族的二百多精锐就全都丧生了。老师说你用的是禁咒，这是真的吗？"

我点了点头，说道："他说得对，我用的是光系禁咒——永恒的治愈之光。这个魔法本来是个终极治疗术，但由于是光系的，所以对你们却有着致命的杀伤力。我也不知道会有那么大威力，还好那老头护住了你，要不然我会遗憾终生的。"

木子叹道："你刚才问我那八名侍女去哪儿了，她们都死在你这个魔法下了。虽然你当时杀了我们那么多人，我却一点也恨不起来，反而担心你会发现我的身份。其实我巴不得死在你那个魔法下，这样你永远都不会知道我去了哪里，心里会永远有那个风系魔法师木子，而不是魔族人木子。"

"说什么傻话，即使你是魔族的人，也永远会在我心里。"

木子说道："可我当时不知道你的想法啊，当你发现我是魔族的人时，你吐血了，我的心好痛，我以为什么都完了。被关在那地下牢房的时候，我什么都不敢想，只期盼着快快死去。我最怕的就是再次面对你，万万没想到的是，你居然会来救我。你后悔吗？"

我坚定地摇了摇头，说道："将你救出来是我做的最正确的决定，我一生不悔。"

木子全身一震，说道："长弓，这里已经没有你的容身之地了，跟我回魔族吧，虽然你是人类，但我一定可以说服父亲的，好吗？"

我摇了摇头："你父亲会接受我吗？你别忘了，我杀了你们魔族那么多人，使你们损失惨重。我愿意为你放弃一切，但是，我是人类，我不能背叛人族。"

木子沉默了半晌，又说道："也许这回的损失会让父亲放下侵略的野心。我在父亲心目中有很重要的地位，跟我走吧，我真的不想再离开你。"

"我又何曾想离开你呢？"如果能避免这场战争该多好。

正在这时，魔族老者突然睁开双目，喝道："不好，有魔法波动。"

我几乎同一时间也发现了，急声喝道："快，进魔法阵，可能是他们追来了。"

事实证明了我的猜测，白光闪过，震老师、迪老师、龙老师、烈老师、诶老师五大魔导师一个不少地出现在我们面前。

迪老师看到我抱着木子，厉声喝道："长弓，你在干什么？你知不知道这样做是背叛王国？"

另外几位魔导师都面带惋惜地看着我。

我松开木子，扑通一声跪倒在地，对迪老师说道："迪老师，我对不起您，可是我真的不能眼看着木子去死啊！"

震老师叹息道："长弓，就算要逃，你也太不小心了，你在地上留下的痕迹出卖了你。我们试探了多个方位，最终找到了这里，不要再错下去了。"

诶老师说道："行了，什么都别说了。长弓，你立刻帮我们抓住这两个魔族人，以你过往的功劳，再加上我们几个老家伙为你担保，应该还能挽回。"

我平静地摇了摇头，当我决定从狱中救出木子的时候，一切就已经注定。一道强光从我身上迸发而出，挡在前方，我转身对魔族老者大喝道："我坚持不了多久，快带木子走！"

几位老师猝不及防之下，被我逼下了山坡。

木子凄厉地喊道："不，长弓，要走一起走！"

魔族老者一把拉住她，说道："公主，快，不走就来不及了，他留下未必会死。"

几位老师各自释放出自己的拿手魔法冲了上来。我知道时间紧迫，大喝道："木子，快走！如果我不死，会去魔族找你的！"为了让她逃脱，我不得不这么说，一边喊着，一边拼尽全力挥出光刃形成漫天光雨，将五位老师挡在外围。

魔族老者已经开始发动传送魔法阵了，而我在五位魔导师的围攻下已经崩溃。这根本就不是可以抵挡的，如果不是我手中的苏克拉底之杖，恐怕我连一波攻击都受不住。

光芒闪过，木子和魔族老者瞬间消失了。

在压倒性的攻击下，我连圣剑的力量都无法启动。我奋起最后的力量发出一道光刃，将传送魔法阵扫平了，同样的错误我不会再犯第二次。

砰的一声，我被龙老师发出的火龙破开了防御，火龙撞在胸口上，整个人如腾云驾雾般飞了起来，鲜血夺口而出。尽管如此，我还是知道龙老师留了手，否则力竭的我已经化为灰烬。

我摔在十丈外的地上，苏克拉底之杖脱手而出，但我的嘴角露出一丝笑容，因为木子已经成功地跑了。

迪老师将我抱了起来，老泪纵横，说道："长弓啊，孩子，你这是何苦啊！"

我已经无法让声音顺畅，断断续续地道："迪……老师……我……辜负……了……您……对……我的……期望，对……对不起……那把……魔法……杖……送……给您……留……个……最后……的……纪……纪念吧。救……出……木子，我……不后悔！"

写到这里，长弓只觉得自己仿佛哽住了，不知不觉中他的眼圈已经泛红。如果可以，他真的愿意为木子承受她曾经受到的所有苦痛。

嘀嘀嘀！手机铃声响起。

"吃饭了吗？有没有哪不舒服？"长弓接通手机，里面传来木子的声音。

这一瞬间，长弓觉得自己整个人都被强烈的幸福感包围。自己没有书中的长弓那么惨，自己还有木子陪伴在身边啊！还有什么比这更让人感到幸福呢？

"木子，我好想你。"

为了你，我愿意背叛整个世界

小说中这一段长弓为了木子不惜付出一切的情节终于写完了。书中的长弓放弃了自己护国法师的身份，放弃了一切，只为了救出自己最心爱的木子。身为作者，长弓要表达的只是一个想法：为了你，我愿意背叛整个世界。

❖❖❖❖❖❖❖❖❖❖❖❖❖❖

全身心投入写作的时候，时间总是过得很快。长弓接到木子电话时，已经是下午一点了，他完全忘记了吃午饭。幸好他情到深处说想木子了，才无意中转移了话题。

不过，小说中这一段长弓为了木子不惜付出一切的情节终于写完了。书中的长弓放弃了自己护国法师的身份，放弃了一切，只为了救出自己最心爱的木子。身为作者，长弓要表达的只是一个想法：为了你，我愿意背叛整个世界。

几个小时的创作，身心完全融入，整个人仿佛已经到了另一个世界，属于《光之子》的那个世界。写完这一段，那种难以言喻的畅爽感传遍全身。长弓深信，就算是在现实世界中，他也同样可以做到，为了木子，放弃整个世界又何妨？

简单地吃了午饭，又把自己上午写的内容整理了一下，分好章节，长弓终于躺到床上。他毕竟刚刚痊愈，再加上一上午精神高度集中，此时躺下才感觉阵阵眩晕，但是他心中的畅快异常强烈。这就是写作带来的快感，哪怕没有任何收入他也喜欢写，只是那么单纯地喜欢。

创作源于热爱。脑海中回荡着这六个字，他渐渐进入梦乡。

伴随着《光之子》的内容进入高潮，网上的评论区也同样进入高潮状态，每天的评论数量暴增，点击量暴增。现在《光之子》的点击量已经甩开排行榜的第二名数倍之多，在幻剑书盟可谓一枝独秀。

支持长弓的读者越来越多，或许他的写作手法还很青涩，但是这个故事中充满了他的真情实感，充满了他对木子那份纯粹而真挚的感情，而感情永远都是最打动人的。

《光之子》火了，仅仅是这一本书，就带动了幻剑书盟流量的大幅度增长，而且是持续而稳定的增长。这毕竟是网络世界中第一本持续每天更新的小说。

有一天，评论区出现了这样一条留言：

> 三少您好，我是一位出版经纪人，很希望能够与您合作，在我国台湾地区出版繁体中文版本的《光之子》。如您有意，请联系我。

后面是一串电话号码。当长弓看到这条留言的时候，他的第一感觉是不可思议。

出版？对一个写作者来说，还有什么比这更有吸引力呢？他无论如何都想不到，写作不过五个月的时间，竟然会有人来找他谈出版，哪怕只是在台湾地区出繁体版，也足以令他兴奋了。

这简直是难以想象的好事啊！他当然没有理由不同意。他迅速添加了对方的网络联系方式，并且给对方打了电话。

"您好，我是唐家三少，我看到了您在评论区的留言。"长弓开门见山地表达了来意。

"三少你好，我是出版经纪人方圆。你的《光之子》人气火爆，而现在我们国内的网络文学刚刚起步，普遍来说没有什么收入，只有台湾的繁体市场愿意出版这一类作品，不知道你有没有兴趣？"

长弓毫不犹豫地道："当然有兴趣，只是不知道在哪家出版社出版？"

方圆道："这一类新兴的小说主要是在台湾租书市场销售，销量普遍不会太高，每本在一千册到两千册。台湾这边出版的书，每本字数在六万字到六万五千字。如果你有兴趣，请把已有的内容整理发给我。"

一两千册吗？好吧，那也是出版啊！对于一个刚刚从事写作的人来说，这同样具有强大的吸引力。

长弓犹豫了一下，问道："那稿费方面……"

方圆道："稿费是这样的，我们帮你联系的是台湾顶尖出版社，出版社的名字叫顶尖。我们会按照销量支付你稿费，一本大约六万字的书，稿费有两千元左右。作为出版经纪人，我们要分其中的百分之三十，剩余的百分之七十归你所有。你看如何？"

"好。"长弓几乎想都没想就答应了。能出版，稿费又算得了什么？这是成就啊！出版成书，也能更好地记录自己的这份情感经历啊！

"除了稿费之外，还会有三本样书送给你。那我这边就出合同了，到时候给你看，我们之后网上联系。"

"没问题！"长弓答应得非常痛快。对他来说，如果能够出版，这将会成为他写作方面的里程碑。

挂断了电话，长弓顿时被巨大的喜悦包围了。稿费他当然看重，但更看重的是这份认可，仅仅写作了五个月的时间，他的书就能够出版了吗？这些日子的努力并没有白费。

方圆那边的动作很快，几天后长弓就收到了一纸简短的合同。《光之子》他已经写了近四十万字，整理过后，正好是繁体出版六册的量。长弓唯一保留的是他最新写出来的还没来得及发布的内容，他要确保自己的读者是第一时间看到的。

喜悦在忙碌中渐渐淡化，方圆那边收到合同后就没了声息。长弓又开始每天忙碌地工作，聚精会神地写作，每天的生活充实而丰富。

一个月后，他终于接到了方圆的消息。"《光之子》第一册已经出版，稿费要等对方结算之后才能付给你。样书我会尽快寄给你。"

出版了？真的出版了！

"木子，第一册在台湾那边出版了。"长弓第一时间将这个好消息告诉了木子。

"真的吗？那太好了，恭喜你！"木子笑道。

"不，应该是恭喜我们才对，因为这是我们的故事啊！"

挂断了和木子的通话，透过汽车装饰店的落地窗看着外面街道上的车流，长弓心中有些满足。和自己心爱的女人在一起，做着自己喜欢的事情，这样的日子平实而丰富，一直这样下去似乎也是很好的。

《光之子》已经写了一半，长弓最近已经规划好后续的大纲。从九岁开始看长篇小说到现在，他最不喜欢的就是悲剧，所以他自己是无论如何也不会写悲剧的，他要给书中的长弓和木子一个完美的结局，一定是最完美的！

估计年底前《光之子》就能写完了吧，到那时候自己会不会再继续写下去呢？

会的，一定会！不为了可能的收入，只为了这份喜爱，为了读者的那份支持，他一定会写下去的。

Chapter

45

骗子与天使

作为一位作者，你能够放弃到手的利益，为了读者免费连载《光之子》，并且还能每天不断更。就冲这两点，我佩服你。除了你，还没有任何一位作者能够做到。

◇◇◇◇◇◇◇◇◇◇◇◇◇◇◇

嘀嘀嘀！嘀嘀嘀！手机铃声响起。

当长弓看到来电显示上熟悉的号码时，不禁皱起了眉头。

"喂，你好。"长弓还是接通了电话。

"你好，我是读写网的编辑啊！长弓，你怎么能去幻剑书盟连载《光之子》呢？你知不知道这是违约的？"

长弓坐直身体，眼中隐隐有怒火散发。"违约？违约的不是我，是你们！你们网站有不良内容，导致被关停调查，影响了我的连载，我都没找你们，你还好意思质疑我？合同上有明文规定：如果因为某一方而导致作品无法更新，该方要承担全部责任。"

读写网编辑的声音略微缓和了几分："我们这也是没办法啊，这

196

197
Love the Whole World

是不可抗力因素，不算违约。"

"不可抗力？ 呵呵。传播淫秽内容叫不可抗力？ 你还真好意思说出口！ 如果你只是要跟我扯皮的话，那就到这里吧。"说着，长弓就要挂断电话。

"等一下！"对方赶忙叫道。

长弓冷冷地道："还有什么事？"

读写网编辑的声音变得更加缓和了："长弓，是这样，网站确实是犯了一些错误，但内容都是网友自己上传的，我们实在是人手有限，才导致了这样的失误。现在问题都已经纠正了，我们也被允许重新开站。毕竟你的《光之子》一直是在我们这儿连载的，也加了付费阅读，你看，是不是还回来连载？ 稿费方面我们会酌情上浮一些，来弥补你的损失。你之前没能更新的这两个月，我们也把稿费补给你，如何？"

按他所说，读写网至少要补给长弓将近三千元。对长弓来说，这已经是一笔巨款了，相当于两个月的房贷。

但是，长弓没有半点犹豫地沉声道："不用了。我现在在幻剑书盟连载，我已经答应了读者，《光之子》后面的内容都要免费连载给大家看。答应的事情我就一定要做到。我也不想再换地方了，我不能让读者因为我不断地转换网站。我是缺钱，对我来说，钱很重要，但是读者更重要，没有他们，我甚至都不会一直坚持下来。我毕竟在读写网连载过，我能答应你的是《光之子》也可以继续在读写网发布，毕竟这是免费的，但我就不加入付费阅读了。"

读写网也有他的读者，而且免费作品就有这样的好处，在任何网站都可以更新。

对方又劝说了几句，但长弓态度坚决，他们又确实不占理，终究还是屈服了。毕竟长弓答应了在他们那里连载后面的内容。

结束了这次通话，长弓自己也松了口气，无论怎么说，最起码自己对读写网的读者也算有份交代了。

方圆那边的稿费姗姗来迟，第一册一共一千六百多元，可以供长弓还一个月的贷款，剩余的钱还够他和木子吃一顿烤串。

　　不过，当长弓接到第一册《光之子》繁体版的样书时，表情变得古怪起来。样书很华丽，内容是竖版排版的，看惯了横版的人会觉得有些别扭。而且因为只有六万字，也显得比较薄。但这些都不是问题，问题是封面。

　　这一册《光之子》的封面上是一位手持法杖的真人美女，只是这美女穿得着实有些暴露，不过倒是挺好看的。

　　"方圆，为什么图书封面这么暴露啊？"长弓打电话问道。

　　方圆道："台湾租书市场竞争激烈，这也是没办法的事，算是营销手段吧。"

　　长弓道："那后面出的书能不能把封面改一改？"

　　方圆道："我尽量试试。第二册、第三册也先后出版了。据出版商说，你的书卖得还不错，租阅率也很高。"

　　长弓道："那就好。"

　　在短暂的质疑之后，长弓还是渐渐放平了心态，毕竟总算是出版了。不过，这样的封面他着实有些不好意思给朋友们看，也只能留着自己欣赏。他写书这件事，身边的朋友还没几个知道。

　　方圆给长弓的感觉有些神龙见首不见尾，经常找不到人，发消息也不回，后面的稿费也遥遥无期了。

　　《光之子》在网络上的人气持续火爆，无论是在幻剑书盟还是读写网，始终都是头名，所有榜单的排名全部是第一。

　　这天，长弓刚刚更新完，就收到邪月天使打来的电话。

　　"三少，你是不是跟一个叫方圆的人合作？"邪月天使的声音有些急促。

　　长弓愣了一下："是啊，怎么了？"

　　邪月天使道："你可能上当了！这人是个骗子，以代理的名义骗取作者信任，拿到合同。他确实是帮你在台湾那边出版，但后面的稿费恐怕比较难支付给你。

你赶快跟进一下，看看能不能多要一些稿费出来。而且，他的后续出版也没什么保证。现在已经有不少作者向我们这边反映了，但这种事情我们也没办法，他是打擦边球在骗取作者的劳动成果。"

"啊？"这样的事对长弓来说无疑是第一次遇到。

对邪月天使，他还是比较信任的，虽然这家伙是个娘娘腔，但前段时间他去过一次幻剑的办公地点，也见到了邪月本人。原本他以为娘娘腔应该相貌秀美，可谁知道这位根本就是个粗豪的汉子，不过人确实很不错，也很实在。

挂断和邪月天使的通话，长弓立刻拨打了方圆的电话号码。这次方圆接了电话。

"方圆，我想问一下，我后续的稿费什么时候能到？现在出版到第几册了？"长弓问道。

方圆沉默了一下，道："抱歉啊三少，我正想联系你呢。顶尖出版社那边出问题了，出版社因为经营不善倒闭了，你后续的书恐怕出不了了，后续的稿费他们也没支付。所以，实在抱歉……"

方圆的话无疑坐实了邪月天使之前对他的评价，长弓沉默着，没有吭声。

方圆继续道："这样吧，长弓，你也别着急，你再跟我签个补充协议，我再找找那边别的出版社，看看有没有愿意接着出版的。你看怎么样？"

"不用了。"长弓淡淡地说道，"就这样吧。"他直接挂断了电话。

他也工作了这么多年，哪能感觉不出这是怎么回事。正像邪月所说的那样，这个人在打擦边球，就是利用作者对台湾地区的情况鞭长莫及，作者本身又是弱势群体，从中获取利益。叹息一声，长弓有些无奈地摇摇头，这件事他也无力回天，没有任何办法。骂他一顿吗？有什么用，只能让自己更加愤怒罢了。算了，本来自己也没打算通过这方面去赚钱。

他重新拨了邪月天使的电话。"你说得对，那个家伙应该是个骗子……"长弓将刚刚自己跟方圆的交谈讲述了一遍。

听了他的话，邪月天使苦笑道："吃一堑长一智吧。这样吧，如果你相信我，我来帮你找一找，现在也有一些台湾的正规出版社在跟我们合作，如果有消息，我通知你。你放心，我们网站也不收什么代理费，就当为你牵线了。"

长弓愣了一下："谢谢，为什么这么帮我？"

邪月天使道："或许是因为佩服吧。坦白说，现在的小说网站没有一个是赚钱的，都是一些志同道合的人走在一起，为了兴趣而开创。作为一位作者，你能够放弃到手的利益，为了读者免费连载《光之子》，并且还能每天不断更。就冲这两点，我佩服你。除了你，还没有任何一位作者能够做到。难怪你的读者对你那么忠诚，我们调查过，最近网站新增的很多读者都是从读写网那边跟着你过来的。"

长弓笑道："想要让读者忠诚，首先我就要对读者忠诚才行。我能做的，就是让他们每天都看到我。"

邪月天使道："加油。虽然你的作品不是我最喜欢的，但我有预感，只要你一直这样坚持下去，一定能够成功。"

"谢谢。"

情 敌

他心中只有一个木子，哪还有地方装下另一个人呢？

◇◇◇◇◇◇◇◇◇◇◇◇◇◇◇◇

　　"主战的就是我叔叔撒达魔王、修雨魔王，主和的是我妹妹木子和国师哈言查以及驸马客轮多。"

　　我惊呼道："驸马！什么驸马？"

　　二皇子一呆，说道："驸马当然是我妹妹的丈夫了。"

　　我急问道："你有几个妹妹？"

　　二皇子回答道："就一个啊！您不知道，虽然我是皇嗣，但我国的王位继承权在妹妹手里，父皇不太看得起我和大哥，常说我们要有妹妹的十分之一就好了。"

　　我的脑中一片空白，木子结婚了。我呆呆地说道："木子结婚了。"

　　二皇子眼中闪过一丝诡异的光芒，说道："那倒还没有，不过他们自小定的亲，估计等这次战事结束后就该结婚了吧。"听到他这么说，我的心顿时舒服了点，我逐渐冷静下来，问道："那个客轮多是干什么的？怎么会有左右朝廷的能力？"

二皇子说道："这个客轮多可厉害了，号称我们魔族第一勇士，擅长魔法和武技，他的实力连父皇都赞不绝口。何况，他还是客里达大将军的独子。"没等我追问，二皇子接着说道，"客里达大将军是我国最有名的将领，这次东征的副统帅就是他。"

嘿嘿，给书里的自己创造一个情敌，不知道木子看了这段会是什么反应。今天店里不太忙，长弓总算有时间写东西了。

丁零！铃铛声响起。平时店里只有长弓一个人的时候，他就会在店门上挂一个铃铛，这样只要有人推门进来，他就能够第一时间听到。

赶忙从里间走出来，看到来人，他不禁笑了："大姐，是你啊！欢迎，今天想买点什么？"

来的是个熟客，一位看上去三十多岁的女性，她有一辆奥拓车，一直都是在长弓家的汽车装饰店做装饰的，长弓跟她也很熟。

不过，今天她并不是一个人来的，同行的还有一位少女，看上去二十岁出头，相貌秀美，长发梳拢成马尾，穿着白色的长裙，很干净清爽的样子。不知道为什么，一进门这女孩就一直盯着长弓看，像是在审视着什么似的。

"天快冷了，你们有没有毛绒的方向盘套？我想要一个。"熟客说道。

长弓笑道："大姐，您运气真好。我们昨天刚进的货，这才九月，估计也只有我们家上货这么早了。有黄色和棕色两种，您要哪一种？"长弓一边说着，一边从货架上拿下来两个不同颜色的方向盘套递过去。

"要棕色的吧，耐脏。"熟客很满意。

长弓道："那我给您的方向盘套上。"熟客的车就停在门口。

"那麻烦你了。"熟客把车钥匙递给长弓，"我再看看别的。"

长弓出去套方向盘套了，熟客向同来的少女低声问道："怎么样，看上去很不错吧？ 这小伙子可勤快了，这家店是他自己家的，他母亲开的。"

　　少女俏脸微红："看上去倒是挺阳光的。"

　　熟客低笑道："怎么样，动心了吧？ 高大、阳光又帅气，家里条件应该也还行，上次来跟他聊天，听说他以前还是做 IT 的。"

　　她们正说着话，长弓已经从外面走回来。将车钥匙交还给熟客，长弓道："大姐，给您装好了，大小正合适。待会儿您试试，要是有什么不好的地方，您再跟我说。"

　　熟客笑道："你我还信不过吗？ 肯定没问题的。我看标价十五元是吧，给你。"她拿出正好的零钱递给长弓，"哦，对了，给你介绍一下，这是我妹妹小茹，师范大学毕业的，现在在小学教语文。"

　　长弓微笑道："灵魂工程师啊！ 幸会！ 以后车上需要什么物品就过来，我尽量给你个折扣。"

　　小茹温婉地一笑："你好。哦，对了，我刚才到里间看的时候，看到你电脑上的文档好像是什么小说之类的，你喜欢看小说吗？"

　　长弓道："嗯，喜欢。我自己也写一些，爱好这个。"

　　小茹眼睛一亮："那是你自己写的？ 难怪你会在门上挂个铃铛。"

　　长弓有些惊讶地看着她，这姑娘还挺善于观察的。

　　又聊了一会儿，小茹道："谢谢你，欢迎我以后再来吗？"

　　长弓笑道："开门做生意，哪有不欢迎客人的？"

　　小茹微微一笑，低下头道："那如果不是以客人的身份呢？"

　　"啊？"长弓愣了一下，很快反应过来，"以朋友的身份也欢迎啊！"

　　小茹重新抬起头，微笑道："那好，记得你说的哦。"说着，她向外走去。

　　长弓正准备送出去，却被熟客拉住了。

　　"长弓，我跟你说个事。你看我这妹妹怎么样？"熟客低声问道。

长弓道:"挺好的啊!"

熟客道:"我这妹妹平时可是眼高于顶,我跟她提起你,好不容易才拉她来的。我太了解她了,她可是有意了,你怎么说?"

长弓这才明白,买方向盘套只不过是借口罢了。

"大姐,谢谢您的好意,小茹也确实很出色,我觉得她挺好的。可是我已经有女朋友了,实在是不好意思啊!"

熟客笑道:"男未婚女未嫁的,有女朋友也可以比较一下嘛。"

长弓也笑了:"大姐,谢谢您。"比较总要放在一起才行,他心中只有一个木子,哪还有地方装下另一个人呢?

从那以后,熟客再没有来过,小茹也没有。店依然要开,长弓还是那么帅气。

幸福来得太突然

幸福来得太突然，当长弓挂上电话的那一刻，眼中已经充满了泪光。
终于要过去了吗，我的低谷？

◇◇◇◇◇◇◇◇◇◇◇◇◇◇◇◇◇◇◇

"长弓，我帮你找了台湾的信昌出版社，他们对《光之子》很有
兴趣，但有可能会要求你修改。"邪月天使一大早就打来电话。

"那我们怎么联系？ 他直接联系我，还是？"长弓问道。

邪月天使道："我让信昌的编辑直接联系你吧，这样你们联系起
来也方便。"

"好，谢谢。"从开始写作到逐渐认识这个行业中的人，目前为
止，唯一靠谱的可能就只有邪月这个嗲声嗲气的家伙了。他那声音
听习惯了似乎也挺好玩的！

关于邪月天使，长弓印象最深刻的就是上次和他见面时，他打
电话叫出租车，约好了见面地点后，他在最后加了一句："顺便说一
句，我是男的。"每当想起这个梗，长弓就忍俊不禁。

很快，信昌的编辑打来电话，但让长弓有些郁闷的是，对方提出了一大堆关于《光之子》的问题让他修改。对长弓来说，出版是一件非常重要的事情，但真的开始修改后，他发现修改小说甚至比写小说更难。

《光之子》写到现在也有几十万字了，情节都是环环相扣的，也就是说，前面如果动一点，就像蝴蝶扇动了翅膀一样，整体都要改。但是长弓也发现，修改的时候确实能够明显感觉到自己的文章在进步。或许这就是写作的特点吧，不断地修改，一定会让自己的作品不断地进步。

不过，信昌出版社的严苛超过了他的预料。第一遍修改之后，对方很快就给出了第二轮意见，继续修改。然后是第三遍、第四遍……

"实在抱歉，我真的不能再修改了。"当长弓在电话中对编辑说出这句话的时候，实际上他已经有些崩溃了。这段时间，他修改得甚至已经有些精神恍惚了。白天要工作，晚上要更新，还要腾出时间修改，他几乎每时每刻都在忙碌。现在是想熬夜都做不到，每天凌晨一点之前，他一定已经倒在床上昏睡过去。

但是，既然答应了就一定要做到，他努力地改了一遍又一遍。可身体的报警，加上精神的崩溃，他甚至都有些分不清现实中的木子和《光之子》中的木子了，以至于有天吃晚饭的时候，他拉着木子的手，深情地对木子说："木子，你别回魔族了，跟我留在人族，咱们过隐居的生活吧。"木子错愕地看了他半天，他才反应过来。

很多时候写的时间长了，都会有这种精神恍惚的状态。坐在沙发上，明明看着电视，却完全不知道电视中在演什么，脑海中全是《光之子》中的一幕幕场景。有时甚至会忘了吃饭，就算吃了也不知道吃的是什么。木子心疼他，一旦出现这种情况，就会把饭菜搅拌在一起，然后一勺一勺地喂他吃，至少这样能够保证他把饭菜都吃下去。

"长弓，你写东西我不反对，这是你的爱好，但是你不能因为写东西影响身体健康啊！"木子忧心忡忡的话语和她那担心的眼神，促使长弓给信昌出版社打了这个电话。他心中是有些不甘的，毕竟修改了这么多遍，付出了这么多辛苦。

编辑的回答很简单："哦，那好吧。"

电话挂断，长弓有些失落，但也有些轻松，总算不用继续改了。如果每天只是写自己想写的故事，其实是一件非常快乐的事情，但重复修改对他来说可就真的是折磨了。

嘀嘀嘀！嘀嘀嘀！手机铃声响起。长弓拿起手机一看，是个不认识的号码。

"喂，您好。"他接通电话。

"你好，我是台湾信昌出版社的蓝先生啊！"对方操着一口闽南味的普通话，幸亏长弓的听力非常好，才能辨别清楚对方说的是什么。

蓝先生，这个名字长弓听邪月天使提起过，是信昌出版社的老板。他怎么亲自打电话来了？难道说，是因为自己不愿意继续修改来谴责的不成？

"蓝先生您好。"长弓很有礼貌地问候对方。

"三少啊，是这样，你的书我们仔细研究了，你也修改得不错，我们就准备开始出版了。我跟你说一下我们出版的报酬。"

啊？信昌肯出版了？长弓愣了一下，好消息来得有些太突然，以至于他一时间有些反应不过来。

"哦，好，您说。"长弓回应道。

蓝先生道："因为你是第一次在我们这里出版，而且这部书曾经出过几本了，我们重新出版就需要重新包装和宣传，所以只能给你一个新人的价格。我们的新人价是浮动的，一般在三千元到四千元。我们综合评定了一下，认为你非常有潜力，所以决定给你一个新人的最高价，就是一本四千元，你能够接受吗？"

一本四千元？长弓愣了愣，这和当初方圆说的价格可有天壤之别啊！

"蓝先生，这是买断价格吗？"长弓试探着问道。

"是的。当然，如果销量特别好的话，我们自然会给你涨价的。"蓝先生回答道。

"好，那我没问题。"长弓几乎是毫不犹豫地答应了。

蓝先生道："那好，就这么定了。你目前已经交了四本修改好的稿子，我们的规矩是要押一本的稿费，等你完本后再付给你，现在可以先付给你三本的。合同我稍后让编辑发给你，你告诉我一个账号，稿费现在就可以打给你了。"

"没签合同就可以给稿费吗？"长弓目瞪口呆地说道。

蓝先生道："这是我们信昌做事的方法，我们决定跟哪位作者合作，就会相信他，而且也希望通过这样的方式让你安心写作和修改。我们信昌出版社是台湾租书市场最大的出版社，每年会出版上千种图书，所以稿费方面你不需要担心。稿费支付方式是这样的，你每交两本稿子，不需要等出版，我们立刻就会支付你这两本稿子的稿费。"

"谢谢，谢谢您！"这一刻，长弓只觉得自己被突如其来的巨大幸福感冲击得晕晕的。

这一切来得实在太突然了，甚至让他有些无所适从，从开始创作到现在，他遇到过读写网这种不靠谱的网站，也遇到过方圆这样的骗子，可谓一路坎坷。而现在，他终于遇到了一家靠谱的出版社，这是何等不容易啊！

四本稿子，押一付三，这是什么概念？就是说，一次可以拿三本繁体出版的稿费，每本四千元的话，就是足足的一万两千元人民币啊！对长弓来说，这绝对算得上一笔巨款了，七个月的房贷都出来了。更何况，以后每交两本稿子，就可以拿到八千元。以长弓目前的写作速度，一个月写两本是非常轻松的。再加上他的工资，妥妥的月薪过万，进入高收入阶层。

幸福来得太突然，当长弓挂上电话的那一刻，眼中已经充满了泪光。

终于要过去了吗，我的低谷？

Chapter

48

涅槃重生

从高潮到低谷，再从低谷逐渐走出，这段经历让长弓总结出一段话：人的一生中总会有起有落，但也必定会出现一些只属于自己的机会，抓住了，或许就能成功；抓不住，就只能庸碌无为。

◇◇◇◇◇◇◇◇◇◇◇◇◇◇◇◇◇◇

"你的账户余额为一万两千六百三十二元五角四分。"电话中传来动人的声音。

收到了，真的收到了。蓝先生兑现了他的话。

通过写作，他之前也得到过收入，但那都是非常有限的，而这是一笔真正意义上的巨款啊！ 这是改变信仰的一笔收入啊！ 这也意味着写作真的可以养活他和木子了！

这一刻，长弓觉得自己就像涅槃重生的凤凰一般，那种焕然一新的感觉让他忍不住冲到阳台上仰天长啸。幸好这会儿是白天，楼里没有多少住户在，就算如此，他还是惹来了一片骂声。但长弓不在乎，这一刻，他实在是太兴奋了。

对他来说，这笔钱意味着他有了新的收入来源，而且是足够多的收入，意味着他终于可以给木子更好一些的生活了。更重要的是，这笔钱让他看到了希望，看到了未来的一线曙光。

从高潮到低谷，再从低谷逐渐走出，这段经历让长弓总结出一段话：人的一生中总会有起有落，但也必定会出现一些只属于自己的机会，抓住了，或许就能成功；抓不住，就只能庸碌无为。

机会总是留给有准备的人，留给勤奋而坚持的人。上天赐予了他这样一个机会，他在心中暗暗发誓，一定要努力抓住，他再也不想体验曾经的人生低谷，再也不愿意去面对那一次次的羞辱与痛苦。低谷是考验，低潮就像压迫弹簧的重物，当有一天重物被冲开，也注定着这根弹簧会比其他弹簧弹得更高。

长弓的眼神中重新出现了自信，但这一次的自信中包含的是沉稳，少了年轻时的骄傲。

"木子，我去接你下班吧。下午我跟妈请假，早点走。"长弓拨通了木子的电话。

"怎么了，长弓？是不是出了什么事？"木子听出他的语气有些不对，有些焦急地问道。

长弓道："见面我再跟你说，不是坏事，放心吧。"

"哦，那好吧。你来的路上注意安全。"

"嗯。"

吃完午饭，长弓趁着午休时间去了一趟银行，他也在第一时间将这个好消息告诉了母亲。

母亲无疑是为他开心的。不过对她来说，重要的不是这一万两千元，而是儿子的书出版了，这意味着她可以骄傲地说：我的儿子是一位作家了。

看着母亲开心的样子，长弓的鼻子有些发酸。三年低潮，痛苦的不只是自己，母亲两鬓的白发明显增多了，她不知道为自己担了多少心，但又怕自己的自尊心受到伤害，平时都不会说什么。如果这次真的是个机会，无论如何自己也要抓住，再也不能让母亲为自己着急了。

"妈，我想早点走，去接木子下班。"长弓向母亲说道。

母亲知道，对他来说，今天是个特殊的日子，她毫不犹豫地点头道："去吧，去和木子庆祝一下。儿子，你是最棒的！"

长弓忍不住走过去抱住母亲，在母亲的面颊上亲了亲："妈，这几年累您为我担心了，您放心，我会努力的。我还会一直在店里工作，我再也不会好高骛远，这三年的低潮对我来说并不完全是坏事，至少您的儿子长大了。"

失败不只是成功之母，也是一个男人成长中必不可缺的。只有真正经历过失败的人，才能深刻地明白那句"不经历风雨，怎么见彩虹"中包含着多少苦与泪。

走出店门，上了公交车，坐四站，转地铁，直奔木子单位。长弓没有坐出租车，因为他认真地告诉自己：现在的你还远远没有这个资格。

终于从低潮中走出来，意味着他要朝另一个目标努力，那也是他这辈子最重要的目标。木子，你放心，我不会再给自己沉沦的机会。

木子走出公司大门的时候，远远地就看到背着双肩包的长弓等在不远处。脸上洋溢着微笑，她快步跑过来，扑入长弓怀中。

"今天怎么想起来接我了？不需要写书了吗？"木子靠在他怀中，俏脸上尽是满足地问道。她从来都是一个容易满足的姑娘。

长弓微笑地搂着她："今天的更新我早就写好了，肯定不会耽误的。走吧，我带你去吃顿好的。"虽然木子不说，但长弓从她脸上的笑容和眼神中就能看出，他来接她，她真的很开心。

是啊，自己多久没有来接过她了？不是因为没时间，更多的是因为自卑吧，自己甚至不愿意见到她的同事，唯恐对方问上一句"你男朋友是做什么的"。长弓很怕遇到这样的场面，男人的自尊心作祟也好，脆弱的低潮情绪也罢，反正他就是不敢，就像他已经很久没有去过木子家了一样。

"去吃什么呀？"木子有些兴奋地问道，"卤煮好不好？或者爆肚？"

"去吃比萨吧，你最爱吃比萨了。"长弓微笑道。

木子愣了愣："可是比萨很贵的，一顿怎么也要近两百元，我们……"

长弓握紧她的手，坚定地道："就去吃比萨。"

木子没有再吭声，看着今天情绪明显有些怪异的长弓，心中隐隐有些不安，他今天是怎么了？难道是受了什么刺激不成？但她没有问，她知道长弓是典型的大男子主义，哪怕是最落魄的时候，他也不愿意在和她一起出去的时候让她埋单。他总是认为，男人就应该为女人遮风挡雨，就不应该让女人埋单。这种大男子主义在一些男女平等观念强的人眼中是很不屑的，但木子喜欢，她就是喜欢长弓这爷们的一面。

或许长弓有很多缺点，他有时会怯懦、敏感，情绪波动较大。但木子看到的只有他的优点，他有责任感、善良、正直、阳光，最重要的是，他的心中只有她。木子深信，这个世界上永远也不可能再有第二个人像长弓这么爱她了。所以，无论是什么事，她都愿意和长弓一起面对。

很久没有在比萨店这种环境优雅的地方吃过饭了，因为环境好往往意味着价格高。还是几年前长弓收入高的时候，他们才会偶尔出入这种地方。

面对面而坐，两人看着彼此，眼中都不禁流露出一丝怀念，这种感觉已经多久没有过了？点了比萨、小食、沙拉，还有柠檬茶，一切都和当初一样，都是木子最爱吃的东西。

"吃吧。"长弓看着木子，眼中满是柔情。

"你先告诉我是怎么回事，不然我吃都吃不踏实哦。"木子噘着嘴说道。是的，她真的猜不出在长弓身上究竟发生了什么事。

长弓轻叹一声，缓缓低下了头。木子心中一急，赶忙抓住他放在桌子上的手："长弓，你别急，无论发生了什么，你都还有我呢，再苦再难我们都能一起冲过去的。是不是出了什么事？快告诉我。"

长弓低着头道：“信昌出版社同意出版我的书了。”

“啊？”木子有些绕不过弯，只是隐约觉得这似乎不是什么坏事啊。

“他们收了我修改过的四本书，单本稿费四千元，押一付三，付了三本书的稿费给我。”长弓缓缓抬起头。

木子愣愣地看着他：“那是多少钱？”

“一万两千元人民币。”长弓脸上终于绽放出了大大的笑容。

一百颗心

这一晚，格外痴缠。长弓终于没有写书，这一晚，他完完全全属于他的木子。床边，是木子用那一百颗"心"围成的一颗大大的"心"。

◇◇◇◇◇◇◇◇◇◇◇◇◇◇◇◇

"你……"木子终于明白过来，俏脸上瞬间浮上羞恼之色，她松开长弓的手，在他手上用力地拍了一下，"你骗我。"

看着她羞恼交加的样子，长弓忍不住笑出声来："我没有骗你啊，打电话的时候我不就跟你说不是坏事了吗？如果是不好的事情，我哪还有心情和你一起吃比萨啊！"

"真的是一万两千元吗？"木子忍不住追问道，"那他们什么时候给，不会又是骗子吧？长弓，我不担心钱，我是担心，我……"

长弓抓住她的手，握入掌心："我知道你是担心我受到打击。放心吧，这次真的是好事。因为他们的钱已经付了。"他一边说着，一边将自己的背包递给木子，"我去银行取出来了，都在里面。"

木子下意识地接过背包，赶忙压低声音道："你带这么多钱出来干吗？要是丢了可怎么办啊？"

长弓摇摇头，微笑道："不会的，我会看好它们，因为它们还要给你幸福呢。打开看看。"

"在这里？"木子看看周围，有些疑惑地问道。

"嗯，就在这里吧。"

木子小心翼翼地拉开背包拉链，又看了看周围，确定没有人注意这边，才将拉链拉大了一些，看向里面。

她惊呆了。

背包内是红红的一片，每一张都是红红的一百元。更重要的是，那不是一张张纸币，而是一颗颗红色的"心"。每一张一百元都折叠成一个红色的心形，放眼望去满是红心，数也数不清。

"我留了两千元，用来改善生活。剩余的一万元，我叠了一百颗心，在这里送给你。每一颗心都代表着我对你一世的爱恋，每一元钱都见证着我们一年的爱情。《大话西游》里不是有那么一句话吗，如果非要在这份爱上加上一个期限，我希望是一万年。"

一百颗心！一百世！一万年！

这顿饭木子是一直抱着那个背包吃的，她把双肩包反背在自己胸前，背包很轻，但在她心中很重。那里面装着长弓一百世的心，这已经不再是钱，而是他们的爱情。

这顿饭木子吃得特别开心，开心得有泪水掺入柠檬茶也不自觉。长弓也特别开心，尽管这一万元他们永远也不会花掉，但那都不重要了。他已经找回了信心，看到了曙光，他会用尽一切力量冲入黎明，沐浴在阳光之下，带着他的木子。

他们回到家的时候已经很晚了。这一晚，格外痴缠。长弓终于没有写书，这一晚，他完完全全属于他的木子。床边，是木子用那一百颗"心"围成的一颗大大的"心"。

这，见证着爱情，也见证着全新的开始！

一切都像是在做梦一般

对他来说，《光之子》是改变人生的一部书，最初只是为了木子而写作，
到现在渐渐转变成职业，能带给他丰厚的收入，一切都像做梦一般。

◇◇◇◇◇◇◇◇◇◇◇◇◇◇◇◇◇◇

一个月写两本繁体版的书，十三万字，八千元。

这不够，远远不够。

长弓开始增加自己的写作量，不只是为了钱，更是为了这个机
会。将爱好变成职业是一件悲惨的事情吗？不，他并不这么认为，
这么认为是因为还不够爱。爱好能够当作工作，对长弓来说，只是
投入更多的精力去爱。

长弓更努力了，努力地写，努力地工作。正像他对母亲说的那
样，他不敢再好高骛远，也不敢再盲目乐观。三年低潮让他更懂得
什么叫谨小慎微，他没有因为突如其来的高收入而辞去店里的工作，
依旧勤勤恳恳地在店里完成自己的工作，闲暇时间写书，晚上回家
写书。

因为《光之子》已经写完七本，长弓很快又修改好两本，交给信昌。果然如蓝先生说的那样，第一天交稿，第二天他就收到了八千元的稿费。短短半个月的时间就收到两万元，一切似乎都开始变得不一样，低潮已经渐去，幸运女神终于来了。

"长弓，有一家大陆出版社找过来，希望能够在大陆出版《光之子》的简体中文版。"邪月天使的话带来的无疑是另一个惊喜。

台湾出版的毕竟是繁体版，是竖版，在大陆出版才能让更多的读者真正购买到纸质版的《光之子》。

难道我真的要成为一位作家了吗？接到这个消息的时候，长弓是有些恍惚的。

"首印一万五千册，二十五万字一本，版税百分之八。预付两万元，出版后一个月内付首印稿费。如果有加印的话，再按照版税支付。"这一次，邪月天使直接告诉了长弓对方的条件。

"我没问题。邪月，谢谢你，给个机会让我请你吃饭吧。"和曾经认识的方圆完全不同，邪月天使是真心帮长弓的，他只负责牵线，从未在其中拿过任何好处。

"好呀！"邪月天使的笑声贱贱的，听在长弓耳中，却说不出地悦耳。

这家出版社叫云鹰，一万五千册，远超台湾的印量，但并不是说收入就高了。一本书二十五万字，相当于繁体版的四倍，而繁体版的售价却远远超过简体版的售价。繁体版一本只有六万五千字，都要卖四十多元人民币，大陆一本二十几万字的书，不过卖二十元左右。

整体算下来，实际上简体版的收入会低一些。但无论怎样，对现在的长弓来说，这都不是问题，能够出版，还有不菲的收入，他已经非常满足了。

对他来说，《光之子》是改变人生的一部书，最初只是为了木子而写作，到现在渐渐转变成职业，能带给他丰厚的收入，一切都像做梦一般。这是木子带给他的好运气，但也要感谢网络，是网络的发展催生出网络文学，是网络让读者给予他力量。

虽然网上也有很多人在诟病网络文学，但长弓对网络文学只有感恩，是它带给了自己新生。所以，无论后来他走到了怎样的高度，他始终甘之如饴地挂着网络作家的称号，这是荣耀，是读者给的荣耀。

云鹰出版社的编辑是位大龄女性，她和长弓约在西单一家咖啡馆见面，同时还带来了合同。当然，不只是合同，还有两万元现金。要知道，这可是之前长弓一年才能赚到的钱啊！签合同，拿钱，然后就是等待出版。

长弓本想将自己赚的所有钱都交给木子管理，但木子没有要。她说自己糊里糊涂的，怕弄丢找不到了，家里的财政大权还是交给心思细腻的长弓比较好。他们终于开始有存款了！

"长弓。"邪月天使再次打来电话，长弓越来越觉得他那嗲声嗲气的声音动听了，因为他每次带来的都是好消息。

"是这样，老板让我问你，你下部书愿不愿意和我们尝试一下付费阅读的合作？我们也愿意用买断的方式支付你稿费。"邪月天使问道。

长弓道："好啊，那你们的模式是怎样的？"

邪月天使道："这样吧，我们见个面，我跟你见面说。"

"好。"长弓笑道，"正好一直说请你吃饭呢，你想吃什么？"

邪月天使道："随便啦，不吃辣的就行。今晚你有空吗？"

"没问题，你来吧，我去地铁站接你。我来安排餐厅。"

到地铁站接上邪月，长弓带他去的是他和木子最喜欢的那家有拔丝黄菜和油炸羊肉串的小馆子。馆子不大，但里面每一道菜的味道都特别好，长弓和木子都非常喜欢这里。

点好菜，要了两瓶啤酒，长弓向邪月道："说吧，你们那里什么情况？"

邪月道："是这样，我们的付费阅读模式和读写网差不太多。前面一部分你先免费发，积累足够人气之后再进行付费阅读。免费部分我们就不支付稿费了，从进入付费阅读开始，我们愿意支付一千字三十元的稿费作为酬劳。无论付费用户有多少，我们都支付你这些。"

这个价格已经超过当初读写网的价格不少了，长弓略微盘算了一下，如果是一千字三十元的话，自己一个月如果能写二十万字，那就是六千元啊！再加上二十万字繁体版的收入，那就真的很不少了。而且这都是买断的稳定收入，对自己现在的情况而言无疑是最合适的。

"下部书的话，我没问题。"长弓点头答应道。

邪月天使有些好奇地问道："下部书你想好写什么没？"

长弓微笑道："已经有些想法了。我最近在加速写《光之子》，积攒一些存稿，等《光之子》写完了，就开始写下部书。"

邪月天使道："好，你要是没问题的话，我们现在就可以跟你签合同。"

长弓惊讶地道："现在就签？不需要等我把稿子写出来你们看看再说吗？"

邪月天使一脸无语地道："不需要了啊！你看看你现在在网站的人气都超过第二名多少倍了，已经有很多作者跑来跟我说你这种每天更新的方式不给他们活路了。你现在在幻剑，是现象级的存在，就因为你的持续不断更带动整个网站的更新量都增加了许多，不然我们哪会给你开出一千字三十元这种高价啊！付费阅读才刚刚开始，我们的回款其实挺困难的。"

长弓笑道："那你的意思就是说，以我持续更新的人品，下部书一定会火？"

邪月天使耸了耸肩膀："基本就是这个意思吧。没有不火的道理啊！作者我见得多了，几乎每个作者都是越写越好，我相信你也是，而且你这每天不断更太可怕了。这样的人品要是还不值得相信，还有什么是可以相信的呢？"

看着开始摸包的邪月天使，长弓目瞪口呆地道："你不会是带着合同来的吧？"

邪月天使嘿嘿一笑，道："这叫趁热打铁。你放心，合同我都帮你看过了，绝对没有坑。"

这顿饭长弓喝了不少酒，邪月天使因为酒量问题直接喝大了。不过这家伙还是非常敬业的，合同早就收好放在包里，长弓送他走的时候，他还不忘记死死地抱着包。

走在回家的路上，吹着夜风，长弓脑海中《光之子》的情节和收入数字的变化不断地交替着。

下部书有了网站买断的保底，以他现在的写作速度，意味着就算信昌出版社不要他的书，简体版也卖不掉，一个月也有稳定的六千元收入。

这是多么美好的延续啊！

创作是一个人的事情

写故事的时候，长弓不会被任何意见左右，创作是一个人的事情，如果
每一个意见都能改变作品的方向，那么很快内容就会乱了。

◇◇◇◇◇◇◇◇◇◇◇◇◇◇◇◇◇◇

魔皇的声音又传了过来，他说道："好了，你的龙也走了，
该投降了吧。"

剑山一把抽出长剑，说道："我们绝不投降，大不了你杀了
我。"

我一把按住他，传音道："别做无谓的牺牲，先暂时投降，
以后再说。"嘴上却说道，"剑山，咱们说话要算数，我确实是
输了，投降吧。"

剑山看我的眼神很是复杂，他重重地叹了口气，将剑扔在
地上。

魔皇哈哈大笑，说道："把他们都给我绑了，关到魔牢最底
层。"

当我们都被绑好后，他走过来，在我们每人的肩膀上拍了一下。剑山他们还好，只是觉得自己的斗气被封印住了；我就苦了，魔皇掌中发出的一股黑暗能量顿时在我体内和我原本残存的光系能量剧烈地冲突起来，我惨叫一声，跌倒在地。

魔皇吓了一跳，想了一下才恍然大悟，从我身上收回了七成的黑暗能量，又对客轮多说道："叫你手下好好看管。这次你立了大功，我会尽快让你和木子完婚的。你可能还不知道吧，这小子就是木子在人类那边喜欢的人。"

我听到魔皇要为客轮多和木子完婚，心中一急，一口鲜血喷出，晕了过去。在我晕倒的瞬间，我身上的魔狐突然蹿了出去，一闪就不见了。魔皇这时正仰头望天，而客轮多不知道为什么也没有阻止魔狐逃走，任由她迅速地消失了。

客轮多看我的眼神异常复杂，他对手下喝道："带他们走，回都城。"

魔皇好像突然想起了什么，大声喊道："传令下去，今天的事情任何人不得谈论，不得流传，否则军法处置，尤其不能传到公主那里。"

"为什么你总把自己写得那么惨？"木子躺在长弓怀中，很不满地看着他。

"咳咳。"长弓咳嗽一声道，"故事总要有跌宕起伏嘛，我舍不得虐你，就只能虐自己了。这叫先苦后甜。你看，咱们的日子不也是这样吗？最近写书开始有收入了，总算过得好些了，这也是先苦后甜啊。压抑得越久，对幸福才会越珍惜。"他一边说着，一边搂紧木子。

木子喃喃地道："可是听你讲书里的长弓那么惨，我好心疼啊！你能不能对他好点？"

长弓道："那好吧，我尽量。"

木子道："那你后面打算怎么写？"

长弓道："现在还不能告诉你，都告诉你了，后面的故事你听着还有什么意思？剧透是可耻的。"

木子道："那好吧，赶快写！我替读者催稿啦！"

长弓笑道："那大家一定会特别感谢你的。"

《光之子》后面该怎么写呢？木子啊木子，你可不知道，我这虐才刚刚开始啊……嗯，现在还是不告诉她比较好。

写故事的时候，长弓不会被任何意见左右，创作是一个人的事情，如果每一个意见都能改变作品的方向，那么很快内容就会乱了。这可不是长弓希望看到的情况。

所以，书里的长弓，我对不起你……

我的意识又回到身体里，嘴里依然是苦涩的。

我睁开眼睛，看到魔狐正在忙着为我擦拭身体，我说道："魔狐，你喂我吃的是什么？"

魔狐说道："主人，您醒了！那是一种叶子的汁水，我以前经常吃，对身体很有好处，很补元气。"

我动了动身体，虽然能动了，却浑身无力，只得对魔狐说道："你扶我坐起来。"

魔狐依言将我扶起来，靠在她柔软的身上，我被眼前的一幕惊呆了——我发现我的手、我的腿完全变了样子，不但漆黑漆黑的，而且到处都是伤疤，已经瘦得皮包骨头了。

我呆呆地说道："为什么会这样，为什么会这样？"

魔狐低声说道："主人，您别急，身体会慢慢恢复的。当初我凭借着气味找到您的时候，您身体的很多地方都开始腐烂了，有的地方甚至露出了骨头。我凭借着我们狐族特有的能力知道您还没有死，于是我每天用墨晶草为您擦拭全身，防止继续腐烂，直到前些天，您的伤口终于开始自己愈合了。"

我突然想起了什么，颤巍巍地举起手，轻触自己的脸。

一声凄厉的惨叫响了起来，我喷出一口鲜血，倒了下去。

魔狐惊恐地大喊着我的名字，意识又一次远离了我。

"主人，主人……"耳边传来魔狐的轻唤。

我睁开眼睛，看到她关切的面庞，一把将她推开，吼道："为什么要救我，为什么！让我死了吧，这个样子让我怎么见人啊！"在我晕倒之前，我发现我的脸竟然和身体一样，满是坑坑洼洼的伤疤。

就算别的都能恢复，这伤疤能恢复吗？我怎么有脸去见亲戚朋友，怎么有脸去见我至爱的木子和海水？

魔狐委屈地爬起来，拉住我的胳膊，说道："主人，先恢复身体吧，一切都会好的。"

我的心逐渐平静下来，叹道："完了，什么都完了。"

"你就是这样尽量的？"木子怒气冲冲地看着长弓。

"嗯……你看，这是我早就设计好的情节，要不这么写，后面就没法继续了啊，所以我也没办法是吧。"

突然，长弓笑了，而且笑得很开心。

木子怒道："你还笑！你笑什么？"

长弓微笑道："我笑的是，你的表情让我觉得我现在的写作水平有进步啊！你平时那么温柔，现在都被我牵动着，情绪变得愤怒，可见小说的代入感还是不错的。"

木子脸上的怒气渐渐消散，也露出一丝微笑："好啊，你不是很开心吗？今天罚你睡沙发！"

长弓苦着脸道："木子，我错了！"

故事终究是要终结的

一切总会苦尽甘来的。挫折让人成长，只有真正经历过挫折的人才会更加努力，因为他再也不想经历同样的事情。

◇◇◇◇◇◇◇◇◇◇◇◇

天气渐冷，长弓心中也渐渐开始出现一种莫名的感觉：怅然若失。

无论是《光之子》本身的人气，还是它带给他的收入，都非常高。马上就到年底了，从二月到现在，长弓写了十个月，这部书已经带给他八万元的收入。

对二月时的他来说，八万元绝对是个天文数字。无疑，写作为他的人生开启了崭新的篇章。可最近这段时间，怅然若失的感觉屡屡出现，有时候甚至会让他有痛苦的感觉。

不是因为工作，也不是因为生活，而是因为《光之子》终于要进入尾声了。一部作品进入尾声，意味着一个故事的结束，一个世界的完结。

人生有多少个一年？最多一百个，而《光之子》就占据了长弓百分之一的人生。

对于这部作品，读者褒贬不一，说好的很多，也不无黑他的。对长弓来说，它就像是自己的孩子，他一点点地谱写着它的篇章，谱写着他与木子的爱情故事，记录着那一份份惊险与魔幻。

现在，它就要结束了，这个篇章即将画上句号，他心中又怎能没有不舍的情绪呢？舍不得它结束，可故事终究是要终结的。

而在怅然若失的同时，他内心深处也隐隐有一份奇异的兴奋。这兴奋来自下一部作品的创意，偶尔想起那个故事的时候，他就会有一种热血沸腾的感觉。一个故事的结束，毫无疑问也意味着另一个故事的开始。

长弓已经答应读者，当《光之子》完结的时候，他下一部全新的作品也将和大家见面，两部作品无缝衔接。也就是说，《光之子》结束的那一天就是新故事开启的日子。

长弓从一本书上看到过这样一句话：先知先觉者创造，后知后觉者跟随。在网络小说的世界中，他做的就是先知先觉的事情。第一个开始不断更连载，而接下来，他也将第一个开始无缝衔接。正像他当初说的那样，他要让自己的读者每天都能看到自己。

书里的长弓和木子即将有情人终成眷属了，那么自己呢，自己和木子呢？

现在的自己还不能给她足够好的生活，但机会已经来临，无论如何都要抓住！

　　我看了看自己的身体，说道："修司大哥，这样已经很好了，和原来相比，简直是天壤之别啊。"

　　修司重重地叹了口气，说道："昨天晚上，我催动天神号角帮你清除皮肤上的积毒。黑暗元素虽然腐蚀性很强，但在号角的神力催动下，你的伤疤逐渐被分解消化了。唉，我的功力还是不够，你自己照照镜子吧。"说完，他垂头丧气地斜靠在一旁。

从他的话语中，我预感到不妙，呆呆地站起来，抄起旁边的镜子，看到了自己的样子。

镜子中的我和以前并没有什么不同，只是伤疤不再凸起而已，但那一道道深深的丑恶疤痕仍然纵横交错地布满我原本英俊的面庞。镜子从我手中滑落，掉在地上发出清脆的碎裂声。

为什么，这是为什么？这是上天注定的吗？

"修司大哥，我还有希望治好吗？"我的声音平静中透着一丝悲凉。

修司痛苦地说道："由于我功力不够，没有一次性地将你体内的毒素完全逼出来，黑暗元素已经和你的肌肤完全融合了，除非换一身皮肤，否则没有任何办法可以改变这种情况了。也就是说，在我的治疗下，你反而没有任何的恢复机会了。兄弟，哥哥对不起你啊！"

我走到修司身旁坐下，搂住他宽阔的肩膀，苦笑道："你已经尽力了，治疗总比没治要好。修司大哥，我不怪你，算我自己命苦吧。"

外面突然嘈乱起来，那脚步声是如此熟悉，该面对的总要面对，我深吸一口气，迅速穿好衣服，拉开房门。门外聚集着很多人，战虎大哥、冬日、高德、行奥、剑山、神之村落的村民，还有木子和客轮多，他们都用期盼的目光注视着石屋的大门。

我迈着沉重的步伐缓缓走出了石屋，所有人看到我没有任何变化的模样，都惊叫失声，木子的脸色更是变得苍白。

我原本激动而悲伤的心情已经平复下来，微笑着对大家说道："修司大哥已经尽力了，天命不可违。谢谢你们为我护法，都回去休息吧，有什么事情我会通知你们的。"

战虎嗖地一下蹿过来，紧紧抓住我，吼道："什么叫天命不可违！诸神之王，你个老东西，你为什么要这样残害我兄弟！"

"大哥，别说了，我已经习惯了现在的相貌，悲痛是不能解决问题的，先办好要办的事情吧。修司大哥为了给我治疗已经脱力了，现在正在里面休息，你们也都去休息吧，一切有我。"

木子一步一步地向我缓缓走来，脸上的表情已经恢复正常。我的心随着她的脚步在颤动，她要跟我说什么？宣布和我彻底结束吗？是啊，或许真到了该结束的时候。

战虎看到木子过来，自动闪到一旁，所有人都定定地看着我们。

清风将我的长发吹起，露出我全部的丑恶面容。木子一直走到我身前一尺处才停下来，她痴痴地看着我，突然伸出双手捧住我的脸，冲我绽放出一个灿烂的笑容，柔声说道："长弓，不要再治疗了。不论你变成什么样子，在我心里，你永远是那个疼我、爱我、怜惜我的长弓，没有人能超过你在我心目中的地位。我——爱——你——"

我全身完全僵硬了，我可以用坚强的外壳来掩盖内心的悲痛，可在木子温柔的话语中，我的泪水再也不受控制地流淌下来，沾湿了她的双手。

"让我们恢复以前的样子好吗？就算重新开始也好，给我个机会，让我追求你吧。"所有人都看着木子，这些桀骜不驯的高手脸上流露出难得一见的钦佩。

我拉开木子的手，颤声说道："我配不上你啊，木子。"

木子微笑道："怎么会呢，我的神之使者，上天注定让我们相遇，就自然将你我的宿命拴到了一起，外貌真的那么重要吗？如果你很在意的话，我愿意将自己的脸弄成和你的一样，这样你是不是就能接受我了？"

我吓了一跳，大声说道："不要啊！木子，你别逼我，让我想想好吗？"

木子柔声道："我不逼你，我会一直等着你，但女孩子的青春是有限的，不要让我等太久，让我多留一点青春给你，好吗？"

"这段写得还不错。你的脑子究竟是怎么长的啊，为什么能想出这种桥段呢？"木子依偎在长弓怀中，听他讲述着《光之子》，俏脸上露出满意的神色。

长弓微笑道："创作源于生活，哪怕是玄幻小说也不例外，而且，越是这一类小说，越要有真实性，只有如此，才能让读者有更好的代入感。这几年，我一步步走入低谷，生活落魄，看不到未来，看不到希望，但你始终在我身边陪伴我。在我最困难的时候，你一直坚定地陪在我身边，你是我最大的勇气，是你的支持让我有了走出来的动力，你是我的太阳，为我指引前行的方向。这一段情节不正映射着我们这一段的痛苦吗？

"一切总会苦尽甘来的。挫折让人成长，只有真正经历过挫折的人才会更加努力，因为他再也不想经历同样的事情。木子，我爱你。"

长弓的声音并不大，语调也没有慷慨激昂，就是平淡而朴实的话，却让木子的眼眸渐渐泛红。是啊，就是这样的真情实感才让《光之子》这部小说有了动人心魄的地方。

木子搂紧他，用力地，仿佛要将自己的身体融入他的体内似的。

他会一直写下去

《光之子》虽然结束了，但长弓和木子的故事还远远没有结束。长弓会为了他的木子一直努力下去，也会为了他的读者一直创作下去。

◇◇◇◇◇◇◇◇◇◇◇◇◇◇◇◇◇

　　《光之子》进入最后的创作阶段了，以长弓的性格，他当然不会让悲剧继续，每一个情节都牵动着千千万万读者的心。他是完美主义者，尽管悲剧更容易让人记住，但那不是他想要的。

　　从写作那一天起，他就已经有了很明确的定位，他并没有期盼着自己写的东西能够流传千古，他只是希望自己写的东西能够让喜欢他的读者在紧张的学习工作之余有一份放松。这样他就十分满足了，带给人快乐总比带给人悲伤好得多。

　　《光之子》的完美大结局即将写完，凭借着存稿，长弓的新书也已经开始准备了。

　　他将新书的设定框架和写完的开头发给了信昌出版社和云鹰出版社两边，并且得到了一致的好评，两方都表示愿意和他继续合作。

再加上新书已经和幻剑书盟签约，未来的这部作品无疑会带给他十分稳定的收入。但就算如此，长弓也没有辞去汽车装饰店的工作，曾经的挫折让他有着强烈的危机意识，在完全确定自己可以依靠这一行养活自己之前，他不会贸然放弃已经拥有的。

三年低谷固然带给他极大的压抑，但就像他自己说的那样，在低潮中，他长大了，他现在已经不是曾经的男孩，而是真正的男人。

《光之子》的大结局终于上演，新书也在同一时间发布。评论区疯狂地刷新着，读者在用这种方式释放着自己内心深处对《光之子》的留恋与怀念，还有那深深的不舍。

木子今天特意请了假陪在长弓身边，因为这些天来，她能感觉出长弓情绪上的变化。伴随着《光之子》的即将结束，长弓的情绪明显有些失落，更充满了不舍。毕竟，这是他的处女作，而且是一炮而红的处女作。可以说，这部作品改变了他们的生活，更为他们敞开了一扇全新的大门。在它结束的时候，长弓的心情又怎能不失落呢？

"我没事，放心吧，结束也意味着全新的开始。确实，我对《光之子》十分不舍，但对于我的新作品，我同样充满了期待，又要创造一个新的世界了，一切都要从头再来。我发现我已经有些爱上这种感觉了。"长弓微笑着对身边的木子说道。

木子道："那我来采访一下网络作家长弓先生，你的《光之子》结束了，现在有什么感受啊？"

长弓微微一笑："我的感受是，《光之子》虽然结束了，但长弓和木子的故事还远远没有结束。长弓会为了他的木子一直努力下去，也会为了他的读者一直创作下去。"

木子道："你会一直写下去吗？"

长弓道："这一年来经历了许许多多，遇到过骗子，也遇到过很多事，走了不少弯路。但是，我始终坚持着写下来，因为无论路怎么弯，始终有一股力量顶着我前进，那就是读者的支持。我的书是写给我的读者看的，只要他们一直喜欢我，我想我会一直写下去的。"

木子攥着拳头，向他挥了一下："加油！"

长弓笑道："一定！好了，我不看评论了，我要继续写新书了。大家正在兴头上，我相信他们也一定会支持我的新书的。"

长弓的第二部作品写的是一个生活在晋元大陆上的人、魔、兽三族混血儿的故事，他的名字叫雷翔，这部书叫作《狂神》。

《光之子》为长弓奠定了基础，《狂神》一出，短短两天时间就占据了幻剑书盟所有榜单的第二名，而第一名还是《光之子》。他的两部书赫然霸占了榜单的前两名。

原本长弓以为自己的新书上了以后，《光之子》的排名肯定会掉下来。但出乎他意料的是，这种情况并没有出现，《光之子》持续高居榜首，就算是他那写作质量明显超过它的新书也无法超越。这是读者的《光之子》情结，大家是真的爱它，才让它如此坚挺。

伴随着写作水平的提升，新书的内容越发精彩起来，各种数据也持续攀升。长弓更是继续保持着他那每天更新的强大持续能力，并且增加了更新的字数，这无疑是最让读者开心的。

长弓自己也很开心。走上职业创作这条路，他分外努力，从最开始的每周两本繁体版出版，渐渐增加到每周三本，然后是每周四本。创作进入第二年之后，他的写作速度持续提升。他脑海中只有一个念头，他要努力地写，为了读者，也为了木子，为了他们的小家！

《光之子》这部书长弓一共写了七十多万字，出版了繁体中文版十一本，而《狂神》在他的设计中会更长，预计比《光之子》要长一倍。

收入也稳步增加。信昌出版社非常守约，总是会在拿到稿子后的第一时间支付长弓稿费。云鹰出版社支付的速度就要慢一些了，但总算还是支付的。长弓听邪月天使提起，说云鹰出版社很可能有隐瞒印量的行为。面对这样的问题，长弓自己也没什么办法，毕竟作者是弱势群体，他能有什么办法呢？

他现在只想努力写书，早日将房子的贷款还上，再攒一些钱，然后就可以去实现他这一生最重要的目标了。

全身心的努力也渐渐带来一些负面的东西，首先就体现在身体上。在很多人看来，身材高大的男生是很吸引人的，可实际上，身材高大也有很多弊病。根据统计，百岁老人的平均身高是一米四九。身材矮小一些，内脏、骨骼的负荷都会小很多。身材高大也必然意味着体重会更大，身体结构的负荷也会随之增大。长弓的身高足有一米九，他自然也面临着这些问题，而且长期的伏案工作让他身体上的问题比其他创作者严重得多，尤其是他的创作量要远超其他作者，这就导致他的身体更容易出问题。

我要和你相伴到老

我知道你这么努力都是为了让我过上更好的生活，这些我都明白。但你要知道，对我来说，幸福并不是金钱，而是相伴，我要和你相伴到老啊！

◇◇◇◇◇◇◇◇◇◇◇◇◇◇◇◇◇◇

"对，那边再贴一个。嗯，就是那里。"长弓趴在床上，指挥着木子。木子小心地将一张张麝香壮骨膏贴在他的后背上。

"贴这么多能行吗？"木子有些担忧地问道。长弓从颈椎一直到整个脊椎，还有后背，足足贴了十几贴膏药。

长弓笑道："没事，没事。贴上膏药凉飕飕的，可舒服了。"

写作的时间久了，他的颈椎、腰椎、肩膀和后背都开始出现一些问题，最早出现问题的地方是腰椎。他个子高，长期坐着，而且坐姿很难保证正确，在这种情况下，腰椎自然就会承受更大的压力。最近这段时间，严重的时候，他想站起来都需要扶着桌子。

长弓是个忍耐力非常强的人，他很坚强地忍受着这些痛苦。但是，有的痛苦能够忍受，有的痛苦却不行，譬如痉挛。痉挛出现在背部，那种疼就像瞬间抽筋了似的，身体会自然地出现反应，根本无法抑制，那种剧烈的疼痛会让长弓有时候忍不住叫出来，这才被木子发现。

在木子的强烈要求下，他去看了中医。中医给出的解释很简单：气滞血瘀。就这四个字。长期坐着，运动少，保持一个姿势不动，就会导致气滞血瘀。后背气滞血瘀引发痉挛疼痛，膏药只治标不治本，关键还是要增强运动，然后多做一些按摩理疗。

"长弓，你这样下去可不行，你才二十几岁啊！"木子心疼地说道。

是的，长弓的后背气滞血瘀很严重，以至于睡觉的时候翻身都困难，每一次翻身都要承受剧烈的痉挛疼痛。

"要不，你少写点吧？"木子轻叹着说道。

"我没事，放心吧。我答应你，从今天开始加强锻炼。其实我身体底子很好，只要恢复恢复就没问题了。"

长弓开始抽出时间跟木子一起在晚饭后散步，走上几千步。果然，一些简单的锻炼使他的身体有所改善，至少木子是这么认为的。身体的改善是有，但同时长弓对自己身体状态的掩饰也做得更好了，在木子面前，他会尽量表现得一切正常。

"长弓，我想出去玩玩，你好久没带我出去玩了。"这天，木子突然对长弓说道。

"好啊，你想去哪里？"长弓微笑着应道。

木子道："我们去泰山吧，坐火车好像几个小时就能到，我们去爬爬泰山，对你的身体也有好处。你不是有存稿吗，足够坚持更新了吧。"

看着木子希冀的眼神，长弓略微沉默了一下，点头答应了。他太了解木子了，怎么会不明白木子这么做更多的是为了让他能够出去活动活动，改善一下身体状况。是啊，身体同样重要，一定要再多花些时间锻炼才行，不能让木子担心。

"好，那我们就去泰山。"长弓微笑着答应了。

去泰山很简单，订两张火车票，长弓向母亲请了一天假，两人周五出发，周日返回，三天两夜，时间足够了。登上前往泰安市的火车，长弓和木子相邻而坐，木子顿时变得神采飞扬起来，她本就是个活泼开朗的女孩啊！

"长弓，你看，外面好美啊！"双层火车平稳地开动着，从北京到泰安的这种软座空调车，一张票只需要几十元，以长弓现在的收入，这种开销已经不算什么了。

"是啊！"长弓看着窗外的稻田，脑海中却闪烁着《狂神》中的情节。当写作成为习惯，他的大脑几乎无时无刻不在思考着。

木子从背包中取出两个水杯，把带着的果汁粉放进去，打了热水，冲泡了热果汁，回来坐下看着窗外，俏脸上满是幸福。看着她开心的样子，长弓渐渐从自己的创作状态中走了出来。最近这一年，他几乎全身心投入到创作中，陪伴木子的时间确实少了，真的是好久都没有带她出来玩过了。

"木子。"

"嗯？"木子美美地喝了一口热果汁，抬头看向他。

"对不起，我真的好久都没陪过你了。等这次回去，我买台小点的笔记本电脑，以后带着你多出去走走吧，反正只要有电脑在，我就能写东西。"长弓微笑着说道。

"真的吗？"木子兴奋地坐直身体。

长弓笑道："我尽力而为吧。"

登东山而小鲁，登泰山而小天下。泰山在中国的名山大川中一直占据着极为重要的地位。

长弓和木子在泰山脚下找了一家每天一百元的小旅馆住下来。两人决定，今天休息一晚，明天再去爬山，爬完山后再休息一晚，周日回家。

第二天一大早，长弓和木子就出发了。他们准备完全依靠攀爬上山，长弓在网上查了资料，说要爬多久的人都有，所以他们决定早点走。

"我背吧，你别跟我抢。"木子背着装了零食、水和毛巾的背包，不肯让长弓拿过去。

"木子，这像什么样子，哪有让女朋友背包的？"长弓一脸无奈地看着她。

木子道："咱们情况不同嘛，你腰不好，医生说不能背重物。我背就好了，又不是很重。"

"好吧。"长弓做了半天的思想斗争才答应下来。

从红门入山，经一天门正式进入泰山之中。开始爬山，长弓才真的感觉到自己身体方面的变化。他原来是何等矫捷啊！之前几年，受低潮期的影响，他忽略了运动，再加上一年多的写作，身体状态和刚刚跟木子交往时相比，简直不可同日而语，只爬了半个小时，他就已经气喘吁吁了。

泰山有个特点，山有多高，水就有多高。从山上流淌下来的小溪始终伴在他们身边，累了就到小溪旁去洗洗脸，沾湿毛巾，冰凉的溪水浸润着面庞，说不出的舒服，疲惫瞬间被洗去。

"长弓，我想跟你说点事。"爬着山，背着包依旧身轻如燕的木子回过身，很认真地向长弓说道。

"什么事？"长弓好奇地问道。

木子的眼圈突然红了，她认真地道："我知道你这么努力都是为了让我过上更好的生活，这些我都明白。但你要知道，对我来说，幸福并不是金钱，而是相伴，我要和你相伴到老啊！所以，你的身体状况同样是我幸福的一部分，如果你继续这么不珍惜自己，我是无论如何也不会幸福的，你明白吗？"

泰山上的心愿

坐在缆车上，长弓回首望向山顶的方向，心中暗道：我的愿望明年一定
会实现的。

◇◇◇◇◇◇◇◇◇◇◇◇◇◇◇◇◇

木子的话对长弓触动极大，作为一个执着的摩羯座，认准的事
会义无反顾地做下去，长弓一直都是这样。可今天木子在山道上说
的这句话深深地触动了他的心。是啊，幸福不只是金钱，更重要的
是陪伴。

看着木子泛红的双眼，长弓奋力走到她身前抱住她，坚定地道：
"木子，我答应你，这次回去之后，我一定努力调整作息时间，先从
不熬夜做起，然后加强锻炼。我一定会健健康康的，还要一直陪着
你呢。"

"说话算数哦，拉钩！"她伸出白嫩的小指，长弓和她钩住手指。

"答应你的事，我一定会做到！"

"好，信你啦。爬山吧，我要到中天门吃煎饼卷大葱，哈哈！"

他们的运气特别好，这个季节正是看云海的好时候。当他们爬到泰山的南天门时，已经是下午四点多了，从南天门眺望远山，云海缥缈，千变万化，忽而如同一大片棉花糖，忽而又组合成各种千奇百怪的样子，分外壮观。

　　"我们去拜拜泰山娘娘吧。"木子拉着长弓的手。

　　"好啊！"

　　双手合十，闭着眼睛，两人念念有词。

　　"你许了什么愿？"木子好奇地向长弓问道。

　　长弓笑道："许的愿怎么能说出来呢？说出来就不灵了。我不问你，你也不要问我，我是不会告诉你的。"

　　"哼，不说就不说！咱们要赶快去找住的地方了，待会儿天黑就不好找了。"来之前他们就打听好了，在泰山顶上有一些民居出租，价格也不贵。他们已经退了山下的房间，准备在山上住一晚，明天一早直接去看日出，然后再下山坐火车回家。

　　山顶的住宿条件有些艰苦，但胜在心情好，哪怕吃着没有什么肉丝的青椒炒肉配米饭，他们也吃得特别香甜。

　　山顶十分潮湿，到了晚上完全被云雾覆盖，房间外面伸手不见五指，房间内只有一台只能播放雪花的小电视。长弓从包里摸出一瓶在山下准备好的白酒，"你也喝一点吧，山上潮湿，喝点酒驱寒。"说着，他自己先喝了一口。

　　木子捏着鼻子："不要，太辣了。"

　　长弓笑道："为了身体，忍耐一下。"木子终究还是皱着眉喝了一小口。爬了一天山，他们也都累了，很快就沉沉地睡了。

　　第二天，民居的主人很早就来叫人，因为只有早起才能看到日出。尽管是夏天，山顶的早晨却非常冷，木子和长弓换上自己带的厚衣服，跟着带路的民居主人亦步亦趋地走向日观峰。长弓走在前面，木子在后面拉着他的衣服，周围尽是云雾，根本看不到路。

"木子，一定抓住我，千万不要松手。"长弓一边跟着前面的人，一边向木子说道。

"嗯，放心吧。"

脚下的路并不平，幸好两人都很年轻，反应很好，总算是有惊无险地到了日观峰。

走到平坦的路上，云开雾散，终于能够看到远处了。此时，远处天边刚刚从黑暗中挣扎着散发出一抹淡淡的金色，那种美是难以用言语形容的。

木子搂着长弓的手臂站在日观峰顶，充满水汽的山风吹在身上，令他们的衣服渐渐湿润，可此时此刻，他们都已经被远处的一切震撼了。

"要出来了！"民居主人高声喊道。

果然，一个宛如溏心鸡蛋般的橘黄色光球从远处天边的金光中逐渐挣脱出来，缓缓攀升着，让人有种想要扑过去咬上一口的冲动。

"哇，日出哦！"木子兴奋地跳了起来。长弓拉着她的手，周围都是悬崖峭壁，他无论如何都不会松开。

直到下山的时候，木子的情绪依旧亢奋，这次出来，她的笑容比平时不知道多了多少。看着她的笑容，长弓却有些心疼，为了自己，这些年，她的笑容其实少了许多。

下山的时候，他们没有再步行，而是选择了坐缆车。坐在缆车上，长弓回首望向山顶的方向，心中暗道：我的愿望明年一定会实现的。

一路下山，乘坐火车回家。

这次出行时间并不长，但他们非常开心，长弓只觉得自己整个人都放松了许多。是啊，自己的弦绷得太紧了，总需要适度放松一些的。

坐在火车上，长弓从列车员那里借来一张纸，一直在写写画画着什么。

"你在写什么？ 小说吗？"木子凑过来问道。

长弓摇摇头，将手中的纸递给她。

木子接过来，只见上面写着：

早晨：七点起床，洗漱，七点二十分吃早饭，七点四十分出门散步，八点半返回。九点到十点写作，十点到十点半休息半小时，放松、活动。十点半到十一点半，写作。十一点半到十二点放松、活动。十二点吃午饭。

下午：午饭后，一点午睡到两点。两点起床，两点到三点写作，三点到三点半休息。三点半到四点半写作，四点半到六点健身房运动或游泳。

晚上：陪木子，十一点睡觉。

这是一张作息时间表，长弓写得非常详细，上面包括了一天所有活动的准确进行时间。

"木子，我想过了，我打算跟妈辞职，回家专门写作。这样的话，我的写作时间能够保证，同时尽量白天写作，也能腾出时间运动和早睡。我保证以后再也不熬夜了。而且，你晚上下班回来后是我们每天能够相处的为数不多的时间，这样我也能够陪你了。我安排的这些写作时间应该是足够的，每天四个小时，我写一万字没问题。"长弓认真地道。

木子笑了，特别开心地笑了，她的笑容灿烂且充满阳光。

论一个作家的基本素质

一个作家的基本素质至少包括两点：第一，必须有丰富的情感，作者自己如果情感不够丰富，又怎能赋予不同的人物情感呢？第二，要有想象力。

◇◇◇◇◇◇◇◇◇◇◇◇◇◇◇◇◇

母亲本来也没打算让长弓在店里打工一辈子，他通过写作获得不菲的收入，最开心的就是母亲，所以，长弓的辞职，母亲非常痛快地答应了。

从这一天开始，意味着长弓正式跨入了职业作家的行列。

长弓既然答应了木子，就开始严格按照那张作息时间表执行。他去健身房办了张健身卡，每天到时间就去运动，写作也是写一小时就休息一会儿。不到一个月，他的身体状态就有了明显的改善，起码气滞血瘀的状态消失了，睡觉总算能翻身了。事实证明，想要保持写作高产，生活规律是非常重要的。

《光之子》的人气持续时间之长完全超出了长弓的想象，《狂神》一直到发表三个月之后，才勉强超越了《光之子》，登上第一名的宝座，而《光之子》雄踞第二名，超过第三名极多。

　　同时，长弓也终于开始和幻剑书盟进行付费阅读的合作了，《狂神》的付费订阅人数很快就超过了一万，而排名第二的一部历史类作品的付费订阅人数只有三千多，可见差距的巨大。

　　长弓规律写作之后，产量进一步增加，一个月至少交四本稿子给信昌出版社，有时候甚至是五本或六本，收入自然也是水涨船高。他只用了五个月的时间，就完成了《狂神》繁体版全部二十二册的创作，简体版出版六册，销量节节攀升。

　　"下部书你打算写什么？"木子问道。

　　长弓道："我已经想好了，正在和信昌那边商量新书的名字。"

　　木子好奇地问道："那是什么呢？"

　　长弓道："那天我陪你看电视，在一部电影中看到这样一个词：夫妻大盗。我觉得挺有意思的，于是我就想写一对夫妻组合，在玄幻小说的世界中，让他们当佣兵最合适。所以，我想写一个由夫妻组成的佣兵团，佣兵团里只有他们两个人。

　　"这样的故事想出彩，首先要从他们的身份上下功夫。男人嘛，总要惨一点，于是我就把男主角设计得比较凄惨。我准备让他是乞丐出身，天生智力有些问题，被一些不良分子利用，只能以偷东西度日，然后让他逐渐成长，继承一柄传说中冥王的佩剑。这柄剑就叫作冥王剑，非常邪恶，但男主角自身特别善良，所以才能驾驭它。

　　"至于女主角，我会给她高贵的身份，暂定是教皇的孙女，集万千宠爱于一身。这样的两个人碰在一起，本身就很容易发生很多故事了。一个是天使，一个则继承了恶魔力量，所以我打算给这部作品定名为《天恶》，就是天使与恶魔的故事，他们的佣兵团就叫天恶佣兵团。但信昌出版社觉得这个名字不太好，我正在想新名字呢，你有什么好主意吗？"

　　木子呆呆地看着长弓，喃喃地道："你只从'夫妻大盗'这四个字就想到了这么多？好想撬开你的脑袋，看看里面都装了些什么。"

长弓笑道："一个作家的基本素质至少包括两点：第一，必须有丰富的情感，作者自己如果情感不够丰富，又怎能赋予不同的人物情感呢？第二，要有想象力。尤其是我们这种玄幻小说，最吸引人的不就是天马行空的想象力吗？想象力和真实感相结合，读者就会喜欢看的。"

　　木子道："你做一件事总会做好。我觉得，这本书你既然写的是个善良的少年，那不如就叫《善良的死神》吧。这跟你那天使与恶魔一样有冲击性，还解释了男主角的特性，你觉得怎么样？"

　　"《善良的死神》？"长弓听了这个名字，眼睛顿时一亮，"是比《天恶》的感觉好多了，我这就问问出版社。"

　　十分钟后，长弓兴奋地抱着木子转了个圈，信昌出版社的蓝先生对这个书名非常满意，长弓第三部小说的名字就定为《善良的死神》！

　　"长弓，这部小说的主角叫什么名字？"

　　长弓笑道："就叫阿呆。"

　　一切似乎都很顺利，但就在长弓准备跟幻剑书盟谈论新书《善良的死神》的合作方式时，邪月天使带给他一个坏消息。

　　"对不起，长弓。"邪月天使的声音有些低沉。

　　"为什么？"长弓的声音中明显有些愤怒。他实在不明白，为什么自己的作品一直在幻剑书盟名列前茅，甚至一直占据着榜单的前两名，他们却不愿意和自己签订第三部作品的付费阅读合约呢？

　　当邪月天使把这个消息告诉他的时候，他感到非常不可思议。

　　邪月天使叹息一声，道："说起来理由有些可笑，连我自己都觉得是这样的。原因就是你写得太快了。"

　　"写得太快了？"长弓不解地道，"你们不是很希望我一直保持连载，不断更吗？而且，写得快读者才会更喜欢、更开心啊，也促进订阅。我看了，我的订阅带来的收入实际上应该已经远远超过了我拿到的稿费。"

邪月天使苦笑道："你说的这些都没错。问题不是出在你身上，而是出在我们自己身上。我们的付费阅读是跟渠道方合作的，也就是说，付费用户的钱要先付给渠道方，渠道方中转之后再付给我们。渠道方是非常强势的，不但要抽走其中大部分的钱，而且回款非常慢，至少要半年以上才会付给我们。但我们给你的稿费不是这样，是每个月都要支付的，每千字三十元，你现在一个月能写三十万字之多，我们就要支付给你九千元。你也来过幻剑，知道我们的情况，公司一共就几个人，总投资也就十几万元，除去服务器，我们的流动资金真的不多。坦白说，我们自己的工作人员都有日子没发工资了。"

长弓沉默了，他怎么也想不到竟然会出现这样的情况。自己那么努力地写作，幻剑书盟却因为自己写得太快无法支付稿费而决定不再和自己续约。

能怪他们吗？不能。网络文学刚刚开始发展，幻剑书盟的艰难处境长弓能够理解。可是，如果不跟幻剑书盟续约，自己的下一部作品怎么办？繁体版出版还算稳定，但简体版出版那边，长弓发现云鹰出版社瞒报印数的情况越来越严重，准备更换出版方。也就是说，他的稳定收入只剩下繁体版这一边。

这还不是最重要的，最重要的是一直跟随着自己的读者怎么办？不在网上连载，他们就看不到了啊，这才是长弓最担心的问题。不行，不能这样，无论如何也要让读者看到自己的作品。

"我明白你们的苦衷了，让我考虑一下。"长弓深吸一口气，如果实在不行的话，恐怕只能免费连载了，放弃这一部分收入，只要读者能看到就好。可他的计划，他在泰山许下的愿望，恐怕又要往后推迟了。

加盟起点

你这样勤奋的作者，在整个网络文学的世界中都是独一无二的。起点中文网刚刚拿到一大笔投资，它有能力也有实力大幅度投入，完善付费阅读。那里更适合你发展，也能帮助你走得更远。

◇◇◇◇◇◇◇◇◇◇◇◇◇◇◇◇◇◇◇◇

"三少你好，我是起点中文网副总编意者，我们很欣赏你的作品，如有可能，希望与你合作。我的联络方式是⋯⋯"

起点中文网？长弓隐约听说过这个名字，听说是某家游戏公司高价收购了这个网站，并且注资供其发展。幻剑书盟因为资金问题，在影响力上已经逐渐被这个网站超越了。

长弓联系了这位起点中文网的副总编。

"三少你好，我是意者。你的两部作品我都看了，非常好，不知道你之后有没有什么新的创作计划？"意者开门见山地问道。

长弓道："确实是有新作品计划的。坦白说，我最近也有些困扰。幻剑的情况不太好，它的资金可能有问题，我在考虑要不要免费发布下一部作品。"

意者道:"我觉得你这个想法是不对的。首先,网络文学刚刚起步,而一个行业想要发展下去,首先要让从业者有一定的基础才行。经济基础决定上层建筑,如果作家们都吃不饱穿不暖,那还怎么给读者写书呢? 这也是'太监'作品那么多的原因。虽然大家都是纯粹出于兴趣而写作,但也需要养家糊口,当现实压迫得他们不得不为了生活而挣扎时,哪还有心思写作? 所以,我认为你应该继续付费阅读。

"我们这边刚刚拿到了投资,网站运转也是良性的,希望你能够加盟。至于价格,我们会比幻剑更高的。"

长弓和意者简单地聊了一会儿,大概了解了一下起点中文网的情况。他的心有点乱,因为他想起了当初在电视台做选择的时候,人生似乎又到了另一个十字路口,如果这次再选择错了,会不会又让自己沉沦了呢? 他不能不担心,上次的选择错误让他步入低谷整整三年,受到影响的不只是他,还有身边的亲人、爱人,他必须谨慎地做出这个选择。

在客厅中徘徊了十几圈之后,长弓还是决定给邪月天使打个电话。

"邪月,我有点事情跟你说,你说话方便吗?"长弓问道。

邪月天使道:"方便,你说吧。"

长弓深吸一口气,将刚刚意者对自己说的情况讲述了一遍。从开始写作到现在,已经有一段不短的时间了,直觉告诉他邪月是值得信任的。

听了长弓的话,邪月天使沉默了一会儿,问道:"那你自己是怎么想的?"

长弓道:"我有些矛盾,真的。在幻剑这么长时间了,人总是有感情的,我希望能够一直在这里写下去,伴随着网站的成长而成长,但是以幻剑目前的状况,我不确定你们能够维持多久。更何况,网络上的这份收入对我来说是一份必需的收入,我现在已经转成职业作者,我需要养家糊口。但是,起点那边我并不熟悉,对我来说那是一个新的世界,我在幻剑这边能够排名第一,到了那边之后我还能不能有这样的人气，我不确定。

"几年前有一次面临抉择的时候，我做出了错误的选择，导致后来很长时间的沉沦；而现在我又将面对一次选择，我不希望再次出现错误，所以我现在很纠结。留在幻剑，还是去起点，你能给我点建议吗？很抱歉这么问你，但我不只是把你当成我的编辑，还当成我的朋友。"

"唉！"邪月叹息一声，"坦白说，你这么问我，我有点不知该如何回答。站在幻剑的立场上，我应该毫不犹豫地挽留你，让你和我们一直合作下去。但是，那样对你是不公平的。正如你所说的那样，别说是你了，连我都看不到幻剑的未来，不知道未来会变成什么样子。既然你选择了这一行作为职业，那么总是要向前走的，但现在幻剑前行的速度已经明显跟不上你的脚步了。"

说到这里，他停顿了足足半分钟，才像是鼓足勇气一般，坚定地道："去起点吧，那是一个更大的平台，虽然对你来说那里的一切都是全新的，但是以你的实力，以你这份不断更的坚持，你在那里一定会崭露头角。你这样勤奋的作者，在整个网络文学的世界中都是独一无二的。起点中文网刚刚拿到一大笔投资，它有能力也有实力大幅度投入，完善付费阅读。那里更适合你发展，也能帮助你走得更远。"

"谢谢。邪月，无论我未来去哪里，我们都是朋友。"长弓挂断了和邪月的通话，立刻又拨打了第二个电话，这一次，他打给了信昌出版社的蓝先生。

经过两部作品的合作，他和蓝先生也相当熟悉了。可以说，信昌出版社的繁体版出版收入是他现在写作的根基所在，每个月都能给他提供至少两万元的收入，让他真正跨入高收入阶层。

"蓝先生，这种情况您认为我应该怎么办？"长弓问道。

蓝先生道："我认为邪月说得对，幻剑现在的情况确实是每况愈下，主要是资本投入不够，我还资助过他们一些资金，但杯水车薪。继续这样下去，对你自身发展不利，我也支持你向前走一步。而且你的新稿子我已经看了，写得非常好，你的书的销量也一直在往上走，我正打算告诉你，从新书开始，你的稿费涨到每本五千元。只要你的书足够好，我们后面还会增加稿费。"

蓝先生的话对长弓来说就像一颗定心丸。一本书五千元，一个月就算只写四本，二十六万字，也足足有两万元收入啊！再加上简体版那边，还有起点有可能给自己的网络收入，至少《善良的死神》这部书自己在收入方面不会有任何问题。

只要这部书有足够好的成绩，攒下的钱就够自己将房子的贷款还清了，到那时候，自己肩膀上的压力就能大幅度减轻。退一步想，那时候就算自己运气极差，所有写作的收入都突然消失，再次陷入低潮，也可以回店里上班。没有了贷款的压力，自己和木子的收入加起来也能过上还算不错的生活。

想到这里，长弓心中已经有所决断。他拨通了意者的电话。

"三少，你想好了吗？"意者浑厚的声音响起。

"如果我去起点，起点会如何跟我合作付费阅读？"长弓问道。

意者道："有两个选择。第一，按照分成的方式，你拿付费阅读带来的收入的七成，如果加上偶尔的奖励，甚至能够达到百分之百。第二，我们也以买断的形式跟你合作，一千字七十元。你自己选择吧。"

长弓几乎想都没想就立刻回答道："我选买断。"

一千字七十元，这已经超过了幻剑书盟给他的价格的两倍，最后的担忧也随之消失。长弓想得很简单，既然起点中文网刚刚拿到投资，至少在自己的一两部书稿内，它的付款不会有什么问题。

一千字七十元，这已经和繁体版出版的价格相差无几了。如果每个月自己能多写点，收入无疑会再上一个台阶。

这一步值得迈出！

他创造了一个奇迹

从年初的《狂神》，到之后的《善良的死神》《惟我独仙》，以及现在已经
开始写存稿的第五部作品《空速星痕》，他终于用自己的勤奋与坚持闯出了一
条属于自己的路。

◇◇◇◇◇◇◇◇◇◇◇◇◇◇◇◇◇◇◇

二〇〇五年年中，长弓在《狂神》依旧在幻剑书盟连载的情况
下，跟起点中文网达成合作，开始在起点更新新书《善良的死神》。

一个全新的平台对一位作者来说就是一个全新的世界。

因为是买断，所以长弓本身并没有太大的压力。选择买断，也
正是放弃了可能的更高收入而选择稳定，有了稳定的保障，他就能
更加全身心地投入创作。

这个天使与恶魔的故事他写得极为用心，这毕竟是他到新平台
之后的第一部书。

事实证明，是金子总会发光，就像邪月天使所说的那样，像长
弓这么努力的作者在整个网络文学的世界中都是非常少的。《善良

的死神》一炮而红，订阅量节节攀升，带来的收入很快就超过了长弓的买断价格，在网站的各个榜单上名列前茅。

虽然长弓离开了幻剑书盟，但《光之子》和《狂神》还在，它们的辉煌还在继续，以至于长弓离开两年之后，这两部书依旧排在幻剑书盟各个榜单的第一名和第二名。最后幻剑书盟不得不用技术手段将这两部书拿下，才让它们的辉煌被这种异常手段终结。

"赵松，跟我去一趟银行。"长弓打电话给自己的发小。

"啥事？"两人是十几岁在健身房锻炼的时候认识的，赵松虽然没有长弓那么高大，但十分壮硕。

"好事！"长弓笑着说道。

确实是好事，他终于攒够钱，可以还清贷款了。还贷款要取现金，他怕自己带着那么多钱不安全，所以才请好朋友帮忙。

当初他和木子买爱的小屋一共花了二十八万多元，除了首付之外，贷款二十三万元，现在还差二十万元多一点就能还清了。尽管有人告诉长弓，贷款更有利于理财运作，但长弓还是执意要将贷款还掉。他很不喜欢那种欠人钱的感觉，这笔贷款曾经带给他巨大的压力，现在终于有能力偿还了，他当然想第一时间还清。

取钱，还款，到担保中心取回自己的房产证。当长弓将红彤彤的房产证交到木子手里的时候，他只觉得整个人都轻松了许多。

"长弓，你是最棒的。"木子给了他一个大大的拥抱。

长弓抱着她："爱的小屋终于完完全全地属于我们自己了。这种感觉真好啊！"

木子低笑道："那你打算什么时候娶我？"

长弓停顿了一下，摇摇头："不，现在还不行。现在的我还没有那个资格。"

木子眼中闪过一抹失落，柔声道："你别给自己太大压力了，你现在已经很棒了。"是啊，长弓现在才二十四岁，月收入数万元，在同龄人中已经是非常不错了。他每天过着像机器人一样规律的生活，写作、锻炼，再写作、再锻炼，几乎没有自己的时间。

"下部书你打算写什么？"木子知道《善良的死神》又快要结束了。这部书长弓写得比《狂神》更长，一百五十多万字，繁体版出版了二十六本，而简体版出版遇到了一些问题。

因为云鹰出版社瞒报印数，长弓选择了一家新的出版社，但这家出版社就像他最初遇到的那家台湾出版社一样，出了两本之后就倒闭了，以至于后面的书没能再出。简体版和繁体版还不一样，一旦断头，就没有什么出版社愿意接了。

对此，长弓也非常无奈。幸好起点中文网和繁体版的稿费非常稳定。而云鹰出版社也一直在找他，下部书他还是打算给云鹰出版社出版，至少能保证出版成功，至于瞒报印数，他也不得不忍了。

"下部书我想写修仙类小说，挑战一下自己。我现在在起点的成绩虽然不错，但还不是第一，我想再增加一些更新速度，冲击一下第一。"

听他这么一说，木子不禁吃了一惊："还要增加速度吗？那你也太辛苦了。"

长弓微笑道："没事，我有分寸。"

二〇〇五年十月初，长弓开启了他第四部小说的创作，依旧在起点中文网连载。尽管《善良的死神》已经取得了足够的成功，但他还是没有选择分成的方式，依旧选了最稳定的买断，同样是以一千字七十元的价格在起点中文网更新第四部小说《惟我独仙》，这也是长弓的第一部修仙类小说。

经过《善良的死神》在起点打下的雄厚基础，长弓终于露出了他锋锐的一面。伴随着他的成功，现在已经有不少作者跟风每天更新了，但这一次他将更新速度提升到了一个无人能及的程度——每天一万六千字。

《惟我独仙》在短短一个月的时间内，凭借着打动人心的情节和超人一等的更新速度力压群雄，终于登上起点各大榜单的首位，各项数据飞涨。这部书的成功也意味着长弓终于在整个网文圈站稳了脚跟，起点中文网开始建立作家等级制度，他成为第一批白金级作者。

时间不知不觉地溜走，已经到年底了。天气渐凉，冬天的北京总会显得有些萧索，但长弓独爱这种清冷的感觉。

站在阳台上，披着大衣，和木子一起眺望远方。对他来说，这一年过得紧张而充实。回头想想，他自己都觉得有些不可思议，用信昌出版社蓝先生的原话来说，他创造了一个奇迹。

这一年是长弓写作生涯的第二年。这一年里，他一共写了超过四百万字，给信昌出版社交稿整整六十四本。也就是说，平均不到一周就交稿一本繁体书。

从年初的《狂神》，到之后的《善良的死神》《惟我独仙》，以及现在已经开始写存稿的第五部作品《空速星痕》，他终于用自己的勤奋与坚持闯出了一条属于自己的路。

"木子，如果你愿意的话，就辞职吧。"长弓向身边的木子说道。

"啊？"木子有些惊讶地看着他。

长弓道："我曾经说过，不希望你被社会的习气沾染。我也曾经向着这个目标尝试着去努力，但我失败了，生活所迫，让你不得不进入社会。但现在，我相信自己有了保护你的能力。去年写作，我一共赚了不到十万元，今年我拼尽全力，赚了五十万元。我还清了贷款，还有了一定的存款，我相信我有能力养活你了。新书《空速星痕》，信昌出版社又给我涨稿费了，一本涨到六千元，起点也答应给我涨到一千字七十五元。明年我的收入应该能稳步提升，我们的日子一定会越来越好的。"

"好，那我就辞职吧。"木子并没有多做思索，微笑地答应着。

长弓有些惊讶地看着她："你对工作没有留恋吗？"

木子道："或许会有一点吧，但对我来说，你才是最重要的。我在家的话，最起码能每天给你做做饭，你累了的时候，给你按摩一下，这样你的疲倦总会减少一些。"

　　尽管每天锻炼，但职业病从来都没有离开过长弓。他的工作强度太大了，每天都要坐在电脑前十几个小时。

　　有人问过他，是怎样的动力让他如此坚持。长弓的回答很简单，动力源于生活，生活源于爱情。

　　二〇〇六年，这一年对长弓来说不只是全新的开始，更重要的是，在这一年，他距离自己的目标越来越近了。

年收百万

　　繁体出版和网络连载稿费的同步提升也让长弓的收入有了爆发性增长。二〇〇六年，他的预估收入应该能够超过一百万元。

◇◇◇◇◇◇◇◇◇◇◇◇◇◇◇◇◇◇◇◇◇◇◇◇◇

　　就在长弓开始在起点中文网连载自己的第五部小说，也是全新尝试未来世界异能小说《空速星痕》的时候，网文圈发生了一件大事。起点中文网编辑部突然有一大批编辑跳槽，在一笔足够庞大的资本注入下成立了一家新的文学网站，这家网站开出极高的价格，到处挖作者。作为起点中文网最优秀的作者之一，长弓自然也接到了它的报价。

　　对长弓来说，那是一个非常具有诱惑力的价格：网络连载买断，一千字两百元。这是他现在跟起点中文网合作价格的近三倍啊！长弓接到这个报价的时候，甚至有种心跳加速的感觉。

　　去吗？一个新的网站，全新的挑战。长弓犹豫了。身边很多作者，甚至是很多和他同级别的作者都选择了跳槽，毕竟对方给的待遇实在太优厚了，这让作者们很快做出了选择。

"木子，我不打算跳槽。"接到报价后的第三天，长弓对木子说道。

"你想清楚了？"木子问道。

长弓点点头："我仔细思考过，我觉得现在跳槽去这个新的网站对我来说并不是一件好事。当初我从读写网去幻剑书盟是迫不得已，因为读写网被调查，后来从幻剑书盟来起点中文网也是迫不得已，但现在起点面临的这种危机并非网站本身的问题。毕竟，起点已经运行了几年，是目前网文圈最大的平台，它的影响力是依靠几年的时间积累起来的。我好不容易在这里站稳了脚跟，如果现在离开，那我过去一年多积累的人气就又失去了。

"况且，我入行两年多，也看得出现在一家新的原创文学网站想要做起来，在不考虑资本的前提下，至少需要几年时间，这就会让我面临读者找不到我的尴尬局面。这也是我最担心的。

"当初离开幻剑，我本身就不太情愿，但为了生活，为了那份不能没有的收入，也为了职业发展，我不得不做出选择。现在我们已经有了稳定的收入，至少足够满足我们的生活了。来到起点快一年了，起点对我也很好，在它艰难的时刻，留下才是最好的选择。"

木子微笑地看着他："那么，也就不需要我再多说什么了。长弓，你现在和以前相比真的成长了许多，你会更加理性地分析一件事，你做出的决定，我都会无条件支持。"

长弓回绝了来自新网站的邀请，令他惊喜的是，起点中文网方面并没有亏待他，决定下一部新书给他大幅度提升稿费，从现在的一千字七十五元提升到一千字一百八十元，翻了一倍还多。无疑，这对长弓来说也是里程碑般的提升了。让长弓更惊喜的还在后面，他的第五部作品《空速星痕》结束后，信昌出版社通知他，因为他的书在台湾人气持续提升，他的新书的稿费将涨到单本一万元。

繁体出版和网络连载稿费的同步提升也让长弓的收入有了爆发性增长。二

○○六年，他的预估收入应该能够超过一百万元。

　　长弓的第六部作品就在这样的情况下于二○○六年年中面世了。挑战过两种题材之后，长弓决定回归玄幻，新书名为《冰火魔厨》。

　　这是他一直想写的题材，冰与火两种截然相反的属性，以魔法下厨，先天就具备了吸引读者的条件。而且，他写这部作品还有一个重要原因，那就是木子喜欢吃，就因为木子曾经说过一句"什么时候你才能写一部和食物有关的小说啊"，他才有了这个创意。

　　《冰火魔厨》一经发表，立刻获得了巨大的成功，又一次抢占了各大榜单首位。正如长弓预判的那样，那家曾经到处挖角的新网站固然投入巨大，但也由于各种原因，未能冲到起点中文网的高度，逐渐没落。长弓在起点中文网终于稳固了自己顶尖作者的地位。一切都朝着最好的方向发展。

　　从最初创作《光之子》开始，长弓的每一部作品都获得了极大的成功，他的影响力也持续提升，来自报纸、电视媒体的报道也多了起来，事业蒸蒸日上。

　　长弓变得更加忙碌了，除了每天要持续不断地写东西，还有各种应酬，这让他陪伴木子的时间变少了。木子并没有提起他曾经答应带她到处旅游的事，体贴地在他身边做他的贤内助。

　　"喂，长弓，怎么啦？"木子正在家打扫卫生，突然接到长弓的电话。

　　"木子，有件事需要你帮忙。"长弓温和的声音从话筒另一边传来。

　　"什么事啊？"木子疑惑地问道。

　　长弓道："是这样，前些日子，我认识的一位导演朋友正在拍一部片子，他想让我们去客串一下。"

　　"客串？"木子惊讶地道，"我也要去吗？"

　　长弓道："是啊，他需要一对情侣，说咱们正合适。"

　　"现在吗？"木子道。

"嗯。今天下午三点，在你很熟悉的地方哦。"长弓笑着说道。

"我很熟悉的地方？ 是哪里啊？"木子有些惊讶。

长弓道："栗正酒吧。他们约我中午一起吃饭，我下午就直接过去了。你到时候直接过去，咱们在那里碰面就好。"

"好吧。那我需要打扮一下吗？"木子心中略微有些紧张，她还从未参与过这种事情呢。

长弓道："还是打扮一下吧，也算对人家的尊重。好，那咱们下午见哦。"

木子道："好吧。那下午见，你中午就别喝酒了哦。"

"好，放心吧。"

他为什么一直不肯娶我呢?

我十六岁跟他在一起，我们在一起这么多年了，我们的感情是最纯粹的，我相信他不会变心。退一万步说，如果有一天他真的变心了，我也只会平静地离开。

◇◇◇◇◇◇◇◇◇◇◇◇◇◇◇◇◇◇◇◇◇

挂了电话，木子有些心潮起伏。拍摄吗? 不知道是电影还是电视剧?

她赶忙加快速度打扫房间，待会儿要早点吃午饭，然后好好地打扮一下，总不能给长弓丢人嘛。

她刚收拾好房间，就听到电话铃声又响了起来。"喂? 谁啊? "木子一边擦地，一边下意识地接起电话。

"是我啦! "电话另一边传来闺密小林的声音。

木子笑道:"哟! 大忙人，怎么想起给我打电话了? "

小林道:"还不是你家长弓。他刚才给我打电话说，他有个朋友要拍电视剧，下午让我去客串一下，说你们也会去。怎么着，你们家长弓这是要进军影视圈啊？"

木子道："那我就不知道了，我不怎么问他工作上的事。他跟我说了，我下午会过去的。"

小林道："你干吗呢？"

木子道："擦地啊！北京这天气，一天不收拾，地上就是一层浮土，真不知道什么时候环境才能好点。"

小林有些无奈地道："我说木子啊，你就长长心吧！你家长弓现在这情况，你还不抓紧点？他说没说什么时候娶你啊？"

木子愣了一下："没有啊。我问过他，他只是说再等等，要么就是说他觉得没有资格娶我。可能是以前那段时间实在压抑得太厉害，现在危机意识太强吧。他现在一心扑在工作上，我哪能这时候总烦他啊！"

小林吃惊地道："我说木子，你想没想过一个问题啊，现在的长弓可和以前不同了。他现在是著名网络作家，有人估计过，说他的年收入可能会过百万元。这你应该最清楚吧。他今年才二十五岁，也算年少成名、年少多金了。你想没想过，这种状态下的他在外面会受到多少诱惑？你就不怕他变心了啊？你要知道，现在你们还没结婚，如果他变心了，那你就什么都没有了。"

木子站直身体，握着墩布，"我家长弓才不是那样的人，你别瞎想了。"

小林道："美女，你真的需要增加一些危机意识了。就算你对自己很自信，外面的诱惑那么多，美女那么多，比你漂亮的可不是没有。你跟他多少年了？七年了吧。都说七年之痒，你们之间就一点问题都没有？他现在已经算是成功了，这种时候你更应该抓住他，赶快结婚。这样一来，万一他以后变心了，你总不会一无所有啊！"

木子淡淡地道："这些我从来都没想过。我十六岁跟他在一起，我们在一起这么多年了，我们的感情是最纯粹的，我相信他不会变心。退一万步说，如果有一天他真的变心了，我也只会平静地离开。好啦，就这样吧，我还要收拾屋子呢，下午见。"说完，她就酷酷地挂了电话。

电话另一边的小林愣了愣，自言自语道："这丫头还真是心大，什么时候她才能机灵点啊！不过说起来，她的运气也真是不错，竟然能抓到这种潜力股。唉……"想想自己并不顺畅的感情之路，小林不禁一阵黯然。

挂了电话，木子拄着墩布站在那里，半天没有动地方。如果说她一点都不担心小林说的那些问题，那完全是自己欺骗自己。长弓本身形象就很好，又肯努力，现在更是名利双收。这样的他如果说一点诱惑力都没有，那是绝对不可能的。

但木子从来没问过他有关这方面的事情，她选择的是信任，给予长弓绝对的信任。就像她说的那样，如果有一天长弓真的变心了，那么她只会认为是两人的缘分不够。他，真的会吗？

之后的几个小时里，木子的情绪一直有些恍惚。她再心大，也不可能在感情的事情上心大。她和长弓在一起七年了，整整七年，他们最美好的青春都给了彼此，他们有着最炙热的感情。七年后的今天，他们之间甚至可以用只有夫妻才能用的形容词"相濡以沫"来形容。七年来，长弓从没有对她说过一个脏字，为了她，他一直是那么拼搏、努力。小林只不过是杞人忧天罢了。

坐在前往栗正酒吧的地铁上，木子笑了。是啊，长弓这家伙几乎每天都跟自己在一起，从来没有夜不归宿，他连作案时间都没有，怎么会出现小林说的那种情况呢？

绝对不可能的！木子自嘲地笑笑。可是，他为什么一直不肯娶我呢？想到这里，木子的眼神变得有些黯淡。如果说以前他觉得没资格娶自己，现在他的事业已经有了一定的成绩，为什么还不提这件事呢？

一直以来，木子都在回避这个问题，哪怕最近这段时间，长弓经常外出，有时候甚至很晚才回来，她也不愿意多想，因为她更愿意选择相信长弓。她深信，有一天，长弓一定会来娶自己的。

虽然他们已经在一起七年之久，但他们的感情从来都没有减退过，一直非常稳定。或许生活中没有那么多的惊喜，但木子能清楚地感受到长弓对自己的那份爱恋。

　　唉，一切顺其自然吧。木子轻声叹息着。她不愿意再问他是不想给他压力，她每天都在他身边，最清楚他的工作有多么辛苦，几乎从早到晚，他一直都在忙碌着。幸好他听从了她的建议，目前的作息时间是正常的，不然的话，她一定会更加担忧。

　　长弓，你一定要好好的。

电视剧拍摄现场

在这里，她第一次遇到长弓；在这里，她和长弓度过千禧年的跨年夜。这里给她留下了许许多多的美好回忆。

◇◇◇◇◇◇◇◇◇◇◇◇◇◇◇◇◇

下了地铁，再转乘公交车，说起来，这已经是木子第三次前往栗正酒吧了。对这个地方，她是充满好感的。在这里，她第一次遇到长弓；在这里，她和长弓度过千禧年的跨年夜。这里给她留下了许许多多的美好回忆。

那个导演还真是挺有品位的，竟然会选这样一个地方来拍摄电视剧，还真不错呢！只是不知道要让我和长弓客串什么。木子心中略微有些忐忑和紧张。不过，只要一想到待会儿就能见到长弓，会和长弓一起来面对这一切，她就不怎么担忧了。

今天的木子穿了一条蓝白两色相间的连衣裙。北京的夏天一向炎热，哪怕现在已经是八月中旬，进入了初秋时节，温度也依旧在三十摄氏度上下徘徊。

下了车，栗正酒吧已经远远在望，木子不自觉地加快了脚步。她的头发已经很长了，留了五六年，虽然还没能实现长发及腰，但也相差无几。为了利落些，她特意梳拢成蝎子辫。

　　栗正酒吧门口显得有些冷清，毕竟对酒吧来说，白天一向没什么生意。

　　"你是木子吧？"正在这时，一个衣着朴素的男人迎了上来。

　　"嗯，我是。您是？"木子看着面前这个身穿大背心、大裤衩，上身还有个帆布马甲的男人，大概猜出了对方的身份。

　　果然，男子微笑道："你好，你好。我是剧组的工作人员，正在这里等你呢。请跟我来吧。"他一边说着，一边推开酒吧的大门向里面走去。

　　木子跟着他走进酒吧，酒吧内的光线有些昏暗，一楼的旱冰场这会儿基本没有人。那工作人员引着木子向楼上走去。木子看到酒吧的楼梯上还有下面的一些地方都摆放着各种拍摄用的灯光、道具什么的，还有各种电线，显得有些混乱。走到楼上就变得热闹多了，一群身穿演员服装的少男少女正在一些人的指挥下站位，似乎是在排练着什么。

　　酒吧中央的桌椅已经被清理出来了，原本供驻唱乐队演唱的舞台改造成了圆形。舞台一侧还悬挂着一个投影屏幕，上面正播放着一些劲爆的歌舞。幸好音乐声不算很大，不然的话，这种节奏的歌舞一定会让这里变得非常喧闹。

　　"您好，麻烦问一下，长弓呢？"木子向带着自己上来的工作人员问道。

　　工作人员道："他好像还没到，不过应该快了。你来得正好，我们的拍摄已经开始了。你先在这里稍等一下。"工作人员把她引导到旁边一张椅子处坐下。

　　木子有些好奇地看着眼前这一切。这就是剧组吗？看上去有点乱糟糟的。不过那个舞台以及舞台附近倒是很清爽，那儿应该就是拍摄的地方了吧。

　　"好，你们往那边站。好了，我们来彩排一遍，音乐，起！"一名看上去三十多岁、留着长头发的男子一边指挥着演员，一边迅速跑到一侧。

　　"五场三镜一。"一个打板的啪的一声落板。先前的长发男子喊道："开始！"

顿时，那些身穿华丽服装的少男少女迅速向场地中心跑去，先跑上舞台，再跑下来表演着绚丽的舞蹈。紧接着，侧面一位身穿西装、相貌英俊的男青年被他们簇拥着冲上台，表演起了激烈的舞蹈。这青年的舞蹈技艺非常好，很快就将气氛推向了高潮。

"卡！很好！"长发男子跑到摄像机后面，"回放一遍看看。"

音乐声变小，木子坐在一侧，饶有兴致地看着这一切。这就是拍摄啊！看来这个电视剧应该和音乐、舞蹈有关吧，还挺好玩的。正在这时，她感到后面有人拍了一下自己的肩膀，回头看时，只见穿得花枝招展的小林不知道什么时候来到了她身后。

"啊！你也来了！"木子笑道。

小林道："我当然要来了，你家长弓相邀嘛。而且本姑娘长得这么漂亮，说不定就被导演看中，委以重任呢？这可是我的好机会哦。"

木子道："那你可要加油努力了。"

小林道："怎么，你对当演员就没什么想法？那可是万众瞩目，真正的名利双收哦。"

木子摇摇头："我可不愿意当演员，演员也很辛苦的。看上去简单，实际上，他们付出的也很多。我听长弓说过，演员演戏就要投入进去，有时候拍完一部戏，很长时间都走不出来，对他们会有挺大影响的，连自我都会受到角色的影响。我还是老老实实地在家做我的女主人比较好。"

小林耸了耸肩膀道："人各有志吧。不过，我估计你家长弓最喜欢的就是你这胸无大志的样子。话说，他人呢？"

木子道："可能还没来，我给他打个电话吧。"拿出手机，拨通长弓的号码。

"喂，木子。"另一边传来长弓有些低沉的声音。

"我到了哦。你在哪儿呢？"木子问道。

长弓道："我这儿有些堵车，一会儿就到。对了，咱俩客串的角色不是一场戏，正好你的在前面，待会儿导演让你演，你就先帮帮他们。我家木子是最棒的，别紧张，你自然点，表现自我就能够镇住全场了。你可是最美的。"

木子扑哧一笑："只有你才会觉得我是最美的吧。"

长弓笑道："那还不够吗？"

木子道："挂了吧，快一分钟了，节约电话费。"

挂断通话，旁边的小林忍不住笑道："你们现在也算高收入阶层了，还这么省？"

木子笑道："能省则省嘛，总不能浪费。而且长弓说过，他也不知道自己能写多久，我要他好好管着家，不能乱花钱，多积攒一些，为他以后做基础。"

小林伸手在木子脸上捏了一把："小娘子，你简直是太体贴了。我要是男人的话，我也要娶你做老婆，就没你家长弓什么事了。"

二女正笑闹着，先前那有着一头长发的男子已经走过来："你们好。二位，哪位是木子？"

"我是。"木子赶忙收起笑容，起身礼貌地回答道。

长发男子道："我是导演。长弓已经跟你说了吧，要麻烦你来客串一个角色。这样，我让人先带你去化妆、换衣服，然后我们就开始。"

"还要化妆？"木子惊讶地道。

导演点点头："对，你客串的这个角色比较重要。不过你放心，我们这是一部歌舞类的电视剧，你是没有台词的。这样，我先简单地给你说一下戏。稍后你要演的是一个被求婚的姑娘。刚刚我们的彩排你看到了吧，那个在中央跳舞的男演员，会演一场求婚的舞剧，你就是这部舞剧的女主角。舞蹈演员们会簇拥着你到舞台中央，然后你就面对屏幕那边的方向站住不动就好了，其他表演都看那个男演员的。"

"这……这我恐怕演不好吧。"木子有些担忧地道，"而且我不太喜欢化妆。"

导演道："放心吧，只是淡妆而已。你也不用做什么。"

木子看看身边的小林，道："这是我朋友小林，要不这个角色让她来演吧？"

小林赶忙上前一步，客气地道："导演您好。"

导演看了她一眼，再转头看向木子，道："角色是投资方定下的，长弓和投资方是朋友，我们没办法更改。既然你已经来了，就麻烦你配合一下吧，就拍一些简单的镜头，很快就能完成。OK？"

话已经说到了这份上，木子也不好再拒绝，只得有些无奈地点点头："那好吧。"

小林问道："导演，那我呢？我也是长弓叫来的。"

导演意味深长地看了她一眼，道："你做群众演员，稍后在情节达到高潮的时候跟着欢呼就可以了。"

Chapter

62

最美女主角

　　长发披散在肩头，略微被电烫得有些卷曲，淡妆衬托，洁白的长裙，当化妆师最后将一个如同王冠一般的珍珠发卡插在木子头上的时候，她只觉得自己仿佛进入了童话世界。

⬥⬥⬥⬥⬥⬥⬥⬥⬥⬥⬥⬥⬥⬥⬥⬥

　　木子被带到后面的化妆间，一位相貌粗犷的化妆师捏着兰花指走过来，向她笑笑，然后就开始给她化妆。果然，如导演所说，只是淡妆而已。头发打散，做了造型，原本就很美的木子顿时增色三分。

　　令木子有些惊讶的是她的服装，那是一条带着蕾丝边装饰的纯白色连衣长裙，非常漂亮。木子只是看了一眼就喜欢上了这条裙子，更令她惊喜的是，这条裙子她穿起来刚刚好，原本还担心自己的臀比普通人挺翘，穿起来会有些不合身，结果这样的问题根本就没有出现。

　　长发披散在肩头，略微被电烫得有些卷曲，淡妆衬托，洁白的

268　　　　　　　　　269

Love the Whole World

长裙，当化妆师最后将一个如同王冠一般的珍珠发卡插在木子头上的时候，她只觉得自己仿佛进入了童话世界。

"真美，你简直就像一位公主。"化妆师赞叹着说道。

"谢谢你。"木子赶忙向他点头致谢，她心中第一次出现了自己似乎应该学学化妆的念头，还是有增益的嘛。

木子在化妆师的陪伴下走出来，她的出现顿时吸引了全部目光。

小林凑过来，一脸羡慕地道："哇，这身衣服可真漂亮，难得还那么合身，把你的好身材都勾勒出来了。看你这身，怎么像是女主角的样子啊？"

导演道："这一场她本身就是女主角，只是不需要台词而已。"

小林叹息一声，道："有一个好男朋友就是好啊，都可以直接演女主角了。"

木子被全场这么多道目光注视着，多少有些不自在，她向导演道："那我们就赶快开始吧。您放心，我会小心点，不会弄坏这衣服的。"这身白色长裙看起来朴素，实际高贵典雅，一看就价值不菲。她心中暗暗提醒自己，一定要特别小心才行。

导演戴上耳机，通过手中的对讲机喊道："各部门注意，各部门注意！女主角到位，实拍马上开始，无关人等离开场地。"

周围所有灯光全部亮起，照耀着中央的圆形舞台，整个舞台顿时充满了光彩。木子被带到一侧，那位男主演向她微笑点头，木子也有些羞涩地颔首致意。

导演向木子道："你不用紧张，待会儿只要音乐一起，演员就会上去开始跳舞，等他们跳到一定程度，会专门有几位女演员下来簇拥着你上台。你只要记得站在舞台正中央，面对屏幕方向就行了。记住了吗？"

"嗯，记住了。"要说木子一点都不紧张，那是不可能的，毕竟这是她第一次"触电"，但除了紧张之外，还有几分新奇。

小林也已经被场务疏散到了外围，外面看上去还有许多群众演员簇拥着的样子。只是因为场地内灯光太亮，外面光线又太暗，有些看不清楚。

"各部门就位，准备。"

"实拍，一场一镜一。"打板，开始！

比先前更加激昂的音乐声响起，绚丽的霓虹灯顿时令整个酒吧内变成了一个幻彩的世界。舞蹈演员们冲上舞台，围绕着中央圆台翩翩起舞，他们仿佛组成了一朵盛开的花朵，忽进忽退，展现着动人的舞姿。

木子有些紧张了，因为她知道自己就要出场了，心中暗暗希望一切都能顺利。

正在这时，几位女性舞者已经从台上冲下来，冲到她身边簇拥在她周围，她赶忙跟着她们一起向舞台方向走去。进入灯光的世界，绚丽的霓虹灯照在她那纯洁无瑕的白色长裙上，蕾丝、亮片、珍珠等装饰迸发出璀璨的光彩，她就像是全身都散发着银色光辉的天使一般，被簇拥到了舞台中央。

那位男性舞蹈演员也跑了过来。他开始围绕着木子跳舞，木子谨记导演的叮嘱，面对着投影屏幕的方向，站在那里一动不动，屏幕上也放着劲歌热舞。因为紧张，木子双手在身前勾住手指。真的只要一动不动就好了吗？这表演似乎也太简单了吧。

那男主演围在她身边跳得越来越激烈，但并没有靠近她这边，这让她稍微放松了一些。突然，男演员一个旋转，一步跨出就来到了木子面前。

木子吓了一跳，下意识地想要闪避，那男演员却向她微微一笑，侧开身体，微微躬身，右手朝屏幕的方向指去。

木子的目光跟随着他的手指重新回到屏幕上，屏幕上的内容突然发生了变化。所有的音乐都在这一瞬间停了下来，一道光束从天而降，落在了木子身上。大屏幕上的劲歌热舞消失了，取而代之的是一张熟悉的面庞。

"木子，恭喜你和长弓。祝福你们白头偕老，百年好合。"那面庞和笑容是那么熟悉，那温和的声音更令木子瞬间如同触电一般全身僵硬。妈妈，是妈妈。是的，屏幕上出现的正是木子的母亲。

影像一转，画面再变。

"木子，说起来，爸爸真的舍不得你嫁人，你可是咱家的壮劳力。长弓专门来说服了我们。不过想想以后又多了个儿子，我们也就认了。祝福你们，只要你们快乐，老爸老妈就满足了。"爸爸，是爸爸。

木子呆呆地看着屏幕，整个人都有些蒙了。这，这究竟是怎么回事？她一时间还没回过神来，完全不明白为什么自己的父母会突然出现在屏幕上，这不是电视剧拍摄吗？

"木子，祝福你和长弓，希望你们开开心心。终于等到这一天了，我也算熬出来了，以后长弓就交给你。在他最困难的时候，你陪伴着他，不离不弃，有这样的好儿媳，我很开心。"是长弓的妈妈。

"木子、长弓，祝你们新婚快乐。"是长弓不善言辞的父亲。

"木子，我跟长弓说了，这视频必须把我放在你们父母后面，作为朋友中的第一个，因为我可是你们的介绍人啊！唉，真嫉妒长弓这个家伙，说起来，还是我先认识你的。不过，现在只有祝福你们啦。喝喜酒那天，你可别护着他，我们可都憋着劲儿灌他酒呢。木子、长弓，祝福你们。你们这些年走过来太不容易了。现在总算苦尽甘来，祝你们福泽绵长，白头偕老，顺顺利利。"是李松，网名寒羽良，长弓的好同事、好朋友。

"木子、长弓，祝你们举案齐眉，白头偕老。"

"木子、长弓，祝你们……"

一句句祝福，一张张熟悉的面庞，让木子整个人已经完全呆滞了，她甚至忘记了自己身在何处，泪水不受控制地流淌而下。整个祝福视频足足持续了十分钟，每一个在屏幕上出现的人都是她和长弓的亲戚、朋友。

周围那些先前隐藏在阴暗之中的"群众演员"也徐徐走近了，之前在屏幕上出现的一张张熟悉面庞真实地出现在这里。

木子有些僵硬地转过头，看着他们充满喜悦与祝福甚至是羡慕的目光，她哪能还不明白发生了什么？可是，他，他在哪里？

嫁给我，好吗？

"为了你，我愿意热爱整个世界。我愿意带着你去体验这个世界上一切可以去体验的美好，我愿意和你共享这一切带来的快乐。我会为了你热爱工作，热爱身边的点点滴滴，只要有你在我身边，一切都将是那么美好。"

<><><><><><><><><><><><><><>

"木子。"正在这时，屏幕上她等待的那个人终于出现了。

画面中的长弓面带微笑，他坐在那里，表情略微有些紧张。他穿着一身深蓝色的西装，将他那本就堪比模特的身材衬托得更加修长。

"这一天，我真的等得太久了。这一刻，我整整等了七年。"长弓的声音有些颤抖，甚至是有些结结巴巴的，"我终于有勇气向你说出这些话了。"

他停顿了一下，似乎在酝酿着什么，整个酒吧内只回荡着他的声音："木子，我爱你。你知道的，我爱你。你十六岁和我在一起，整整七年的时间，无论是顺境还是逆境，你始终陪伴在我身边。"

他又停顿了。半晌后，他才继续说道："我心中明明有千言万语，但不知道为什么，这时候我有些说不出来了。

"还记得我们一起去泰山的时候，我曾许了愿吗？现在，我的愿望已经实现了。我当时的愿望就是，希望在来年，让我有资格向你求婚。

"一九九九年三月五日，我们在黑鹰聊天室相识。一九九九年三月六日，就在这里，就在这间酒吧，我们第一次见面。那时候，我还是个从来没有交过女朋友的感情白痴。一九九九年三月十四日，白色情人节，我给你写了第一封信，那时我心中充满忐忑，唯恐会被你拒绝。幸好，三月十五日，你成了我的女友。

"七年来，有快乐、有悲伤、有兴奋、有压抑。但无论什么时候，你始终对我不离不弃，始终陪伴在我身边。在我最需要你的时候，你总是做我坚强的后盾，你已经是我生命中不可或缺的一部分。早在很多年前，我心中就已经决定，这一生只有你才会是我的新娘。

"我说过的，我要让你做全天下最快乐的女人。我也曾经说过，为了你，我愿意放弃整个世界。但现在，我要改一改这句话。我要把它改成：为了你，我愿意热爱整个世界。我愿意带着你去体验这个世界上一切可以去体验的美好，我愿意和你共享这一切带来的快乐。我会为了你热爱工作，热爱身边的点点滴滴，只要有你在我身边，一切都将是那么美好。

"当上天将你送到我面前的时候，我就应该感恩，未来更是如此，我希望你能一直陪伴我走过。

"木子，我会用最大的努力让你幸福，我爱你。请转身。"

悠扬的音乐声悄然响起，早已泪流满面的木子缓缓转身。

舞台另一侧酒吧内完全是黑色的一面"墙"突然掉落，那竟然是一片幕布。

并不宽阔的高台上，长弓就站在那里，他手中拿着话筒，身后的乐队奏着悠扬的乐曲。

长弓带着几分沙哑和哽咽的歌声响起：

只有经历才会成熟

只有坎坷才会领悟

你是我今生的依护

伴随走完无尽的路

只有真心才会永久

只有付出才会拥有

你是我今生的归宿

伴随走完无尽的路

走过这条长路

相互留下最深的祝福

天涯海角无法分割

狂风暴雨无法挡阻

你是我全部的全部

你是我全部的幸福

天荒地老义无反顾

海阔天空同甘共苦

你是我全部的全部

……

　　男舞蹈演员在长弓的歌声中跑到他身前的舞台下弯下腰，长弓一边唱着这首郭峰的《全部》，一边走下高台，走向中央的舞台。途中有人送上鲜花，他一边歌唱，一边来到木子面前。将鲜花送入木子怀中，他单膝跪在木子面前，完成最后的歌唱。

　　歌声在回荡中散去，并不算特别动听，甚至始终带着哽咽。长弓从衣兜里摸出戒指盒，缓缓打开，露出光芒璀璨的钻戒。

"木子，嫁给我，好吗？"在说出这几个字的时候，他再也忍耐不住，泪水汹涌而出。这一天，他同样也等得太久太久。

"我 ……"木子喉中仿佛哽住了。全场所有人都注视着他们。

"我愿意！"

在骤然轰响的欢呼声中，长弓猛地起身扑向木子，紧紧地将她拥入自己怀中。木子更是泪流满面，泣不成声。

热烈的掌声、欢呼声仿佛要掀翻整个酒吧一般，在这个初识的地方，他们终于踏出了人生中升华的一步。

长弓几乎是颤抖着将戒指戴在木子左手的中指上。下一刻，她已经用力抱住他的脖子，献上红唇。

……

"木子，你知道你让我最感动的是哪一次吗？"

"哪一次？"

"就是那天早上我起床后，看到你在厨房吃着剩饭的那次。"

"那你知道你什么时候最让我感动吗？"

"什么时候？"

"就是你一个月只赚四百五十元，却肯花绝大部分为我买减肥药的时候，那时候在我心中，我就已经是你的新娘。"

唐门十年

励骏酒店十层的房间内，造型师正忙着为长弓做造型。闭合着双眼，长弓整个人显得有些疲惫，但此时他心中更多的是亢奋。现在是二〇一四年二月底，对他来说，这是个重要的日子。

十年了，从二〇〇四年开始创作到现在，已经整整十年了。日子过得很快，时间飞逝。长弓从二十三岁到三十三岁，从青年走向中年，人生能有多少个十年。

十年，他从当初的落魄一步步走向辉煌，成为如今的网络作家之王。十年，三千多万字的创作，简体版出版一百多册，繁体版出版更是高达近六百册。在网络文学的世界中，他创造了无数奇迹。

今天，起点中文网为他举办出道十周年庆典。许许多多同行、朋友、合作方还有读者代表都已经来到这家酒店，今晚，他们将共同庆祝这十年一度的美好时刻。

中午，长弓请一家合作的上市公司的董事长吃饭；刚刚，长弓在会议室接受媒体群访；现在，他要为稍后的晚宴换装了。

这场庆典早在一个多月前就已经开始准备，包括回馈读者的礼品、作品海报等，每一个都是长弓精心挑选的。他现在已经有了自己的粉丝团体，就叫作唐门，他的书友们以身为唐门弟子而自豪。

"累了吧。你扛得住吗？"关切的声音在耳边响起。

长弓睁开眼，脸上顿时流露出温柔的笑容。

木子将一杯温水送到他面前，正满脸关切地看着他。

"有一点。没事，我没问题。"长弓向木子微笑着说道。

木子微微一笑："我看到好多人在签到了，来的人真的很多。听说还有许多读者没有门票，都是自发过来的。"

长弓道："放心吧，我已经让主办方多准备了礼品，今天来的书友们都会有的。可惜礼堂的空间比较有限。"

十年了，在长弓眼中，木子并没有怎么变，尽管她已经是他两个孩子的妈妈。今天的木子特别漂亮，一件黑色的露背晚礼服，颈上戴着他给她买的生日礼物：一串翡翠项链。在翡翠那充满生命气息的绿色的映照下，她显得更高贵、温婉。

"这十年来，你辛苦了。"长弓微笑道，"过去有句歌词，叫作：军功章，有你的一半，也有我的一半。小时候听这首歌的时候并没有太多的感觉，但现在不一样了。歌词说得很对，如果没有你一直默默地支持，恐怕我也坚持不了十年不间断地网络连载，也就没有今天的唐家三少。"

木子摇摇头："辛苦的是你才对。"说到这里，她的眼圈不禁有些发红。

尽管长弓的生活已经十分规律，但长期高强度的写作还是对他的身体造成了许多不可逆的伤害。颈椎三、四、五节骨质增生，颈椎韧带钙化、脊柱侧弯、生理曲度消失、强直，腰肌劳损。

读者看到的是那一部部带给他们快乐或者悲伤的作品，她看到的却是在自己面前一天天变老，才三十几岁两鬓就早生华发的长弓。

但她从来没有阻止他写下去，因为在写作中，他很快乐，他更能带给那么多读者快乐，他的精神中始终有着那种常人无法企及的东西。她能做的就是给他做一些好吃的，为他按摩，尽可能地帮他减少长期写作带来的身体负荷。

"时间差不多了。子敬，还要多久？不能让大家等我。"长弓向造型师也是他的好友郭子敬问道。这位就是当初他向木子求婚，举办那个特殊求婚仪式时，为木子化妆的造型师。

郭子敬笑道："放心，来得及，再有十分钟搞定。"

长弓向木子道："你先下去吧，爸妈和孩子们差不多要到了，你去接他们一下，先带他们到场地，我这里好了就下去。"

"好。"木子披上件外套，先出了房间。

"你们感情可真好。"郭子敬有些羡慕地说道。

长弓微笑道："是啊，我们在一起已经十五年了，从一九九九年到现在。无论工作多累，只要看到她，看到我们的孩子们，我总会觉得动力十足。"

"好了，你看看。"郭子敬将镜子递给长弓。看着镜子中发型有些夸张的自己，长弓不禁失笑道："这可真有点霸气啊，这种造型我还是第一次尝试。"

郭子敬笑道："今天是你出道十周年的日子，总要有些不一样。配上你的花色礼服，正好。霸气侧漏啊！"

他帮长弓穿好礼服，戴上眼镜。长弓向他比了个大拇指。此时，长弓的助理CoCo已经过来了。

"老板，我带您去场地。那边的魔术师已经准备好了，现在就等您出场了。"

"好。"长弓在助理的陪伴下来到酒店地下一层的大会议厅。

还没进会议厅，他就已经被这里热烈的气氛包围了。会议厅外摆满了他这十年来一部部作品的展板，那一张张熟悉的图画、一个个熟悉的名字、一段段熟悉的文字，就像给他注入了一针兴奋剂一般。

三少十年！四个金灿灿的大字随处可见。是的，今天这里属于他，今天这个夜晚属于他和他的唐门。

助理直接带着他来到后台，他现在还不能见到宾客们。长弓略微觉得自己有些晕眩，他知道这可能是最近太累，有点低血糖的缘故。

"给我倒杯糖水，如果有巧克力的话也来几块。"长弓赶忙向助理说道。这时候自己可不能出问题啊，全场数百位合作伙伴、亲人、朋友都是为了自己而来。

看着他有些苍白的脸色，助理也有点慌了手脚，赶忙去了。坐在后台的凳子上，这里的空气有些清冷，长弓觉得稍微舒服了一点。时间不长，跑回来的并不是助理，而是木子。

"低血糖了？"木子将一杯糖水快速递给长弓，她另一只手上托着一盘巧克力。

"没事。"长弓向她微笑着。这段时间是有点太累了，除了写作，还有十周年的各种准备事项要处理，每件事都需要他亲力亲为。

喝了糖水，再吃了几块巧克力，凉风一吹，长弓顿时觉得自己好了许多。

"怎么样？"木子问道。

长弓点点头："好多了，放心吧，我可以的。"

木子蹲下身体，握住他的手："长弓，如果实在不舒服就别勉强，身体最要紧。"

长弓摸摸她的头："放心吧，为了你，我也会保重身体。"

"老板，就要开始了。您可以吗？"助理急匆匆地跑过来。

长弓起身，木子帮他整理了一下领结。这一刻的他眼神变得坚定而锋锐，沉稳地向助理点了点头。

巨大的礼堂内，数十张西方装饰风格的桌子上摆放着烛台和装饰品，整个会场的布置以紫色和金色为主，华丽而高贵。

主持人穿着黑色礼服走上台，"女士们、先生们，欢迎大家来到唐家三少十周年庆典'唐门家宴'的现场。我们的庆典活动即将开始，请诸位入座。"

会场渐渐安静下来，灯光也随之变暗，只有舞台上依旧灯火辉煌。

　　"十年，人生能有多少个十年。从二〇〇四年二月到二〇一四年二月，三少连续十年网络连载不断更，这是一百二十个月的坚持，这是何等的热情与执着。是他创建了唐门，是他笔耕不辍带给我们每天的快乐。

　　"三少跟我说，他这十年创作，最想感谢的就是读者。他总是说，没有读者的支持就没有他的今天。那么，我们今天就首先请上读者代表。"

　　一位年约二十的少女从台下站起，快步上台，她面容姣好，只是略微显得有些局促。

　　主持人将话筒递给她，她首先躬身，向台下致意。掌声响起。

　　少女略微停顿了一下，看着台下，看着在场所有嘉宾，她缓缓道：

　　"在这奔忙无味的现实生活中，我们是如此孤单；在浩瀚的生命宇宙中，我们是如此渺小。

　　"但是，因为三少，来自天涯海角的我们走到了一起；因为唐门，我们从彼此并不熟知的人变成知己。

　　"我们嬉笑怒骂，开怀畅饮，笑意满满，海阔天空！

　　"唐门是个大家庭！有三哥，有我们，十年陪伴，甘之如饴。这段纯真的感情即使用一生来回味，也不会厌烦。

　　"你我皆唐门，生在绝世中！

　　"是谁陪三哥披荆斩棘冲榜单？

　　"是我们！

　　"是谁与三哥连创辉煌上云端？

　　"是我们！

　　"为了唐门的辉煌，大家努力拼搏！

　　"为了唐门的荣耀，大家奋勇向前！

　　"我们以身为唐门的一员而光荣！

"我们以身为唐门的一员而骄傲!

"从二〇〇四年二月到今天,我们一起走过了十年!

"十年! 人生有多少个十年! 十年风雨同舟路,让我们更加坚定,一路向前,披荆斩棘。

"今天,我们在这里欢聚,美好的时刻,即使是一分一秒,想必也值得永久留念。

"三哥,我们爱你!"

整个大厅的灯光突然暗了下来,激昂的音乐声中,一位身穿华服的青年走上台,他手中突然多了一根魔法杖,法杖挥动,无数绚丽的光彩闪烁。

"魔术,是魔术!"已经有人惊呼出声。

魔术师一连串精彩的表演吸引了所有嘉宾的注意。

正在这时,一个巨大的箱子被推上台,箱子内空空如也。魔术师微微一笑,一抬手,音乐停顿下来。

"今天我给大家表演一个传统魔术,至于魔术是什么,大家很快就会知道了。"他一边说着,一边抬手一拉,从箱子上拉下一个百叶窗似的帘子,帘子闭合,观众们无法再看到箱子内的情况。

音乐再起,箱子快速旋转起来。终于,箱子停下。

魔术师用高亢的声音问道:"你们现在最想看到的是谁?"

台下顿时响起的只有一个名字。百叶窗骤然升起,在大家的欢呼声和尖叫声中,那原本空空如也的箱子中多了一个人,正是一身礼服、高大英俊的长弓。

从箱子中走出,长弓向大家挥着手。今天来到这里的都是对他最重要的人。

主持人走过来,台上灯光重新亮起。

"三少,没想到你会以这样的方式出场。魔术真的很精彩。我知道,对你来说,今天是个非常重要的日子,那么你今天想对大家说些什么?"

"谢谢主持人。"长弓向他微笑致意。转向台下,长弓的眼神有些迷离,更多了感慨。

"我今天的心情是开心、激动，又有一些紧张的。出道十年，一步步走来真的挺不容易的。在这里，首先要特别感谢起点中文网，感谢你们为我主办了这次庆祝活动。

"我出道十年，其中有九年多的时间都在起点，可以说，没有起点中文网这个平台，就没有现在的唐家三少，你们已经如同我的家人一般，谢谢你们。未来十年，我希望能继续在起点写作。

"前几天，我接受过一个采访。当时记者问我说，你觉得在过去十年间，网络文学的成长有多少？我给了她一个肯定的数字作为回答，我说的是，一万倍！

"是的，我敢肯定，从二〇〇四年到现在，网络文学的成长就是一万倍。而在这一万倍中，至少有九千倍属于起点。

"网络文学发展的模式是以网络为核心的全版权运营。因为网络是一个共享的平台，起点是内容的中心，而我们这些作者则是内容的提供者，有了内容就有了一切。

"同时也要感谢起点中文网为这次活动付出数月辛苦的工作人员，尤其是公关部的诸位，谢谢你们。

"我们今天的主题是'家宴'。既然是家宴，那么这里就只有我的家人以及对我来说如同家人一般的朋友们，是的，就是在座各位。再次感谢你们的到来，有你们与我共同庆祝这对我来说一生最重要的时刻之一，我感到万分荣幸。"

说到这里，长弓向台下深深地鞠了一躬，九十度。顿时掌声雷动。

"出道十年，辉煌十年。从二〇〇四年二月到二〇一四年二月，已经十年了。

"十年来，一日未敢懈怠，未曾有一日断更，累计创作十三部作品，共计三千多万字。三千六百五十多个日日夜夜，我几乎没有休息过，所有的一切都奉献给了这份创作事业。

"十年，人生能有几个十年？从二十三岁到三十三岁，对我来说，这无疑是人生中最美好的十年，从一位朝气蓬勃的青年走到了需要致青春的年纪。在这十年中，有很多对我来说十分重要的时刻。

"娶妻，生子，规划人生，发展事业。

"今年有句话很流行，时间都去哪儿了？我很幸运，尽管我不可能记得过去十年的每分每秒，但我清楚地知道自己的时间去哪儿了。

"记得当初刚刚搬家的时候，我在书房里做了两面墙的书柜，一直到房顶。我对妻子说，未来我一定要用自己写的书将它们装满。妻子说，那你要写多久啊？我当时没办法回答她。但现在，这两面墙的书柜不只装满了，而且向外叠着放的第二层都放了大半。

"它们可以告诉我，我的时间去哪儿了。我不记得每一年的细节，但我清楚地记得在过去这十年里，每一年我写过什么，它们是我过去十年留下的印记。

"我是二〇〇六年九月十五日与妻子领的结婚证。领完后，吃个饭，回家。那时写的是《冰火魔厨》。

"二〇〇七年五月十九日，我们举行了婚礼。婚礼当晚，送走了客人，洞房花烛之前，写了当天的更新，那时写的是《生肖守护神》。

"我的女儿出生于二〇〇九年四月十一日，那时候天气不冷不热，温度适宜。妻子在病房中待产，我坐在她身边不远处，在一张破旧的写字台上写着《斗罗大陆》。

"我的儿子出生于二〇一二年六月，那时候天气十分炎热，正值酷暑。妻子在病房中待产，房间里不能开空调，我坐在她身边，还是那张破旧的写字台，流着汗写着《神印王座》。

"三十岁生日那天，我病了，高烧四十点五度，一个人躺在阁楼上，周围没有别人。那时候我哭了，我感到寂寞、孤独，甚至觉得自己仿佛随时都可能离开这个世界，四十度的高烧令我出现了幻觉。

"但八个小时后，退烧了，那时已经是二十二点，喝杯水，倚靠在被子上，笔记本电脑隔着被子放在大腿上，写着《天珠变》。

"写作是我的爱好，没有爱，我没办法走过这十年。当这份爱已经变成习惯，没有它我会空虚，它带给我满足感、愉悦感。

"今天，其实我更想说一些感谢的话，感谢今天到场的每一位，你们都是我过去十年最重要的组成部分。

"首先我要感谢的，是在我心中分量最重，甚至超过我家人的读者。在过去十年中，你们陪伴我的时间早已超过家人。

"而十年来，也一直都有一份幸运陪伴着我，这份幸运就是你们。你们支持我、鼓励我、跟随我、帮助我、祝福我，是你们赋予我持之以恒的信念。如果我是一艘渔船，那你们就是我的大海，你们用柔和的波涛助我乘风破浪，还让我年年有'鱼'。

"曾经有很多人问过我，为什么你能坚持写这么久不断更？在他们看来，或许我写书是有多大毅力，或者是为了要多少回报。

"我告诉他们，都不是。

"我能坚持下来，原因只有一个，那就是读者的支持与鼓励。是你们的赞美、鼓励、批评、指正让我一步步走到今天。

"我经常会说，你们的支持是我创作的最大动力。这绝不是一句空话，十年前，我发自肺腑；十年后，我依然如故。

"今天，我们也有二十位读者代表来到现场，请你们代表我们唐门千千万万的读者接受我这份累积了十年的感谢。谢谢你们，真的谢谢你们每一个人。"

长弓再次弯腰鞠躬，朝着读者聚集的方向。

台下一片"三哥"的呼唤声让长弓湿润了眼眶。

停顿半晌，长弓才继续道：

"然后我要感谢的是我的老板们。我的老板很多，他们都很爱我。在各位的支持和大力帮助下，我们唐门作品的各种版权才能发展得如此之好。为了避免出现疏漏和厚此薄彼，我就不一一介绍各位了，谢谢你们的到来。"

鞠躬。

"接下来要感谢的，是今天到场的我的朋友们。你们从全国各地赶来与我共同庆祝这重要时刻，谢谢你们，待会儿大家一定要多喝几杯，不过不要灌我，我今天一定会很容易喝多，因为我实在是太开心了。很多朋友都是我过去十年间认识的，如果我能有幸再办二十周年庆典，也希望你们还能到场，谢谢。"

鞠躬。

"最后我要感谢的，是一直在背后默默支持我的家人。是你们无私地支持才让我在创作道路上如此顺利地不断前行。我今天的成功有你们的一半。

"爸爸妈妈，谢谢你们。在我的生命中，你们永远是最大的功臣，因为你们将我带到这个世界。

"岳父岳母，谢谢你们。这句谢谢其实我早就想对你们说了，谢谢你们把那么好的女儿交给我。哪怕当初在我还一文不名的时候，你们也始终支持着我们。你们从来都没有少一个女儿，只是多了个儿子。"

朝着父母的方向，长弓鞠躬。他和木子的父母只是激动地用力鼓掌。

"木子，谢谢你。其实，今天我不想对你说感谢的，因为我不想看到你哭，可我还是忍不住要说。

"从一九九九年你跟我在一起到现在，下个月就是我们在一起十五年的纪念日。我人生中第一次知道努力，是因为我告诉自己，一定要给一个女人幸福。那个女人，是你。

"你为我长发及腰，你为我生儿养女，一个女人能给一个男人的一切，你都给了我。你已经和我血脉相连，我不知道该感谢什么，我只想告诉你，我还是那么爱你，就像我们刚交往的时候一样。时间并没有让我对你的爱变淡，反而越发浓醇甘洌，和你在一起的每一年都一如初恋时分。谢谢你，木子。"

长弓朝着木子的方向深深地弯下了腰。

木子以手掩口，珠泪莹然。

长弓深吸一口气，勉强控制着自己的情绪，他脸上重新出现笑容，充满自信的笑容。

"唐门的未来必然是更加美好的，我会一直陪伴着你们。我不敢说能保持每天连载到二十年，但我会尽我所能让这个时间延长。

"十年，对我来说并不是结束，而是一个阶段的度过。这十年是积累，下一个十年将是厚积薄发。我亲爱的读者们、老板们、朋友们、亲人们，祝愿你们身体健康、万事如意，一直陪我走过一个又一个十年。

"我爱你们。谢谢！"

最后，深鞠一躬！

掌声、欢呼声、激昂的音乐声，在这一刻响彻整个厅堂。

木子抱着两个孩子走上舞台，长弓接过女儿，两人抱着孩子相视一笑，相拥在一起，一切尽在不言中。

"唐门家宴，正式开始！"主持人激昂的声音随之响起。

巨大的十层蛋糕缓缓推上舞台，每一层蛋糕都代表着他一年的创作。长弓拉着年纪较大的女儿，在木子和她怀抱中的儿子的见证下，切下了第一刀。

接下来是合作方代表的讲话、朋友的发言、读者专门为十周年庆典准备的诗朗诵，还有一首首唐门书友们为长弓的一部部作品谱写的歌曲演唱。

美食一道道送上，觥筹交错。长弓不断地举起酒杯，在场中感谢着每一位到场嘉宾。

这注定是他终生难忘的一天，但他的目光始终都会不经意地看向一个方向。因为那个方向有他的家人，有他的木子。

是的，十年，这只是个开始。

是创作的开始，也是木子幸福的开始。

未来的一个个十年，他会努力地带给木子更多的幸福、更多的开怀、更多的一切。

　　就像他向她求婚时说的那样，为了她，他愿意热爱整个世界。热爱生活，爱木子。

　　那年，他们洞房花烛；今日，他金榜题名。

　　唐门十年，辉煌十年！

大事记

一九九九年三月五日，长弓与木子网上相识。

一九九九年三月六日，长弓与木子第一次见面。

一九九九年三月十四日，白色情人节，长弓示爱木子。

一九九九年三月十五日，长弓与木子交往。

二〇〇一年至二〇〇三年，长弓事业步入低谷，木子不离不弃陪伴着他。

二〇〇四年二月，长弓开始创作以自己和木子为原型的第一部小说《光之子》。

二〇〇五年，长弓连续创作了《狂神》《善良的死神》《惟我独仙》《空速星痕》四部长篇小说，还清贷款，事业走上正轨。

二〇〇六年九月十五日，长弓与木子领结婚证。这一年，长弓创作超长篇小说《冰火魔厨》，因为木子喜欢吃，所以长弓想以厨师作为主角。

二〇〇七年五月十九日，长弓与木子举行婚礼。这一年，长弓创作超长篇小说《生肖守护神》，因为想要好好地爱护她，与她厮守终身，所以书名用了"守护"二字。

二〇〇八年，长弓一边带着木子全国旅行，一边开始创作自己的第八部长篇小说《琴帝》。

二〇〇九年，长弓在待产的病房中守着木子，创作《斗罗大陆》。四月十一日，糖糖公主出生。这一年，他们换了大房子，因为木子喜欢把头发梳成蝎子辫，所以《斗罗大陆》中的小舞也梳着蝎子辫。

二〇一〇年，长弓和木子一起陪伴小糖糖成长，长弓在创作第十部超长篇小说《酒神》的同时，也承担起了一些家务。

二〇一一年，长弓与木子带着小糖糖去了海边，木子再次怀孕。长弓创作第十一部长篇小说《天珠变》，并当选中国作家协会全国委员会委员。

二〇一二年六月二十八日，长弓与木子的小麒麟出生，和小公主糖糖凑成一个"好"字。这一年，长弓创作《神印王座》。同年，长弓以超高人气和持续网络更新百月不断获得"网络作家之王"称号。

二〇一三年，创作《斗罗大陆 II 绝世唐门》，长弓事业开始迈向巅峰，荣获"网络作家之王"奖项。

二〇一四年，继续创作《斗罗大陆 II 绝世唐门》，入选福布斯中国名人榜。

二〇一五年，创作《天火大道》致敬网络作家之王，连续第二年入选福布斯中国名人榜。

二〇一六年，创作《斗罗大陆 III 龙王传说》……

无论哪一年，长弓的身边总有木子，他的书中也总有他和木子的影子，他们的怀中有着他们的小凤凰和小麒麟……

长弓："我亲爱的木子，如果能重生一次，我一定会比现在更有钱，但绝不会像电影《重生》那样选个校花，我依然会选你做我的妻子。因为我的记忆中只有属于你的烙印，再也没有缝隙容纳其他。你跟了我十六年，你的一半人生都用来陪伴我，你为我生了两个可爱的孩子。这份情，我只能用一生慢慢偿还，我会争取比你活得更久一点，决不让你自己面对孤独。"

爱如星河

就在准备写这本书的时候，木子病了。疾病来得很突然，对我来说，那是一种天塌地陷般的感受。

我写下了这样几条微博。

微博一：十六岁她和我在一起，至今十六年有余，她是我生命中的至爱。明天她就要进手术室了，这可能是我一生中最艰难的一天。写书十二载，是她默默地支持才有我十二年的不断更。艰难来临，我需要你们。我相信这个世界上是有念力的，恳请每一位唐门的书友，可否为她送上一份祝福。谢谢大家。

微博二：凌晨三点多就醒了，五点半到医院，六点半见到她，七点四十五她进手术室，直到现在。刚刚她打电话给我，哭着说，是恶性的，要切除右侧乳房，问我会不会嫌弃她。我告诉她，无论她怎样，我都爱她，我会一直守着她。我问苍天，她那么善良，为什么？

微博三：她已经从手术室里出来了，看她进入病房的时候，我忍不住地全身颤抖。渐渐冷静下来，我只想感恩，感谢这两天一直祝福她的所有亲人、朋友和书友。我会一直陪着她，好好照顾她，谢谢大家。

　　微博四：妻子已经好多了，我一直陪着她呢，大家放心吧。再次感谢。待会儿医院就不让陪了，我先回家更新去，下午再来。大家放心，我撑得住。我爱她，也爱你们，最艰难的时候已经过去了，风雨之后总会有彩虹。Fighting！

　　在数以万计的书友祝福下，在万众一心的加持下，手术很成功，肿瘤彻底切除。是你们又一次给了我力量。谢谢你们。

　　当我完稿的时候，木子已经好多了，她可以下床行走了，恢复得很好。医生说她还年轻，不会有什么问题的。我给她买了好多好吃的，每天陪伴在她身边，给她擦擦背，给她洗洗脚。她一天天康复，她始终微笑，从未担忧。因为她说，有我在她身边，她就不会恐惧。

　　在全文最后，我只想对她说：木子，愿你如天上星，亮晶晶，永灿烂，长安宁。

图书在版编目（CIP）数据

为了你，我愿意热爱整个世界/唐家三少著. —北京：人民文学出版社，2020
ISBN 978-7-02-016377-9

Ⅰ.①为… Ⅱ.①唐… Ⅲ.①传记小说—中国—当代 Ⅳ.① I247.5

中国版本图书馆CIP数据核字（2020）第094204号

责任编辑　李　宇　樊晓哲　欧阳婧怡
装帧设计　陶　雷
责任校对　王筱盈
责任印制　任　祎

出版发行　人民文学出版社
社　　址　北京市朝内大街166号
邮政编码　100705
网　　址　http://www.rw-cn.com

印　　刷　河北鹏润印刷有限公司
经　　销　全国新华书店等

字　　数　233千字
开　　本　880毫米×1230毫米　1/32
印　　张　10　插页3
印　　数　1—20000
版　　次　2020年9月北京第1版
印　　次　2020年9月第1次印刷

书　　号　978-7-02-016377-9
定　　价　42.00元

如有印装质量问题，请与本社图书销售中心调换。电话：010-65233595